밀란 쿤데라:
“글을 쓰다니, 참 희한한 생각이네!”

Milan Kundera:
"Écrire, quelle drôle d'idée!"

by Florence NOIVILLE

밀란 쿤데라:
"글을 쓰다니, 참 희한한 생각이네!"

Milan Kundera:
"Écrire, quelle drôle d'idée!"

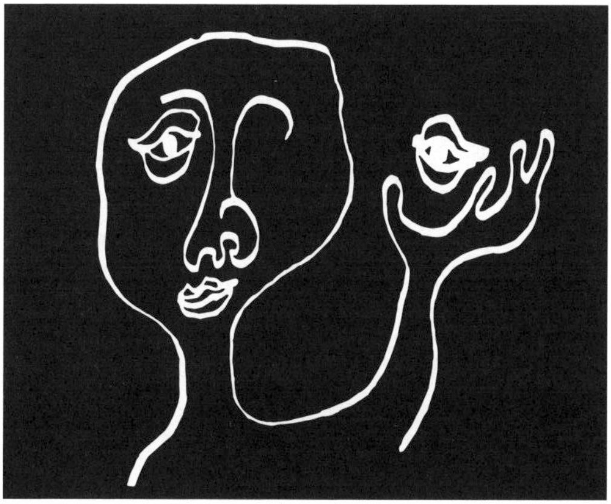

플로랑스 누아빌
김병욱 옮김

mujintree
뮤진트리

"삶을 요약하는 작품들을 볼 때마다 나는 늘 짜증이 났다.
실제로 존재하는 것은 장면뿐이다.
시작도 끝도 없이 흘러가는 장면들의 끝없는 연속.
한데 우리는 강박적으로 모든 것에 그 이상의 의미를
부여하고자 한다. 그래야 안심된다는 듯이."

–드라간 벨리키치, 《러시아의 창》
마리아 베야노프스카(역), 아귈로 출판사, 2022년

"소설가는 세계를 질문으로 이해하도록 가르쳐줍니다.
그런 태도에는 지혜와 관용이 있습니다."

–필립 로스, 《일 얘기를 합시다》
조제 카문(역), 갈리마르 출판사,
'뒤 몽드 앙티에' 총서, 2001년

차례

▪ 일러두기

- 이 책은 Florence Noirville의 《Milan Kundera: "Écrire, quelle drôle d'idée!"》(Gallimard, 2023)를 우리말로 옮긴 것이다.
- 본문 하단의 각주 중 옮긴이의 것은 (—옮긴이)로 표기했다.
- 단행본은 《 》, 잡지·단편·신문 등은 〈 〉로 표기했다.

"후세 사람들에게 살지 않았던 사람으로 믿게 하기"

"자신의 전기를 쓸 사람이 나타날 것 같아 그만 살아야겠다는 생각을 한 사람이 아무도 없었다는 사실이 믿기지 않는다." 에밀 시오랑은 농담처럼 그렇게 말하곤 했다. 밀란 쿤데라는 이 루마니아 허무주의 대철학자의 재담을 거의 거짓말로 만들어버렸다. 《참을 수 없는 존재의 가벼움》의 저자는 '비오bio'로 시작되는 모든 것—'비오그라프(전기 작가)', '비오그라피(전기)'—을 끔찍이도 싫어해서, 남들 눈에 보이는 삶을 살지 않으려고 했기 때문이다. 그 이유는 단순하다. 그는 《소설의 기술》에서 예언하듯 이렇게 말한다. "카프카가 요제프 K보다 더 사람들의 관심을 끌게 될 때, 카프카의 사후 죽음의 과정이 예고되는 것이다."[1]

오늘날처럼 소통이 넘쳐나고 문화 소비가 빠른 시대에, 쿤데라의 위 문장은 많은 의미를 담고 있다. 나는 문학 평론가로 살면서, 어느 신인 작가가 어떤 사람인지부터 서둘러 알고 싶어 하는 '독자들'이나 기자들과 끊임없이 마주친다(그런 평론가들과 마주칠 때도 더러 있다). 물론, 그 작가의 사생활이 자극적이고 신비로울수록 더욱더 소셜 네트워크를 흔들고 동요시키며, 그만큼 그는 더 '흥미로운' 작가로 여겨진다. 사람들은 잡지에 실린 그의 사진이나, 아부성 찬사투성이 소개말이나, 이런저런 인용만 보고서, 그가 "무슨 얘기를 하는지" 알게 된다. 책들에는 참 안된 일이지만, 다른 건 읽을 필요도 없다. 쿤데라가 "예고된 죽음의 과정"이라고 말한 것이 바로 그것이다. 체코에서 그는 문학 작품이 드문데다 종종 금서 처분을 받았고 그래서 더욱 귀하게 취급되던 시절을 경험했다. 당시는 외투 아래 숨겨 돌려보던 욕망의 오브제, 지하 출판물의 시대였다. 그래서 그는 이 단순한 메시지를 끊임없이 외친다. 나의 삶은 잊으시오, 나의 책들을 펼쳐보시오.

문학사에서 그러한 입장이 유일한 건 아니다. 많은 작가가 자신들의 작품 뒤로 사라지고자 애썼다. 폴란드 출신 노벨 문학상 수상자 아이작 바셰비스 싱어는 "중요한 건 작품이지

---

1) 밀란 쿤데라, 《전집》, 프랑수아 리카르(편), 마르셀 에모넹·프랑수아 케렐·에바 블로흐(역), 갈리마르 출판사, '플레이아드' 총서, t. II, 2017년, p. 800.

사람이 아니다"라고 외치며 농담처럼 말하곤 했다. "배가 아주 고플 때는 빵이 중요하지, 빵 굽는 사람의 삶 따위에는 신경 쓰지 않는다."

밀란 쿤데라는 좀 더 멀리 나간다. 1980년대 중반부터, 그는 그 자신을 지워버리고자 했다. 어떤 발언도, 어떤 인터뷰도 하지 않았다. 그의 '진짜 삶'의 어떤 흔적도 더는 찾아볼 수 없었다. 쿤데라네 집의 분쇄기는 성능이 탁월하다. 쿤데라가 떠난 뒤엔, 그의 책들 외에 아무것도 남지 않아야 한다. 그 나머지 모든 것, 미완성 원고, 사신, 통신, 수첩, 사진 등은 철저히 파괴되었다. "후세 사람들에게 살지 않았던 사람으로 여겨져야"만 한다. 귀스타브 플로베르는 그렇게 말했다. 쿤데라의 생각이 바로 그렇다.

"저길 봐, 여기서부터 저기까지…. 아직 서가 하나가 통째로 남아 있어…. 모두 다 산산조각이 나서 사라질 거야." 어느 날, 그의 아내 베라는 내게 그렇게 말했다.

그 산산조각이 난 종이 비는 존재의 무의미를 축복하는 비일까? 그 가벼움을?

완전히 그런 건 아니다. 좀 더 자세히 들여다보면, 실제 삶이 결코 사라져 버린 게 아니기 때문이다. 그것은 그의 소설들의 짜임 속에 통합되어, 변형된 모습으로 갈아 넣어져 있다. 그의 삶의 진실은 바로 거기에 있다. 쿤데라에게 삶의 무게를 갖는 유일한 삶은 작품에 의해 '굴절된' 삶이다.

> 유명한 한 비유에 따르면, 소설가는 자신의 삶이라는 집을 헐어 그 벽돌로 다른 집, 소설이라는 집을 짓는다. 그러므로 어느 소설가의 전기를 쓰는 전기 작가들은 소설가가 지은 것을 허물고 그가 허문 것을 다시 짓는다고 할 수 있다. 예술의 관점에서 보면 순전히 부정적인 그들의 작업은 소설의 가치도 의미도 밝혀줄 수 없다.
>
> 《소설의 기술》, t. II, p. 800.[2)]

쿤데라에 관한 큰 오해 하나(긴 오해 리스트 중 첫 번째)가 바로 여기에 있다. 사람들은 그가 한사코 자신의 삶과 작품을 분리하려 한다고 믿고 싶어 한다. 그것이 인위적이라고 생각한다. 의심까지 한다. 그가 뭔가를 숨기고 싶어 하는 게 아닐까? 몇 번이나 그는 내게 "모든 건 나의 책들 속에 있다"라고 말했던가? 그건 형식적으로 하는 말이 아니다. 그의 삶은 그가 쓴 페이지들 속에 우려져 들어가 있다. 그를 다시 만나

---

2) 이 책에서 쿤데라의 작품 인용은 갈리마르 출판사에서 2권짜리 '플레이아드' 총서로 간행(2011년과 2017년)된 밀란 쿤데라 《전집》을 참조했다.

려면 이 '다른 집' 속을 산책해보면 된다. 그 자신, 혹은 그의 조각들은 그를 닮은 주인공들 속에 분산되어 있다. 그는 그 모든 조각 속에 있다. 훌륭한 벽돌공들이 모두 그렇듯이, 그는 그 벽돌들을 뒤섞었다. 그의 삶에서 가져온 벽돌들도 있고 다른 데서 나온 벽돌들도 있다. 우리에게 많은 영감을 주는 것은 바로 그 건축물이다.

물론이지만, 평론가가 작가의 삶의 상황—사람들이 알고 있는—이 작품 속에서 어떻게 변화했는지를 살펴보는 건 부당한 일이 아니다. 쿤데라가 원래의 벽돌들을 어떻게 재활용했는지, 그가 그 벽돌들을 다시 재단했다면 틈새는 어떻게 메웠는지, "그 모든 것이 잘 지탱되도록" 어떤 석회를 발랐는지 등을 살펴보는 것 말이다.

따라서 독자는 이 책에서 그의 삶의 조각들을 조금은 보게 될 것이다. 아름다운 조각들, 수수께끼 같은 그 조각들을 그러모은 목적은 단 하나다. 사람들에게 20세기의 가장 위대한 예술가 중 한 사람을, 우리가 어떤 농담—계획, 유토피아, 명분, 종교, 이념, 열정 등—으로 우리의 모든 꿈과 거짓을 유지하는지 부단히 제시해온 이 아이러니와 환멸의 거장을 (재)발견하고 싶은 욕망을 불러일으키는 것.

2020년 어느 날 오후, 레카미에 가街

"심 세 지바이트?"

"프랑스어로 말해, 밀란. 프랑스어로…."

베라가 한숨을 내쉬며 미안해한다. "요즘은 체코어로만 말을 해…."

그날 오후, 레카미에 가의 넓은 거실에는 햇살이 들었다. 심술궂은 겨울 태양의 햇살이 루 람의 그림 위에서 비스듬히 다시 튀어 오른다. 잘 정돈된 서른세 칸 수납대 위에 걸린 그 그림은 내가 늘 보던 것이다. 쿠바 화가 위프레도 람의 마지막 부인 루가 짐승 우리에 갇힌 황소—미노타우로스?—한 마리를 그리고, 그 위에 흰 붓으로 '삶은 다른 곳에'라는 제목을 적어넣은 것이다.

내가 좋아하는 그림이고, 늘 좋아했던 그림이지만, 오늘은 왠지 소름이 끼친다. 삶은 다른 곳에. 그의 영혼과 유머와 생기가 다른 곳에 있다. 그의 시선이 다른 곳에 있다. 메마른 강바닥처럼 공허하다. 밀란 쿤데라가 더는 여기에 없다. 이제 그는 속을 헤아릴 길 없는, 베일에 싸인 부재일 뿐이다.

"심 세 지바이트?"

"네가 무슨 일을 하느냐고 묻는 거야. 이제는 너마저, 야블로네츠의 소년마저도 알아보지 못하네(내 남편의 조상이 보헤미

루 람 작作, 〈삶은 다른 곳에〉

아 지방 출신이라는 사실을 알게 된 후, 베라는 몹시 기뻐하며 늘 내 남편을 '야블로네츠의 소년'으로 부른다)."

최근 들어 그의 병세가 나빠졌다는 사실은 잘 알고 있으면서도, 나는 그의 질문에 뜨끔한 느낌이 든다. 질문은 그렇게 느닷없이 튀어나왔고, 작가는 이제 호기심이 동한 눈빛으로 나를 뚫어지게 쳐다본다.

지금은 2020년 12월이다. 나는 모라비아와 보헤미아 지방으로 여행을 떠날 준비를 하고 있다. 야블로네츠의 소년과 함께다. 쿤데라 순례 여행! 방문지들 주소, 전화번호, 작은 강 스브라트카를 따라 밀란이 즐겨 걸었던 산책로들, 그리고 지난날의 카를스바트, 신화적인 이름 마리앙바드로 불렸던 온천 도시 카를로비 바리에 있는 호텔 푸프도 절대 빼먹어서는 안 될 장소다…. 나는 그 모든 것을 빠짐없이 적는다. 심지어, 아니 특히, 밀란과 베라가 좋아하는 과자 이름 '카를로바르스케 오플라트키'까지. 이 과자 사 오는 것을 잊어서는 안 된다. "두 상자만 부탁해…."

내가 무슨 일을 하느냐고?

이 질문에 내가 당황한 이유는 무엇일까? 질문이 너무 단순하면서도 심오해서? 아니면 이제 생의 마지막 시기에 이르러, 더는 자기 자신이 무슨 일을 하는지 모르는 사람이 던진 질문이어서? 아니면 내가 그에 관한 책을 쓰고 있다는 걸 알게 되면 그가 눈썹을 찡그릴 것 같아서?

방금 내가 '카를로바르스케 오플라트키'라고 적은 작은 스프링 노트를 그가 뚫어지게 쳐다보고 있기에, 나는 펜을 들며 대답한다.

"저기, 밀란, 난 글을 써요…."

그가 놀란 시선으로 바라본다. 재미있어하는 표정도 엿보인다. 그러곤 길게 뜸을 들이고 나서 말한다.

"글을 쓰다니, 참 희한한 생각이네!"

모두 웃음을 터뜨린다. 교대해주러 올 동료를 기다리는 간호사도 예외가 아니다. 《커튼》의 문장이 — 왜 하필이면 이 순간일까? — 나의 뇌리에 떠오른다.

> 그는 알게 될 것이다. 어떤 사람도 자기 자신이 생각하는 그런 사람이 아니라는 것, 그런 착각은 일반적이고 기초적이라는 것, 그래서 자신이 사람들에게 (…) 코믹의 부드러운 빛을 투사한다는 것을 말이다.
>
> 《커튼》, t. II, p. 1071.

잠시, 그 부드러운 빛이 비극의 음울한 빛을 약간은 부드럽게 누인다. 바로 그때 작가가 내 손에서 펜을 빼앗아 들더니, 나의 스프링 노트에 자신의 이름을 그린다. 그가 마지막으로 끼적인 이름 중 하나다. 짓궂게도 그는 떨리는 손으로

그가 마지막으로 그린 이름 중 하나

그어진 그 이름에 선을 하나 긋고, 그 끝에 눈을 하나 그린다.

이 선과 눈은 내게 연鳶을 연상시킨다. 그의 소설《정체성》시작 부분에, 어느 노르망디 해변에서 두 연인이 서로를 찾으려고 바퀴 달린 육상 요트들과 연들 사이를 헤매는 가슴 저미는 장면이 나온다.

> 연–바람에 띄워 날리는, 무서우리만치 단단한 뼈대 위에 팽팽하게 고정한 유색의 천 조각. 거기에 두 줄을 매달아 각각 한 손에 잡고 여러 방향으로 조종하면, 연은 올라가기도 하고 내려오기도 하고, 빙글빙글 돌기도 하고, 거대한 풍뎅이가 내는 소리 같은 끔찍한 소리를 내기도 하고, 때로는 추락하는 비행기처럼 모래에 코를 박고 떨어지기도 한다.
>
> 《정체성》, t. II, p. 375.

그렇지 않으면 그의 이름 위의 이 눈은 그저 단순히—이는 사실 어느 친구가 내게 말해준 가설이지만—이런 말을 하려는 것인지도 모른다. "눈 하나가 나를 내려다보고 있군…. 너 지금 내 삶에 관심을 가지려고 하는 것 아냐?"

"개인은 어느 정도로 변형될 때까지 그 자신으로 남을 수 있는가?"

'자아'의 윤곽에 관한 질문, 밀란 쿤데라는 오래전부터 이 질문을 했던 것 같다.

그는《만남》에서, 자신이 존경하는 화가 프랜시스 베이컨의 초상화들에 대해 이렇게 말한다.

> (그것들은) '자아'의 한계에 관한 질문이다. 개인은 어느 정도로 변형될 때까지 계속 그 자신으로 남을까? 사랑하는 사람은 어느 정도로 변형될 때까지 계속 사랑하는 존재로 남을까? 사랑하는 이의 얼굴이 병 때문에, 광기 때문에, 증오 때문에, 죽음 때문에 멀어질 때, 얼마나 오랫동안 그 얼굴을 알아볼 수 있을까? 어떤 '자아'가 하나의 '자아'이기를 멈추는 그 경계는 어디일까?
>
> 〈화가의 거친 몸짓—프랜시스 베이컨에 관하여〉, t. II, p. 1134.

2000년, 마늘 곁들인 개구리 요리와 파슬리 튀김

우리(남편과 나)가 쿤데라 부부를 알게 된 것은 다행히도 밀란의 자아가 하나의 자아이길 멈추기 전이다. 행복한 추억이 한가득하다. 예를 들면 투케의 추억이 그렇다. 파-드-칼레를 향해 도로 위를 질주하는 잿빛의 62번 소형 승용차의 모습이 눈앞에 떠오른다. 우리는 우리 차를 타고 얌전히 그 차를 뒤따라간다. 밀란과 베라의 높은 뒷모습 실루엣이 라 마들렌-수-몽트뢰이 쪽으로 우리를 인도한다. 베라가 운전대를 잡고 있다. 평소보다 더 짧게 자른 검은 머리카락에, 검은색 가죽점퍼를 걸쳤다. 오른쪽에 앉은 '대장'—그녀는 밀란을 그렇게 부른다—이 그녀에게 길을 가르쳐준다.

투케에서 우리는 그들이 매년 여름 숙소로 이용하는 아파트에 합류한다. "자, 뭘 좀 씹으러 가자고요!" 하고 베라가 명랑한 어조로 말한다. 그녀에겐 언제나 예상 밖의 표현을 찾아내는 재주가 있다. 밀란의 입가에 미소가 어린다. 둘 다 컨디션이 좋다.

작가가 좋아하는 레스토랑, '라 그르누이에르'로 직행한다. 그들이 아주 좋아하는 밥집이자 그들의 피난처 같은 곳, 그들의 파리 아파트 바로 아래에 있는 '르 레카미에' 같은 곳이다. 대장이 오래전부터 이용하는 식당들이다. "뫼니에르 개구리(밀가루 묻힌 개구리 버터구이)에 레몬과 크루통(튀긴 빵 조각)으로 드시겠어요, 아니면 마늘 곁들인 개구리에 파슬리 튀김으로 드시겠어요?" 밀란은 특히 두 번째 요리를 좋아한다. 대화가 《레미제라블》 쪽으로 흐른다. "장 발장이 이곳, 라

마들렌-수-몽트뢰이에서 므슈 마들렌이라는 가명으로 숨어 지냈어요. 기억이 나나요…?"

하지만 화제가 곧 개구리 쪽으로 옮겨간다. 정말이지 소설가의 삶에서는 모든 것이 이런저런 이야기의 구실이 된다. 죄 없는 양서 동물도 예외일 수 없다. 그리고 어김없이 그 이야기들은 그의 뇌를 사로잡고 있는 생각들 속으로 우리를 데려간다.

스멜트SMRT, 모음 없는 이 이상한 말

그리고 그날 쿤데라는 자신의 '첫사랑'이라고 부르는 사람, 체코 작곡가 레오시 야나체크를 화제에 올린다. 그가 "오페라 중에서 가장 애수 어린 작품"[3]이라는 〈꾀바른 어린 여우〉의 대미를 들려준다. 이 작품은 모라비아 지방에 있는 그의 고향 브르노에서 1925년에 초연되었다. 그가 태어나기 4년 전이다. 늘 그에게 깊은 감동을 준 작품으로, 시간의 흐름과 인간의 어리석음을 다룬 대작이다.

"개구리와는 무슨 상관이 있죠?"

"그러니까… 이 오페라는 다른 가축처럼 집에서 기를 생

---

3) 밀란 쿤데라, 《전집》, t. II, p. 1216.

레오시 야나체크의 〈피아노를 위한 민속 음악〉 악보 노트

각으로 여우 한 마리를 포획하는 사냥터지기 이야기로 시작돼요. 물론 그게 뜻대로 되지 않죠. 더군다나 야나체크는 그런 생각을 하는 이 사냥터지기를 좀 더 방해하려고 오페라 시작과 끝부분에, 자꾸만 콧등에 뛰어올라 그를 성가시게 하는 개구리를 한 마리 등장시켰죠."

"마차의 파리[4] 같은 존재 말인가요?"

"그래요. 한데 이 개구리는 말을 할 뿐 아니라 더듬기까지 해서 더욱더 그를 성가시게 합니다. 사람들이 더듬거리며 말

---

4) 원문은 'mouche du coche'. 도움도 안 되면서 공연히 부산만 떠는 존재를 가리키는 비유적 표현.(—옮긴이)

하듯 말을 더듬는 개구리라니. 게다가 이 오페라는 개구리가 하는 말로써 막을 내리니 더욱더 기가 막힐 노릇이죠. 바로 그게 카프카의 친구, 막스 브로트를 미치게 했죠"라고 말하며 그가 집게손가락 끝을 닦는다.

"왜요?"

"왜냐하면 브로트는 야나체크가 시간의 흐름에 대한 좀 더 일반적인 고찰로 막을 내려야 한다고 생각했으니까요. 정신에 강한 인상을 남기는 심벌즈의 타격으로 말이죠. 하지만 야나체크는 전혀 그러지 않았어요. 그는 끝까지 자신의 그 우스운 어린 개구리의 말을 고수하고자 했죠."

"…"

작가가 보기에, 브로트와 야나체크 간의 이 언쟁은 상징적 의미를 지녔다. 그것은 예술과 삶에 대한 상반된 두 개념에 관해 많은 것을 말해주는 것이었다. 한편에는 고질적인 낭만주의자 브로트의 키치가 있고, 다른 한편에는 유럽의 낭만적 유산에 대한 근본적인 반대가 있는데, 쿤데라가 보기에, 이 반대는 중부유럽 예술가들 특유의 힘이라 할 수 있는 것이다.

"…?"

"개구리는 바로 반反낭만주의를 나타내죠. 진지하지 않음의 정신 말입니다."

"…"

그가 살찐 개구리 넓적다리 하나를 자신의 접시 위로 흔들면서 말을 잇는다.

"모든 건 다 바로 이렇게 끝장난다는 생각이죠."

그가 즐겁고 유쾌한 표정으로 미소를 짓는다.

"그럼 그 여우는?"

"결국 자신을 죽인 사람 약혼녀의 방한 토시가 되었죠."

이 대화를 돌이켜보니, 그날의 진짜 주제는 야나체크도 예술관도 아니었다는 생각이 든다. 진짜 주제는 증발하는 시간과 그 끝, 즉 로맹 가리가 민달팽이처럼 끈적거린다고 했던 말, 체코어의 모음 없는 이상한 말 스멜트smrt가 가리키는 것이었다. 체코어 스멜트는 죽음을 가리킨다. 밀란은 모든 인물이 지쳐버린, 다리 아픈 늙은 개마저도 더는 걷고 싶어 하지 않는 〈꾀바른 작은 여우〉의 최종 장면을 얘기한 것이다.

> 나는 이처럼 진부한 대화가 오가는 오페라 무대를 알지 못한다. 하지만 나는 이보다 더 가슴 아프고 이보다 더 실제적인 어떤 무대도 알지 못한다.
>
> 《만남》, t, II, p. 1218.

《만남》에서 쿤데라는 "여인숙에서의 무의미한 수다에 대한 견딜 수 없는 향수"[5]를 상기한다. 그날 우리가 파-드-칼레에서 맛본 것이 바로 그것이었다. 마늘 곁들인 개구리 넓적다리 요리와 파슬리 튀김 앞에서 나눈, 심벌즈도 트럼펫도 없는 이별의 예식.

1980년. 세상과 우리 사이의 유리 벽

"어떻게 그분을 만난 거야?" 하고 한 친구가 내게 묻는다.

"책을 통해서야. 진정한 만남은 책을 통해서만 가능하지. 어쨌든 그분 생각은 그래."

나는 파리의 라탱 지구에 있는 내 모습을 떠올려본다. 샤를마뉴 고등학교 문학 교사인 할아버지의 육중한 책상 앞에 앉아 있는 나. 연필을 손에 들고 주석을 끼적거리며 《소설의 기술》을 읽고 있다. 페이지들 여백에 십자가들을 표시한다. 특별히 더 놀라운 단락에는 십자가 두 개로 열심히 강조 표시를 한다. 나는 그랑제콜 준비반 학생이다. 읽기 숙제였을까? 분명 그랬을 것이다. 하지만 지금까지도 잊히지 않는 중요한 사실, 그것은 페이지를 넘길 때마다 나를 엄습하던 그

5) 밀란 쿤데라, 《전집》, t. II, p. 1218.

벅찬 감동이다. 학교 수업에서는 다른 소설 이론들, 루카치의 소설론이나 사르트르의 〈문학이란 무엇인가?〉라거나, 누보로망의 경험에 관한 다소 난해한 온갖 종류의 성찰들을 읽어야만 했다. 그런 내가 돌연, 정신없이 빠져들어 기쁨을 감추지 못하고 있다. 심오함과 명쾌함이 결합한 그의 글은 모두 다 이해할 수 있을 것 같은 느낌을 준다. 아마 느낌만 그런 것이겠지만, 얼마나 기분 좋은 느낌인가? 모든 걸 연결하는 이 작가의 방식. 문학과 음악과 회화 간에, 과거의 예술과 현대 예술 간에, 전통과 아방가르드 간에 눈에 보이지 않는 선을 치는 그 방식. 그래서 그의 글을 읽고 나면 훌쩍 성장한 듯한 흥분을 느끼게 된다. 나는 18세기식 스타일, 엄밀하면서도 간결한 그의 문체를 좋아한다. 나는 그의 리듬, 그의 경쾌함, 그의 투명성을 좋아한다. 그의 글 역시 우렁찬 외침 같은 것을 거부한다. 유행이나 상투적 표현에서 벗어나 있는 그의 글은 뉘앙스, 다의성, 모호성을 예찬한다. 복잡하고 당혹스러운 것을 예찬한다.

그의 글은 우리에게 특히 이점을 강조한다—우리를 문화인으로 만드는 것은 바로 이런 가치들입니다. 한데 그것들은 취약하며, 그래서 사라져 버릴 수도 있으니, 조심하시오.

잠을 자려고 나의 좁은 침대에 들어서도, 이 놀라운 '발견'

을 도무지 떨쳐버릴 수가 없다. 나는 밀란 쿤데라 속으로, 에세이 저자가 아니라 이번에는 소설가 쿤데라 속으로 뛰어든다. 《참을 수 없는 존재의 가벼움》에서, 나는 다시 한번 "이해되지 않은 말들"[6]의 작은 어휘집에 홀린다. 어떻게 같은 말이 사비나와 프란츠라는 두 인물을 완전히 상반된, 양립할 수 없는 상상 세계 쪽으로 인도할 수 있는지를 암시하는 어휘집이다. 언어가 "서로 이해할 수 있게" 해주기는커녕 얼마나 두 사람을 멀어지게 할 수 있는지, 말과 기호 코드와 상징 등이 우리를 이 세상과 연결해주기는커녕 어떻게 세상과 우리 사이에 유리 벽을 치는지 말이다.

그날 이후로 나는 이 생각을 떨쳐버릴 수가 없었다—모든 인간관계는 오해를 바탕으로 이루어지는 것이 아닐까?

루테시아 호텔에서의 만남

그로부터 많은 세월이 흐른 후, 우리 두 사람을 접촉하게 해준 이는 쿤데라의 친구이자, 그 역시 작가로 활동하는 브누아 뒤퇴르트르다. 나는 지금은 없어진 어느 작은 문학 방송에서 시평 담당 기자로 일한 적이 있는데, 당시 뒤퇴르트

6) 밀란 쿤데라, 《전집》, t. I, p. 1203.

르를 그 방송에 초대했다. 그가 밀란을 잘 안다는 사실을 알고 있었기에, 나는 그에게 나의 메신저가 되어달라고 부탁했다. 혹시 작가가 이 방송에 나와 최근에 발표한 책에 관한 얘기를 들려줄 수 있을까?

나는《농담》의 저자가 80년대 중반부터 더는 인터뷰를 하지 않는다는 사실을 알고 있었다. 그가 신문기자들을 "코를 킁킁거리는 개들"이라고 부를 만큼 경계한다는 사실도 알고 있었다. 하지만… 그래도 나는 내 운을 시험해보고 싶었다.

참으로 놀랍게도, 그가 루테시아 호텔 바에서의 만남을 허락했다. 물론 텔레비전 출연은 생각조차 할 수 없는 얘기였지만, 신문 〈르몽드〉의 문학 증보판 〈책들의 세계〉에 싣는 용도라면 안 될 이유가 없지 않을까?

> 나는 기자들을 좋아하지 않는다. 그들은 대부분 경박하고 수다스러우며 뻔뻔하기 그지없다. 헬레나가 신문이 아니라 방송 기자라는 건 내 반감만 더 크게 할 뿐이다. 내 생각에 신문은 너그럽게 봐줄 여지가 있다는 점에서나 반감의 규모 면에서나 라디오보다는 낫다. 소란스럽지 않으니까 말이다. 신문도 쓸데없긴 하지만 그 무용성은 조용한 것이고, 자기 의견을 강요하지 않으며, 또 휴지통에 넣어버릴 수도 있다. 라디오는 무용하기는 똑같으면서 그런 정상 참작의 여지가 없다.

라디오는 카페로, 식당으로, 심지어 귀를 먹여 살리는 양식을 끊임없이 공급하지 않으면 살 수 없게 된 사람들을 방문하는 동안에도 우리를 쫓아다닌다.

《농담》, t, I, p. 346~347.

우리의 관계는 그렇게 시작되었다. 밀란 쿤데라는 내게 〈르몽드〉의 문학 증보판에 실을, 출판된 적 없는 글을 몇 편 주었고, 그중 웃음을 주제로 한 멋진 글 한 편은 그 후 《만남》에 재수록된다.

2003년. "이 유머 없는 웃음의 세계에 오신 것을 환영합니다"

그 텍스트에는 도스토옙스키의 《백치》에서 따온 웃음 컬렉션이 있었고, 가장 큰소리로 웃는 사람들이 대개는 가장 지력이 떨어지는 사람들이라는 생각도 있었다. 그가 재미있게 묘사하는 이 "매우 소란스러운" 텔레비전 방송에 출연한 사람들처럼.

거기에는 사회자들, 배우들, 스타들, 작가들, 가수들, 모델들, 의원들, 장관들, 장관 부인들 등이 나오는데, 모두가 기회만 있으면 입을 크게 벌리고서 아주 큰 소리를 내며 과장된 몸짓을 한다. 말하자면 웃는 것이다.

《만남》, t, II, p. 1142.

그들은 웃는다. 하지만 그것은 '코믹의 동기가 없는' 웃음, 맹목적으로 따라 하는, '나부대는' 웃음이다. 애잔하도록 재미난 게 바로 이점이다. "희극성의 코믹한 부재."[7] 글은 이 제목으로 시작되며, 끝부분도 이에 못지않게 재미있다. 쿤데라는 도스토옙스키의 주인공 파블로비치가 이 애잔한 '쇼'를 바라보고 있다고 상상한다. 처음에는 깜짝 놀란 듯하던 그가 곧 폭소를 터뜨린다. 웃는 사람들이 그를 자신들과 한통속으로 여긴다. 또 하나의 착각이다. 그래서 쿤데라는 역시 웃으면서(하지만 씁쓸한 웃음이다) 이렇게 글을 맺는다. "우리가 살도록 선고받은 이 유머 없는 웃음의 세계에 오신 것을 환영합니다."[8]

그는 내게 고의로 이런 텍스트를 주었던 걸까? 그가 그토

---

7) 〈희극성의 코믹한 부재〉는 2007년 5월 24일자 〈르몽드〉의 문학 증보판 〈책들의 세계〉에 먼저 발표되었다.

8) 밀란 쿤데라, 《전집》, t. II, p. 1143.

록 조롱한 그런 방송과 크게 다르지 않은 텔레비전 방송에 그를 초대한 나의 행동이 얼마나 뻔뻔스러운 짓이었는지 일깨워주기 위해서? 장관들은 물론 없지만, 몹시 소란스럽고 몸짓들이 요란한 곳. 그가 끔찍이도 싫어하는 방송, 스펙터클 사회, 진짜 책 얘기를 하기 위한 장소가 전혀 아닌 그런 곳에?

어쨌든 그가 나를 용서하지 않은 것 같진 않았다. 여러 해 동안 우리는 루테시아 호텔 바에서 정기적으로 만났다. 당시 파리의 이 호화로운 대 호텔은 리모델링 하기 전이었고, '우리의' 작은 테이블은 좁고 긴 바의 한쪽 구석, 복도 맨 안쪽에서 우리를 기다렸다.

밀란 쿤데라는 농담할 기회를 놓치는 법이 없는 사람이었기에, 루테시아 호텔에서의 만남에는 늘 즐겁고 익살맞은 분위기가 감돌았다.

딱 한 번, 그가 이오네스코를 회상하며, 프랑스인들이 이 《코뿔소》 저자를 정말 잘 이해하지 못한다고, 그의 희극성이 불가피하게 중부유럽적인 요소, 즉 비극성을 내포하고 있다는 점을 잘 이해하지 못한다고 강조하던 날 저녁만은 예외였다.

차츰차츰 베일 하나가 우리의 대화에 조금씩 드리워졌고 작가의 표정이 어두워졌다. 속내를 털어놓는 습관이 전혀 없는 사람이었으나, 그날 저녁 그는 내게 자신의 두려움을 털어놓았다. 자신의 건강을 걱정했다. 그는 자신을 호시탐탐 노리고 있는 실어증을 두려워하고 있었다. 그 자신이 실어증이라는 용어를 사용했다. 날이 갈수록 점점 더 자신의 말들을 찾기가 어렵노라고 했다. 내가 그런 걸 전혀 느끼지 못했다며 항변하려 들자, 그는 보드카를 하나 더 주문하고는 자신의 아버지 얘기를 들려주었다.

그렇게 해서 나는 난생처음 브르노라는 곳에 있게 되었다.

1929년. 브르노, 전위 예술의 광장

모라비아의 수도 브르노. 모든 것이 시작된 곳 브르노. 밀란 쿤데라는 발음하기 힘든 이름—체코 사람들이 '브르으노'라고 부르는—을 가진 이 도시에서 1929년에 태어났다. 탄생한 지 얼마 되지 않은 젊은 나라였다. 이 나라가 체코슬로바키아로 불리게 된 것은 쿤데라가 태어나기 겨우 10년 전부터다. 1918년만 해도 브르노는 제1차 세계대전이 끝날 때까지 반세기 동안 중부유럽을 지배한 '이중 왕정' 제국, 오스트리아-헝가리 제국에 속했다.

이 제국은 오늘날의 이탈리아에 속하는 트렌티노에서부터 러시아 제국 변경의 동東 갈리치아까지 걸쳐 있다. 참으로 여러 지역과 민족의 패치워크라 할 만하다. 제국의 황제

프란츠 요제프 1세가 12개 나라를 통치한다. 이 제국에서 쓰이는 언어는 독일어, 이탈리아어, 체코어, 슬로바키아어, 우크라이나어, 불가리아어, 슬로베니아어, 루테니아어, 세르비아-크로아티아어, 루마니아어, 헝가리어, 이디시어… 등이다. 이 부글거리는 뒤범벅에서 창조성은 절정에 이른다.

사실, 세기의 전환기에는 빈—부다페스트와 함께 제국의 두 수도 중 하나인—에서 제국의 모든 불꽃이 반짝거린다. 유럽 문화의 합류점에 위치하여, 유럽의 다양한 문화 자산을 흡수한 이곳에는 새로운 생각들이 들끓는다. 지그문트 프로이트에서 구스타브 클림트까지, 에곤 실레에서 오스카 코코슈카까지, 아르투르 슈니츨러에서 카를 크라우스까지, 헤르만 브로흐에서 슈테판 츠바이크까지…, 사상가·창작자·음악가로 넘쳐난다. 바로 이곳에서 말러는 고전 교향곡을 재검토하고, 쇤베르크는 12음 기법을 발명한다. 안톤 베베른과 알반 베르크도 바로 이곳에서 성공한다.

한데 브르노는 빈에서 그리 멀리 떨어져 있지 않다. 지도를 펼쳐 놓고 북쪽으로 선을 그으면 바로 브르노에 이른다. 겨우 150km 정도 떨어진 곳이다. 프라하보다 빈에 더 가까운 브르노는 언제나 예술이 강렬하게 살아 숨 쉬는 고장이었다. 1767년, 11살의 어린 모차르트는 이 브르노에서 자신의 세 번째 교향곡을 선보였다. 브르노의 '농산물 시장Zelný trh'

브르노에 있는 레오시 야나체크 동상

광장에 있는, 중부유럽에서 가장 오래된 레두타 극장에서였다. 부모님과 함께, 천연두가 창궐한 빈을 탈출하여 브르노로 왔다가 얄궂게도 이곳에서 천연두에 걸렸고, 이곳에서 멀지 않은 매력적인 도시 올로모우츠에서 치료를 받았다. (온몸에 마마꽃이 피고 눈이 멀 위험마저 있었으나, 그런 어려움에도 불구하고 모차르트는 이 도시에서 자신의 여섯 번째 교향곡을 완성했다고 한다.)

2세기 후, 바로 이 '농산물 시장' 광장에서, 레오시 야나체크는 채소 파는 상인들의 휘파람 소리, 노랫소리, 단골들에게 떠벌리는 장광설을 들으며 작곡의 영감을 얻었다.

오늘날의 우리는 야나체크의 모든 초기작품이 초연된 마헨 극장 옆에 들어선 온갖 양식의 건축물들 속을 거닐게 된다. 이 바로크, 르네상스, 신르네상스 양식의 건물들과 함께, 공산주의 시대의 유물들이나 20세기 초 브르노의 예술적 활기를 증언하는 놀라운 건물들이 들어서 있다. 예를 들면 모더니스트 건축가 에른스트 비즈네르의 KB은행 건물이라든가, 미스 반 데어 로에가 1929년에 건축한 경이로운 빌라 투겐트하트 같은 건물이 그렇다. 완벽하게 정제된 미학을 보여주는 놀라운 저택이다. 당시에는 하나의 혁명이었다!

1929년. 중부유럽 문학의 유산

브르노는 오스트리아 작가 로베르트 무질이 1891년에 정착하는 도시이기도 하다. 당시는 아직 오스트리아-헝가리 제국 시절로, 이 도시는 독일어로 브륀이라 불린다. 이곳에서 무질은, 토마스 만이 20세기의 토대가 된 작품(프루스트의 《잃어버린 시간을 찾아서》, 조이스의 《율리시즈》와 더불어)으로 여긴 자신의 대작 소설 《특성 없는 남자》의 초안을 그린다.

《특성 없는 남자》는 1930년, 그러니까 쿤데라의 출생과 거의 같은 시기에 출간되었다.

이는 상징적 의미가 깃든 우연의 일치다. 미래의 작가는 이 문학적 현대성, 중부유럽의 현대성이라는 별자리 아래에서 태어난다. 그가 흡수하는 문학, 그가 평생토록 소중히 여기는 문학은 중부유럽의 문학이다. 하지만 위대한 이야기꾼들(슈테판 츠바이크, 요제프 로트, 아이작 바셰비스 싱어…)의 중부유럽이 아니다. 오스트리아-헝가리 제국의 세계건 이디시랜드의 세계건, "어제의 세계"를 되살리는 중부유럽이 아니다. 천만에. 쿤데라가 관심을 기울이는 중부유럽은 폐허 위에서 탐구하고 혁신하고 실험하는 중부유럽이다. 문학계의 쇤베르크와 미스 반 데어 로에 같은 이들. 중부유럽 문학의 첨단…, 말하자면 위의 로베르트 무질(1880~1942) 외에도, 그의 동포 헤르만 브로흐(1886~1951)가 있고, 폴란드 사람 비톨트 곰브로비치(1904~1969)가 있고, 프라하 출신의 프란츠 카프카(1883~1924)가 있다. 평생토록 쿤데라는 자신이 "중부유럽의 위대한 스타 소설가들"[9)]이라고 부르는 이 저명한 4인방과 결부되어 있다고 느낀다. 그는 그들의 상속자다. "달팽이가 껍질에 붙어있듯" 그들과 결부되어 있다고 느낀다.

우리는 이 위대한 네 작가에게서 네 가지 공통점을 확인할 수 있다. 첫째, 그들 모두 완전히 버려진 세계에서 자신들의 작품을 건축한다는 것. 둘째, 그 무엇에도 현혹되지 않는다는 것. 셋째, 조소嘲笑를 자신의 무기로 삼는다는 것. 넷째, 모두 절대적으로 현대적이고자 한다는 것이다.

---

9) 밀란 쿤데라, 《전집》, t, II, p. 711.

하나씩 좀 더 자세히 살펴보도록 하자.

1. 자식뻘로 볼 수도 있을 곰브로비치만 빼고, 무질·카프카·브로흐는 모두 같은 세대다. 이 중부유럽에서 그들은 제1차 세계대전, 러시아 혁명, 오스트리아-헝가리 제국의 붕괴 등, 연이은 파괴와 전복을 경험했다. 한마디로, 그들의 세계는 그들이 스물여덟 살에서 서른네 살이던 시절에 산산조각이 났다. 그 후까지 생존한 사람들은 모두 1930년대부터, 히틀러의 권력 장악, 파시즘, 나치즘, 제2차 세계대전 등을 지켜보았다.

그들의 '정신과 시대 정신Geist und Zeitgeist'이 어떠했는지는 헤르만 브로흐의 작품 제목들만 보아도 잘 알 수 있다. 그의 작중 인물들은 해체되는 세계의 논리를 헛되이 찾아다니는 '몽유병자들'이다. 《특성 없는 남자》의 주인공 울리히도 사실 어느 면에서는 몽유병자다. 그는 끊임없이 이동하면서 이미지들을 보여주는 사진기를 통해 세상을 보는데, 그 이미지들 주변을 정확히 파악한다는 건 불가능하다. 《페르디두르케》에 등장하는 곰브로비치의 화자 조조도 이리저리 떠돌아다닌다. 그가 이해하길 포기한 어떤 부조리한 우월한 힘에 떠밀려서다. 이 미로에 출구가 있는가? 빛을 향한 탈출구가? 카프카는 이미 1922년에 자신의 《일기》에서 이렇게 대답한다. "진실은 바로, 지금 네가 문도 창문도 없는 독방에서 벽에 머리를 박고 있다는 것이다."[10]

2. 이들은 모두 세계를 경계하는 신중한 태도를 보이면서 명철함을 추구한다. 《소설의 기술》에서 쿤데라는 이들 넷 모두에게 공통된 점으로, "역사와 미래에 대한 열광"을 "불신"하는 태도를 강조한다. 곰브로비치는 기술과 산업의 진보가 인간 존재를 "어린아이나 얼간이 상태"에 머무르게 한다며 경계한다. 브로흐는 "점점 가속하는 속도를 통해서만 균형을 찾고 유지할 수 있는 세계, 그런 강요된 진행 상태를 인간을 위한 사이비 활동으로 만드는 세계", "이 본질도 안정성도 없는 세계" 앞에서 경계심을 드러낸다. 이들 모두에게 관건은 무대 장식의 이면을 보여주는 것, 외관의 베일을 찢고 뒤에 숨겨진 것을 드러내는 것이다. 뒤에 숨겨진 것이란 지금 이 세상에서 멀지 않은 곳에서 우리를 기다리는 것이다. 예컨대 브로흐의 이런 예언적 문장은 실로 놀랍기 짝이 없다. "앞으로 우리에게는 오직 숫자만 남을 것이다, 오직 법령들만 남을 것이다…."[11] 알고리즘과 법령들의 세계 말이다.

3. 이런 모든 것에 대응하는 무기로 (블랙)유머나 조소보

---

10) 프란츠 카프카, 《일기》(1922년), 마르트 로베르(역), 그라세 출판사, 1954년.

11) 헤르만 브로흐, 《몽유병자들》, 피에르 플라샤·알베르 콘(공역), 갈리마르 출판사, '뒤 몽드 앙티에' 총서, 1956~1957년, 전 2권.

다 더 나은 것이 있을까? 《특성 없는 남자》의 첫 장은 농담으로 시작한다. 《페르디두르케》의 화자 조조 코발스키는 청소년으로 변신한 서른 살 남자를 묘사할 때, 망설임 없이 라블레와 세르반테스의 '코믹' 소설 전통에 결부시킨다. 서구에서 가장 악몽 같은 작품의 저자로 읽히는 카프카조차도 《소송》 제1장을 자기 친구들에게 읽어줄 때 크게 웃었다고 한다. 더욱이 우리는 이 조소의 예술을 좀 더 대중적인 체코 문화, 이를테면 프라하의 유머 작가 야로슬라프 하세크(1883~1923년)의 위대한 풍자 소설 《용감한 병사 슈베이크》에서도 발견한다. 쿤데라가 예찬하는 또 한 명의 작가인 하세크는 카프카와 정확히 같은 시대를 산 사람이다.

요컨대, 이 "중부유럽의 칠성시인七星詩人 같은 작가들"—아이작 바셰비스 싱어, 외젠 이오네스코 등 다른 많은 작가 역시—의 작품 세계를 지배하는 것은 아이러니와 유머로서, 그들의 유머는 부조리, 넌센스까지, 즉 쿤데라가 애착하는 무의미까지 나아갈 수도 있다. 그만큼이나 이 '진지하지 않음'의 정신이 중부유럽 작가들의 혈맥 속을 흐르고 있기에, 밀란 쿤데라는 그래서 자신이 4월 1일에 태어났다는 농담까지 했다. 늘 그는 웃으면서 이렇게 말했다. "내가 4월 1일에 태어났다는 사실이 형이상학적 차원에 영향을 미친 거죠."

4. 이 작가들은 모두 철저히 현대적이었다. 그들은 이전의 문학 사조인 낭만주의를 혐오했다. 감정과 감각을 중시하는, 독자의 환심을 사려는 모든 글을 경멸했다(음악으로 비유하자면 쇼팽보다는 바르톡을 선호했다). 그들의 문체는 모든 것이 서로 충돌하는 세계의 혼란상을 반영한다. 이를테면 브로흐는 한 작품에 문학과 철학을 공존시킨다. 그의 이야기들은 시, 연극 대사, 그리고 역사·건축·종교에 관한 에세이 등으로 점점 더 파편화되어 서로 뒤얽힌다. 작중 인물 역시 《소송》의 K처럼, 이름도 얼굴도 없다. 콘스탄틴 브랑쿠시의 조각상들처럼 매끈하다. 아직은 백지상태지만, 그리 오래 가는 건 아니다—소설을 통해 저자는 그들을 시대("완전히 죽음과 지옥에 귀속된 시대"[12]) 속에 던져 넣는다. 그러고는 그들이 그 가마솥 속에서 발버둥 치는 모습을 관찰한다. 어쩌면 그들이 인간 조건에 관한 새로운 뭔가를 말해주지 않을까? 우리가 미처 모르고 있던 우리 자신의 일면을? 이 같은 실험적 접근을 밀란 쿤데라는 전적으로 제 것으로 한다. 이를 그는 멋진 한 문장으로 종합하게 된다. 즉, 자신의 등장인물들은 "가설들"이라고 그는 말한다. "덫이 된 세계 속 인간의 여러 존재 가능성."[13]

---

12) 앞의 책.

이 덫이 하나의 실험실이기도 하다는 점을 잊지 말자. 역설적인 얘기로 들릴 수도 있겠지만, 세기 초의 브르노는 예술적 전위의 광장, 참으로 창조성이 들끓는 '중앙' 유럽이다. 취리히에서부터 베를린까지, 루마니아-프랑스 작가 트리스탕 차라가 '다다'라고 명명한 예술 운동이 1920년대까지 그 절정을 구가한다. 이 운동은 1924년에 초현실주의로 이어져 모든 표현 양식에 영향을 주고, 특히 체코인들에게서 두드러지게 발전한다. 체코를 대표하는 초현실주의 시인들—카렐 타이게, 야로슬라프 사이페르트, 비테즈슬라프 네즈발—은 특기할 만하다. 특히, 맨 마지막 시인, 훗날 필립 수포가 이미지의 대담성을 예찬하게 되는 네즈발이 그렇다. 네즈발은 어린 쿤데라에게 깊은 인상을 남기게 되는데, 쿤데라는 어느 해 여름 모라비아의 한 시골 마을에서 그의 시를 발견하고 몹시 감동한다.

그건 훗날 얘기고, 먼저 그는 브르노라는 도가니 속에서 성장한다. 책에 파묻혀 지내지만, 처음에는 책보다 음악에 더 많이 빠져 있다. 사랑하는 아버지 루드비크가 전문 피아니스트이기 때문이다. 그래서 그는 자신의 위대한 모델 루드비크 쿤데라의 까다로운 눈 아래에서, 똑딱이는 메트로놈의

13) 밀란 쿤데라, 《전집》, t, II, p. 735.

리듬에 맞춰 성장한다.

1934년. 놀라운 귀를 가진 소년

"도 미 내림 나… 좀 더 딱딱 끊어서, 밀란쿠… 거기 다시 해봐, 그 마지막 세 악절…."

피아노 의자에 앉아 있는 어린 밀란을 상상해보자. 그는 다섯 살이고, 그의 기다란 야윈 두 종아리가 페달에서 멀리 떨어져 허공을 찬다. 하지만 그는 이미 놀라운 귀를 드러낸다. 절대 음감. 그의 아버지가 이를 놓칠 리 없다. 아주 자연스럽게, 루드비크 자신이 이 어린 아들의 음악 교육을 맡는다.

루드비크는 최고의 선생이다. 창의적인 교육자. 이미지를 동원한 온갖 재미난 방식으로 아들에게 음표들의 기능을 이해시킨다. 아들에게 하모니의 법칙을 예시해주려고 짧은 콩트를 지어내기까지 한다.

> 내가 다섯 살 때 아버지에게서 들은 얘기가 있다. 모든 음계는 각기 하나의 작은 궁정이라는 것. 그곳에서 왕(으뜸음)은 권력을 행사하고 시종 두 명(다섯 번째 음과 네 번째 음)을 거느린다. 그들은 휘하에 또 고관 네 명을 뒀는데, 그 각각은 왕과 시종들과 특별한 관계를 유지한다. 게다가 그 궁정에는 우리

가 반음계라고 부르는 다른 다섯 음도 묵고 있다. 그것들은 분명 다른 음계들에서는 맨 앞자리를 차지하겠지만 그곳에는 손님으로 왔을 뿐이다.

《웃음과 망각의 책》, t, I, p. 1089~1090.

아버지는 그의 영웅이다. 이 아버지를 자세히 살펴보지 않고서는 우리는 아들을 전혀 이해하지 못할 것이다. 이상하게도 작가는 자신의 어머니, 야나체크 음악원에서 비서로 일한 아름다운 밀라다 야노시코바(1902~1984년)에 대해서는 일절 언급하지 않는다. 반면 그에게 아버지는 끊임없는 참조 대상이다. 아, 그에게 많은 영향을 준, 그의 피가 되고 살이 된, 사랑하는 아버지를 그에게 환기해줄 때면 그의 얼굴이 얼마나 환히 빛났던가.

분명 루드비크는 하나뿐인 아들이 자기처럼 전문 음악가가 되기를 바랐을 것이다. 밀란도 그런 뜻을 품게 된다…. 한동안 작곡가의 삶을 고려한다. 피아노를 위한 소품들을 작곡하여—14살 때 일이다!—진짜 창작자의 길을 걷기 시작한다. 그 후, 4중주곡도 한 편 작곡한다. 피아노, 비올라, 클라리넷과 드럼을 위한 4중주곡이다.

HOTEL PALACE

19. XI. 1912 ½8 h

Klavírní večer Klavierabend

L. KUNDERA.

PROGRAM:

a) **Bach-Tausig:** Toccata et fuga D-moll.
b) **Schumann:** Sonate G-moll
Presto.

2. **Chopin:** a) Nocturno Cis-moll, op. 27 1
b) 4 Préludes, op. 28.

3 **Smetana:** České tance — Böhmische Tänze.

4. **Vít. Novák:** Op. 30. Písně zimních nocí — Winternachtsgesänge.

5. **Liszt:** Sonate H-moll.

Mojmír Urbánek
Bureau de Musique
Palais Hlávka.

Cena — 10 h — Preis

1912년 11월 19일, 루드비크 쿤데라의 연주회 프로그램

하지만 루드비크 얘기로 돌아가자. 1929년에 밀란이 태어났을 당시, 서른여덟 살의 그는 브르노 음악원에서 학생들을 가르치고 있었다. 그 역시 이 도시에서, 1891년 8월 18일에 태어났다. 그는 〈꾀바른 어린 여우〉의 작곡자 레오시 야나체크에게서 피아노 수업을 받았다. 그의 친구가 되기까지 한다. 하지만 세계대전이 그의 경력을 지연시킨다. 1923년에 이르러서야 그는 독주자이자 실내악 연주자의 길을 제대로 걷기 시작한다. 모든 새로운 작곡에 관심을 가진 그는 스승이자 친구인 야나체크의 작품들뿐만 아니라 바르톡, 쇤베르크의 작품들도 연주한다. 그리고 빈, 모스크바, 키에프, 쾰른 등지에서 연주회를 연다.

제2차 세계대전이 연주자로서의 그의 경력에 마침표를 찍는다. 1945년 이후, 루드비크 쿤데라는 음악학에 전념하여 브르노 음악원의 원장을 맡는다. JAMU(야나체크 음악 아카데미)를 설립하여, 1961년까지 이곳 학장으로 일하게 된다. 덕택에 시간 여유가 생긴다. 그래서 그는 브르노 자택에서 열정적으로 외아들의 음악 교육에 헌신한다.

사관 복장의 루드비크

2021년. 여행 수첩 – 브르노

우툴니Utulny.

"번역할 수 없는 체코 말이 하나 있어." 언젠가 베라 쿤데라가 내게 한 말이다. "그 유명한 체코적 향수를 가리키는 말 리토스트 얘기가 아냐. 지금 내가 말하는 건 우툴니라는 말이야(우툴니는 형용사이고, 여기서 유래하는 명사는 우툴노스트다). 프랑스에 온 후, 여러 해 동안 이 말 때문에 아주 괴로웠어. 프랑스어에는 이에 해당하는 대응어가 없으니까. 하지만 다른 나라 언어들에는 다 있지. 독일어의 gemütlich, 영어의 cosy 등…. 이들은 다 정서적인 말이야. 장소를 가리키는 의미로 쓰일 때, 우툴니는 은신처, 즉 네가 숨어드는 곳, 네가 보호받는 작은 장소를 가리키지. 알겠어?"

"예를 들면요…."

"그야 쉽지. 파리는 어마어마한 도시지만, 우툴니는 전혀 아냐. 내게 우툴니는 바로 프라하 구시가지야. 거기에선 둥지 속처럼, 혹은 어머니의 뱃속처럼 웅크리고 있을 수 있지. 밀란에게는 브르노가 그런 곳이야. 그는 브르노를 도무domu, 즉 집으로 부르기도 해. 최근 들어서는 끊임없이 그곳 얘기를 하는데, '집으로' 돌아가고 싶은가 봐."

푸르키뇨바 가, 6번지

2021년 7월 오늘, 우리는 바로 그 집 앞에 있다. 브르노의 조촐한 동네 크랄로보 폴레에 있는 푸르키뇨바 가街 6번지의 한 작은 연립 빌라. 밀란의 부모님은 그가 태어났을 때 이미 이 집에서 살고 있었고, 밀란은 이곳에서 유년기와 청소년기를 보냈다. 결혼하기 5년 전에 베라와 함께 이 집에 들어와 살기도 했다.

크랄로보 폴레는 옛날에는 들판 한가운데에 있는 마을이

푸르키녀바 가, 6번지
밀란 쿤데라가 젊은 시절을 보낸 브르노의 집

었다. 건물이 가득 들어선 오늘날에는 그리 예쁜 마을이 아니다. 하지만 그의 집은 변하지 않았다. 베이지색 초벽을 한 단순한 입방체 건물에 차고가 딸린 집. 거리 쪽에 베라에게 주는 선물로 밀라다가 심은, 이탈리아산 목련 한 그루가 서 있다. 오늘, 이 목련 나무에 꽃이 피어 있다. 이제는 아주 크게 자라 집 일부를 가린다.

내부는 어떨까? 파리에서 베라는 내게 이렇게 말했다. "거기 가지 마, 그들은 친구가 아냐." 1984년에 밀란의 어머니가 돌아가셨을 때, 밀란과 베라는 이미 프랑스에 망명 중이었던 터라, 집안의 먼 친척이 그 집을 차지했다. 하지만 쿤데라 집의 원래 모습은 말끔히 사라졌다. 밀란과 베라는 나중에, 그러니까 1990년, 베를린 장벽이 무너진 후 처음으로 고향으로 돌아왔을 때 이를 확인하고서 마음이 몹시 아팠다. 베라의 설명은 이렇다. "집에 들어가 보니, 그 사람들이 우리를 이미 죽은 사람으로 여겼다는 걸 알겠더라고. 우리 것은 아무것도 남아 있지 않았어. 밀란이 낸 책들의 하나뿐인 판본과 그림들, 심지어 꽃병 하나까지 싹 다 치워버렸지. 물론 그렇다고 그들을 비난할 수는 없었지만, 우리로서는 마치 무덤에서 되돌아온 느낌이었어."

예술과 지식이 1순위였던 집

하지만 푸르키뇨바 가의 이 집은 둘도 없는 그들의 우툴니였다. 화기애애하고 세상에 열려 있던 집. 음악학자인 밀란의 친구 밀로시 슈테드로뉴는 이렇게 말한다. "쿤데라 집 안은 지적으로 매우 자극적인 분위기였어요. 예술과 지식이 최우선 순위에 있는 집이었죠. 음악은 물론이고, 문학도 그랬어요. 그 집에 갔을 때 많은 장서에 깊은 인상을 받았던 기억이 납니다. 밀란은 그런 분위기에서 성장했어요. 그의 어머니 마민카(체코어로 '엄마'라는 뜻)가 두 남자, 아버지와 아들을 보살폈죠. 어린 밀란은 아버지의 모든 연주회에 참석했어

밀란의 부모, 밀라다와 루드비크

요. 그가 열한 살 때 루드비크가 연주회를 연 유명 온천 도시에서 찍은 사진이 한 장 있어요. 아버지가 가는 곳마다 따라다녔고, 아버지를 몹시 우러러보았죠. 사실 루드비크는 단지 야나체크의 재능있는 제자이기만 했던 게 아녜요. 그는 제1차 세계대전 동안에는 토마시 가리그 마사리크[14]가 창설한 체코슬로바키아 용병 소속으로 소비에트 러시아에서 여러 해를 보내며 러시아 전위 예술에 심취했죠. 그 후에는 독일에서 공부하며 베토벤에 대한 사랑을 굳게 다졌고요. 그리

14) 1850~1937년. 교육학자·사회학자·철학자로, 1918년에 체코 공화국 초대 대통령이 된다.

고 1929~1931년에는 알프레드 코르토와 함께, 파리 음악학교의 여름 강습에 참여하기도 했었죠…."

브르노의 한 공원에서 맥주잔을 앞에 두고, 밀로시 슈테드로뉴가 열정적으로, 끊임없이 얘기를 늘어놓는다.

"체코슬로바키아 공화국이 수립된 후, 이곳 브르노에 '모라비아 작곡가 클럽'이 결성되었는데, 야나체크가 대표였고 루드비크 쿤데라가 그의 오른팔이 되어 그를 보좌했어요. 둘 다 당시 음악 작곡의 첨단에 있던 예술가들에 끌려, 1925년에 벨라 바르톡과 세르게이 프로코피예프를 브르노로 초청했어요. 1938년에는 프로코피예프의 발레곡 〈로미오와 줄리엣〉의 세계 첫 공연을 개최했죠. 그리고 제2차 세계대전 후에는 드미트리 쇼스타코비치와 올리비에 메시앙을 초청하기도 했어요. 상상해보세요…. 사람들이 끊임없이 예술 형식이며 혁신, 새로운 발견 등을 논하는 이 유럽에서, 부모님을 따라다니며, 더불어 음악가들, 오케스트라 단장들, 연극인들, 화가들, 작가들을 따라다니며, 그런 세계에서 헤엄치는 하나뿐인 아들, 어린 밀란을 말이에요. 그들 바로 곁에서, 그들과 함께 걸으며 말입니다! 브르노는 대도시가 아니었고, 그래서 그곳에서는 모두가 모두를 알고 지냈어요…. 그게 바로 밀란 쿤데라의 어린 시절이랍니다!"[15]

"취해선 안 돼!" 혹은 키치를 조심해

사실 유럽도 아무 유럽이 아니다. 또한 학교도 좋은 학교다…. 밀란은 루드비크라는 최고 교육자의 손아귀에 붙들려 있다. 까다롭고, 때로는 타협을 모르는 완강한 교육자. 세월이 흐르면서 아이가 점점 커가자, 아버지는 아이가 안일에 빠져 재능을 망치면 어쩌나 하는 우려를 참지 못한다. 이 신통한 아들이 어느 날, 일종의 황홀경에 빠져든다.

> 나는 피아노 앞에 앉아 열정적인 즉흥 연주에 빠져 있었는데, C단조와 버금딸림음 F단조를 아주 강하게 끝없이 두들기기만 하면 되는 연주였다. 이 두 화음과 끝없이 반복되는 그 원시적 멜로디의 모티프는 어떤 쇼팽 어떤 베토벤도 내게 일깨워준 적 없는 강렬한 감동을 맛보게 해주었다.
>
> 《배신당한 유언들》, t. II, p. 870.

하지만 밀란의 그 화음들이 아버지의 귀에는 전적으로 무가치하게 들렸던 게 분명하다. 너무 뻔해서였을까? 너무 낭만적이어서? 너무 되바라져 보여서? 루드비크는 분노를 다스리지 못하고 폭발한다.

---

15) 밀로시 슈테드로뉴와의 인터뷰, 브르노, 2021년 7월.

> 아버지는 크게 노하여—그 이전에도 이후에도 나는 그분께서 그렇게 노하신 모습을 본 적이 없다—내 방으로 달려오셨고, 나를 의자에서 들어 올려 주방으로 안고 가서는 분을 간신히 삭이며 나를 식탁 밑에 내려놓았다.
>
> 《배신당한 유언들》, t. II, p. 870.

이렇게 해서 그는 영원히 그 유치한 감상을 떨쳐버리게 된다. 취해선 안 돼, 밀라네크!

키치에서 달아나는 법을 배우라는 것, 쿤데라는 이 교훈을 영원히 잊지 않게 된다.

1947년. 첫 시 - 〈파벨 하스를 기리며〉

루드비크 다음에는 다른 선생들이 어린 밀란의 음악 교육을 맡는다. 특히 유대인 작곡가 파벨 하스가 그중 한 명인데, 그 역시 야나체크의 제자다. 루드비크가 친구 하스를 밀란의 음악 선생으로 골랐다. 파벨—유명한 체코 배우 휴고 하스의 형—은 쿤데라의 삶에서 중요한 역할을 한다. 그의 존재는 어린 소년의 마음속에 오랫동안 각인된다. "그것을 아는 사람은 거의 없지만, 그는 우리나라의 가장 뛰어난 작곡가 중 한 명이었다. 당시 나는 열한 살이었다. (그 작곡 수업은)

파벨 하스 등, 제자들에게 둘러싸여 있는 레오시 야나체크

내게 진지한 공부라기보다는 일종의 게임 같은 것이었지만, 하스는 이미 우리 세계의 위대한 신화적 인물들 무리에 속하는 사람이었다."

그러나 슬프게도, 그것이 오래 가지 못한다. 1940년에 하스는 브르노에서 몸을 숨긴다. 끊임없는 도피 생활에 넋이 나간 채, 그는 박해받는 다른 유대인들과 함께 임시 숙소들을 전전한다. 이 아파트에서 저 아파트로 떠돌며 다락방에서 숨어지내는 그런 극도의 궁핍한 생활 속에서도 그는 가르침을 계속한다. 반바지 차림의 어린 밀란은 악보집을 겨드랑이에 낀 채 그가 가는 곳마다 그를 따라다닌다. 그러던 1941년 12월 어느 날, 하스는 나치에게 체포되어 프라하 서쪽에 있는 테레진 수용소로 끌려간다. 거기에서 그는 3년 동안 생존하며, 심지어 〈히틀러가 유대인들에게 도시를 제공한다〉라는 선전 영화에 출연하기까지 한다(이 경악스러운 영화에서 우리는, 심각한 영양실조로 휠체어에 앉아 있으면서도 자신의 곡을 지휘할 때는 기어이 몸을 일으키는 그의 모습을 볼 수 있다).

3년 후인 1944년 10월 16일, 그는 끝에서 두 번째 수송차에 실려 아우슈비츠로 이송되었다. 그러곤 돌아오지 않았다.

음악을 포기하고 글을 쓰겠다고 결심했을 때, 밀란 쿤데라는 먼저 시 쪽에 관심을 기울인다. 1947년(열여덟 살 때)에 발표된 그의 첫 시는 그가 그토록 사랑했던 이 음악 선생에게 바친 경의다. 훗날 그는 이렇게 설명한다. "그를 향한 사랑 때문에 나는 좌절을 겪거나 빛을 보지 못한 예술가들에게 각별한 애정을 품게 되었다."

또한 20세기 전환기에 중부유럽에 크게 공헌한 유대인 예술가들과 지식인들, 코코슈카, 프로이트, 쇤베르크, 베르크, 케스틀러, 카프카, 슈니츨러… 그밖에 다른 많은 이들에게도 그는 각별한 애정을 품는다. 그들은 중부유럽의 펄떡이는 심장이었고, 밀란 쿤데라는 그 유럽에 영원히 향수를 느끼게 된다.

Milan Kundera

ZA SKLADATELEM PAVLEM HAASEM

„Hledaje svou sílu proměňuji se v hebounký vláček"
Viď chceš ujet naproti k notám flákajícím se
po dalekém papíře „A hlavně naproti
krabici do níž se odspávám
v přestávkách mezi nelítostí zedních vachmanů"

Kdybych byl očitým svědkem tohoto rozhovoru
chraň mne má vůle před útěšným pádem
do řeky mateřských písků
a počátečních měkkotin
k červům a ptáčkům
k ženám — zámotkům
k brouzdajícím se bezrozoumkům v teplém plénkoví
„Zvečeru zase lehký klepot
úst mého dalekého domova Stůl žena její hlas
stojící a tělesný, můj potkáváčku"

파벨 하스에 관한 밀란 쿤데라의 시

"이 세계 어느 곳도 이곳만큼 유대인의 재능이 깊이 각인된 곳은 없었다. 국가 간의 분쟁을 초월해 있는 유대인들은 20세기에, 중부유럽을 통합하는 사해동포주의의 주된 요소였고 중부유럽의 정신적 단일성의 창조자이자 그 정신을 집약하는 정신적 시멘트였다. 그래서 나는 그들을 좋아하고, 마치 나 자신의 개인적 유산이기라도 하듯 정열적으로, 그리고 향수 어린 마음으로, 그들이 물려준 유산을 소중히 여긴다…. 따라서 중부유럽의 유대인들에게 가해진 타격은 동시에 유럽 문화의 심장을 치는 것이었다. 전쟁이 끝날 무렵, 병든 로베르트 데스노스가 하필이면 테레진에서 생을 마감한

데는 은유적 의미가 있다. 이 위대한 초현실주의 시인은 현대 예술의 '고통의 수도'로 가서 생을 마감한 것이다."[16)]

2021년. 여행 수첩 – 테레진

파벨 하스의 흔적을 찾아 테레진으로 가본다. 합스부르크 왕가에서 건축하여 왕녀인 마리아 테레지아를 기리는 뜻에서 테레진슈타트라고 이름 붙인 기이한 요새 도시. 가브릴로 프린치프[17)]는 이곳에 투옥되었었다. 이 요새 도시의 바둑판 모양 거리에서는 어떤 생명의 흔적도 찾아볼 수 없다. 죽음의 침묵. 도시 전체가 하나의 수용소 같다.

1949년. 올가, 젖먹이의 기저귀와 첫 경험

파벨 하스는 예술가로서만이 아니라 한 남자로서도 밀란 쿤데라의 삶에서 중요한 역할을 했다. 수용소로 끌려가기 전 그는 소냐 펠트만과 결혼한 바 있다. 모스크바 출신의 이 여

---

16) 밀란 쿤데라, 《납치된 서유럽》, 갈리마르 출판사, 〈르 데바〉지, 1985년.

17) 1894~1918년. 보스니아의 세르비아계 학생이자 유고슬라비아 민족주의자. 1914년 6월 18일 프란츠 페르디난트 대공과 그의 부인을 살해하여, 결국 제1차 세계대전을 촉발하게 된다.

브르노의 비스쿱스카 가街와
휴고와 파벨 하스가 어린 시절을 보낸 집

의사는 첫 결혼을 언어학자인 로만 야콥슨(1896~1982)과 했던 사람이었다. 그녀와 파벨은 올가라는 딸을 하나 두었는데, 이 올가가 훗날 밀란 쿤데라의 첫 부인이 된다.

파벨 하스는 나치라는 재난을 모면하지 못했지만, 소냐는 자신이 전통 러시아인이라고 주장하여 유대인 혈통을 숨기는 데 성공했다. 그렇게 해서 어머니와 딸은 살아남았다.

우리는 올가 하스 쿤데라에 관해 아는 게 별로 없다. 그녀는 밀란 쿤데라보다 여덟 살 아래고, 음악가로 뮤지컬(오페레타) 가수였다. 두 사람은 어린 시절부터 알고 지냈으며 밀란이 하스네 집에 음악 수업을 받으러 다닐 때 마주치곤 했다. 나중에, 그녀의 사진 몇 장이 어느 체코 신문에, "무대 의상 차림의 올가 쿤데로바"라는 설명과 함께 실린 적이 있다(체코 사람들은 누군가의 아내, 예컨대 쿤데라의 아내를 지칭할 때 '쿤데로바'라고 말한다). 하지만 그 정도가 전부다. 그들이 어떤 정황에서 결혼하게 되었는지, 쿤데라가 말로든 글로든 그녀에 관해 일절 언급하지 않은 이유가 무엇인지, 헤어진 동기는 또 무엇인지…, 이 모든 의문에 대해 우리는 전혀 아는 바 없다.

사람들 말로는 어느 체코 전기 작가가 자료 조사를 하는 동안, 올가에게 뭔가 비밀 얘기를 털어놓게 하려고 꽃다발을 보냈다고 한다. 그는 보기 좋게 딱지 맞았다. 그녀는 그에게 이런 메시지를 되돌려 보낸 모양이었다— "괜히 힘 빼지 마세요. 나는 밀란에게 우리의 결혼 생활에 관해 얘기하지 않겠다고 약속했어요."

"그게 정말이에요? 어째서 밀란이 올가에게 그렇게 하라고 요구했을까요?" 나는 베라에게 감히 그렇게 물어보았다. 격노한 그녀의 대답. **"절대로, 그는 절대로 올가에게 그런 걸 요구하지 않았어!!! 절대로!!! 올가는 내 친구야. 험담꾼들의 괜한 헛소리라고!"** 그러곤 흥분이 가라앉자, 그녀는 내게 이렇게 설명해주었다. 여든 살이 넘은 올가는 이제 요양원에서 살고 있으며, 자신과 그녀는 서로 매주 몇 차례씩 전화 통화를 하고 있다고. 아이러니한 일이지만, 이제는 그녀 베라가 옛 부부의 중개자가 되어버렸다고 말이다. "묘한 일이지만, 일이 그렇게 되었지…. 내가 그녀에게 밀란의 안부를 전해."

빠진 조각

"올가 말이오? 내 생각에 밀란은 그녀를 무척 좋아했지만, 그녀의 음악 관련 일은 좋아하지 않았던 것 같아요."라고 밀로시 슈테드로뉴가 말한다. 그게 전부다. 앞으로 보게 되겠지만 쿤데라라는 거대한 퍼즐에는 늘 빠진 조각들이 있다. 올가도 그 조각들 가운데 하나다. 하지만 이 작가의 세계를 이해하는 데 그게 그리 중요할까?

《만남》에서 밀란 쿤데라는 한 가지 일화를 이야기한다. 브르노 대학의 교수이자 그 역시 야나체크에게 매료된 블라디미르 헬페르트라는 사람 이야기다. 헬페르트는 야나체크에 관해 "총 네 권으로 계획한 방대한 연구서"를 집필하기 시작한다. "야나체크는 1928년에 세상을 떠났고, 그 10년 후, 오랜 연구 끝에 헬페르트는 제1권을 완성한다. 때는 1938년 뮌

헨에서의 일로, 당시는 독일 점령기였고 전쟁 중이었다. 강제수용소에 이송된 헬페르트는 전쟁이 막 끝났을 때 세상을 떠난다. 그의 연구서 중 남은 건 1권뿐인데, 그가 이 책 끝부분에서 다루는 야나체크는 겨우 서른다섯 살이고 평가할 만한 작품은 아직 전혀 쓰지 못한 상태다."

한데 흥미로운 것은 이보다 좀 더 이른 때인 1924년에 카프카의 친구인 막스 브로트도 야나체크에 관한 글을 썼다는 사실이다. 열정에 찬 짧은 연구서다. "헬페르트는 즉각 그를 공격한다. 브로트에게 학문적 엄정함이 부족하다고! 야나체크가 젊은 날 작곡한 곡이 여럿 있는데, 그는 그것들의 존재조차 모른다는 게 그 증거라고! 그러자 야나체크가 직접 나서서 브로트를 변호한다. 중요하지 않은 것에 관해 서술하는 게 무슨 소용인가? 작곡가 자신이 좋게 평가하지 않는 것, 심지어 상당 부분 불태워버리기까지 한 작품으로 작곡가를 판단해야 할 이유가 무엇인가?"[18)]

> 어떤 새로운 문체, 어떤 새로운 미학, 그것들을 어떻게 파악할 것인가? 역사가들이 즐겨 하듯, 그 예술가의 젊은 시절 쪽으로, 그의 첫 경험 쪽으로, 그의 젖먹이 시절 잠자리 쪽으로

---

18) 밀란 쿤데라, 《전집》, t. II, p. 1214.

되돌아가 파악할 것인가? 아니면 예술을 실제로 하는 사람들이 그러듯 작품 그 자체에, 작품의 구조에 관심을 기울여 그것을 분석하고, 그 껍질을 벗기고, 비교하고, 대조하면서 파악할 것인가?

《만남》, t. II, p. 1214.

밀란 쿤데라는 엉터리 '문학 비평가들'을 좋아하지 않는다. 분석하고, 비교하고, 대조하는 대신, 기저귀를 뒤지고 첫 경험에 대해 떠들어대는 걸 더 좋아하는 사람들 말이다.

브르노에서, 나는 올가를 만나보려 하지 않았다. 그러기보다 작품에서, 밀란의 시들, 특히 그의 시집 《독백》에서 그녀를 알아보고자 했다.

그 후, 2023년 1월 1일, 신년 인사를 하려고 밀란과 베라를 찾아갔을 때, 베라가 말했다. "지난달, 12월에, 올가가 내게 전화했었어. 그러곤 나흘 뒤에, 세상을 떴어." 그녀는 내게 사진 두 장을 보여주었다. 어느 연극 무대에서 다른 사람들과 어울려 춤추는 올가의 모습. 그리고 얼굴이 길쭉한 한 여인의 초상. 아주 순수한 타원형 얼굴.

그러고는 밀란과 올가의 결혼 생활이 겨우 8개월 정도였다고 덧붙이며 이렇게 말했다. "떠난 쪽은 그녀였어. 두 사람은 6월에 헤어졌고 우리는 11월에 만났지."

1988년. "나의 첫 발상은 언제나 리듬과 관계가 있다."

> 길, 그것은 사람들이 걸어가는 대지의 띠다. 도로는 비단 사람들이 그 위를 자동차로 달려간다는 점에서만이 아니라, 한 지점을 다른 한 지점과 연결하는 하나의 단순한 선이라는 점에서도 길과는 구분된다. 도로는 그 자체로는 어떤 의미도 갖지 않는다. 그저 두 지점을 연결해준다는 의미뿐이다. 길은 공간에 대한 경의다. 길의 토막 하나하나가 모두 그 자체로 하나의 의미를 지니고 있어, 우리의 발걸음을 멈추게 한다.
>
> 《불멸》, t, II, p. 186.

그러므로 계속 나아가지 말고, 여기서 잠시 발걸음을 멈추자. 밀란 쿤데라에게는 음악이라는 언어—아버지의 언어라 할 수 있는—가 모국어 못지않게 중요함을 강조하기 위해서 말이다. 이 언어는 앞으로 그의 작품에 중대한 영향을 주고 거의 모든 소설의 기저 구조에 영감을 주게 된다. 예를 하나만 들어보자. 《삶은 다른 곳에》에서, 냉기라는 모티프는 책

브르노에 있는 음악 아카데미(JAMU)의 정면

전체에 걸쳐 전개된다. 야로밀이라는 등장인물 주위의 모든 것이 얼어붙는다. 그것이 중심 주제다. 냉각이, 연속적인 7가지 리듬(모데라토, 알레그레토, 알레그로, 프레스티시모, 아다지오, 프레스토)으로 구상된 작품 전체에 걸쳐, 싸늘한 변주들에 둘러싸여 나타난다. 그런 점에서 보면 쿤데라의 작품은 눈만큼이나 귀를 위해 쓰인 것이라고 할 수도 있다.

어느 날 그는 내게 이렇게 말했다. "나의 첫 발상은 언제나 리듬과 관계가 있어요. 내 소설들을 나는 귀로 듣죠."

아버지의 그늘에서 벗어나기란 어렵다. 쿤데라는 이 정도로까지 '이중언어'를 구사하는 드문 작가 중 한 명이다. 아들의 언어가 아버지의 언어 속에 스며들어버린 거라고나 할까. 말들의 표면 아래에서, 루드비크의 그 어린 왕이 자신의 여러 시종 및 고관들과 함께 비밀리에 모든 것을 지배하고 있는 것처럼 보인다. 쿤데라의 작품은, 카프카의 경우와는 반대로, 아버지에게 보내는 장문의 찬사 어린 편지, 한 통의 '아버지에게 보내는 편지'로 읽힐 수 있을 것 같다.

2006년. "결국, 그에게 남은 건 한 문장뿐이었다."

루테시아 호텔에서 그를 만난 날. 밀란 쿤데라가 내게 루드비크의 마지막 나날들을 얘기해준다. 생애 마지막 십여 년 동안 그는 점차 말하는 습관을 잃어버렸다. 이에 관해 그가 해준 얘기는 《웃음과 망각의 책》에 등장하는 '아빠'라는 인물에 대해 했던 묘사와 아주 비슷하다.

> 그 일은 은밀하게 찾아왔다. 그는 처음에는 어떤 말을 다른 말로 여겼고, 그래서 웃음이 터지는 일이 더러 있었지만, 그러다 서서히, 그는 사물을 명명하거나 어떤 생각을 표명할 수 없게 되었다. 모든 것이 바닥 모를 공허 속으로 잠겨 들었

다. 그 말 없는 무한에서 뭔가를 다시 솟아나게 할 수 있는 사람은 나뿐이었다. 우리는 함께 산책에 나서곤 했다. 주택 구역을 한 바퀴 도는 것뿐, 아버지가 몹시 쇠약해져서 더 멀리 가지는 않았다. 전에는 아버지에게 많은 질문을 한 적이 한 번도 없었으나, 이제는 질문이 수십 개씩 머리에 떠올랐다. 우리는 음악에 관해 얘기했다. 아무것도 모르지만 모든 말을 가진 사람과, 모든 걸 알지만 아무것도 말할 수 없는 사람 사이의 기이한 대화였다. 결국 그에게 남은 건 이 한 문장뿐이었다—"이상하구나."

《웃음과 망각의 책》, t, I, p. 1073.

그날, 밀란 쿤데라가 내 앞에서 자기 아버지의 병을 거론한 그 유일한 날, 그는 내게 자신의 두려움을 드러냈다. 자신의 쇼크를. 그는 "자신의 놀라움만큼이나 커다란" 아버지의 푸른 두 눈동자를 다시 보았다. 아닌 게 아니라 참 이상했다. 밀란은 술잔 바닥 아주 먼 곳에 있는 뭔가를 뚫어지게 바라보며 보드카를 마저 다 마셨다. 리토스트에 휩싸인 채였다. 그날, 우울하게 세브르 가를 가로질러 레카미에 가의 종려나무 뒤로 모습을 감추던 그의 그 우아한 긴 실루엣을 다시 떠올려본다.

"이제 나는 안다"

《웃음과 망각의 책》에는 이 병든 아버지에 대한 충격적인 묘사가 나온다.

> 병이 계속된 10년 내내 아버지는 베토벤 소나타에 관한 두꺼운 책을 한 권 썼다. 글을 쓸 때가 말을 할 때보다는 더 나았던 게 분명하지만, 글을 쓸 때조차도 그는 점점 더 단어 찾는 걸 힘들어했고, 그가 쓴 글은 이해할 수 없는 것이 되어버렸다. 존재하지 않는 말들로 글을 썼기 때문이다.
>
> 어느 날 아버지가 나를 방으로 불렀다. 아버지는 피아노 위에 '베토벤 소나타 Op. 111'을 펼쳐두고 있었다. 그러곤 악보를 가리키면서 내게 '이리 와서 봐'라고 말했고(…), 다시 한번 '이리 와서 봐'라고 되풀이하더니, 오랜 노력 끝에 가까스로 이렇게 말했다. "이젠 알 것 같아!". 그러곤 또다시 내게 무언가 중요한 걸 설명하고자 했으나(…), 내가 그 말을 이해하지 못하는 걸 보더니 놀란 눈으로 나를 바라보며 말했다— "이상하구나."
>
> 《웃음과 망각의 책》, t, I, p. 1073~1074.

죽음 훨씬 전에

> (…)종종 운명은 죽음 훨씬 이전에 완성된다는 것, 종말의 순간이 죽음의 순간과 일치하는 건 아니라는 생각이 나를 엄습했다.
>
> 《농담》, t. I, p. 463.

2020년. 무거움과 어리석음에서 빠져나오기

언제나 그는 침묵을 선호했다. 우리의 만남 초기, 나는 그의 그런 태도에 주눅이 들었다. 그래서 뭔가 재치 있는 얘깃거리를 찾으려고 애썼다. 공백을 메우기 위해서. 그러나 그것이 얼마나 부질없는 일인지 금방 깨달았다. 그의 그런 태도가 어디에서 비롯된 것인지도 알게 되었다. 루드비크 역시, 그의 언어, 음악이 아무런 할 말이 없을 때는 바로 그렇게 침묵하는 편을 택하곤 했다. 다시 한번《웃음과 망각의 책》을 펼쳐보자. 아버지와 아들, 이 부자가 집 주변을 한 바퀴 산책하는 모습이 나온다. 때는 1970년, 루드비크가 세상을 뜨기 1년 전이다. 체코인들은 1968년에 일어난 바르샤바 조약군의 프라하 침공이 안겨준 충격에서 아직 헤어나지 못하고 있다. 하지만 시내에서는 가요와 싸구려 음악이 사방에서 울린다. 쿤데라는 이렇게 쓴다. "사람들이 슬픔에 잠길수록, 확성기들은 그들을 위해 더욱더 요란하게 울렸다. 그들은 점령된 나라가 역사의 쓰라림을 잊고 삶의 기쁨에 빠져들도록 초대했다." 어느 순간, 루드비크가 발걸음을 멈추더니, 눈을 들어 검지로 확성기를 가리키고는, 상상하기 어려운 엄청난 노력을 기울여 말한다. "이상하구나"가 아니라, 조금은 수수께끼 같은 단어들로 된, "음악의 어리석음"이라는 말이다.

피아니스트의 입에서 나온 이 알쏭달쏭한 문장의 의미를 곰곰이 헤아리다가, 쿤데라는 음악의 역사, 아니 음악의 선사 시대에, "하나의 모티프와 테마로 최초의 유희"를 시작하기 이전의 어떤 "원초적 상태"가 존재한다는 결론에 이른다. 어쨌든 그의 아버지는 바로 그것을 그에게 얘기해주려 한 거라고 그는 생각한다. "음악의 이 최초 상태(사유 없는 음악)에는 인간 존재 자체에 공존하는 어리석음이 깃들어 있다"라는 사실을 말이다. 음악이 이 원초적 어리석음에서 벗어나 위로 솟아오르기까지 "마음과 정신의 어마어마한 노력"이 필요했다고 쿤데라는 말한다. 무거움과 어리석음에서 빠져나오기. 쿤데라에게, "수 세기의 유럽 역사 위로 솟아오른 이 화려한 곡선"[19)]은 바로 우리가 '유럽 문화'라고 부르는 것이다.

---

19) 밀란 쿤데라, 《전집》, t, I, p. 1092.

이 곡선, 쿤데라는 끊임없이 이 곡선의 화려함을, 또한 어쩔 수 없는 그 취약성을 노래했다. 그래서 사람들은 그에게 반동적反動的이라는 딱지를 붙이기도 했다. 틀린 생각이다. 마르그리트 유르스나르도, "후위後衛의 전투[20]는 내일의 전투 아닌가?"라며 우리에게 그런 것을 가르쳤다.

2020년 3월, 레카미에 가. 밀란과 베라, 앙투안 갈리마르, 그리고 나. 우리는 밀란이 다시 두 발로 일어설 수 있게 된 것을 축하한다(그는 넓적다리뼈를 다쳐 여러 달 동안 거실의 의료용 침대에서 꼼짝도 하지 못했다). 실비 핑켈크로트가 초콜릿 케이크를 하나 가져왔기에, 베라가 무릎 꿇고서 그것을 거실의 낮은 테이블 위에 놓고 여러 조각으로 자른다.

케이크에 대한 사람들의 이런저런 평가. 밀란이 고개를 끄덕인다. 말은 거의 없다. 그런 그를 보고 있으니, 나도 모르게 루테시아 호텔에서의 그 장면이 다시 떠오른다. 가슴 아픈, 예지적인 그의 두려움도. 또한 그의 전설적인 침묵 취미와 농담 취미에도 생각이 미친다. 그러다 그가 눈을 깜빡이는 것을 보고서, 나는 그가 여기에 있으며, 아무 말도 하지는

---

20) 후위의 전투combat d'arrière-garde는 질 걸 알면서도 하는 싸움을 말한다.(—옮긴이)

않지만 그렇다고 생각까지 하지 않는 건 아니라고 혼자 속으로 중얼거린다.

2020년. 모든 것을 잊었을 때 남는 것

오랫동안 나는 그런 희망에 매달렸다. 하지만, 2020년 12월, 더는 의심이 허용되지 않았다. 언어가, 기억이, 썰물 때의 바다처럼 점점 더 멀리 물러난다.

하지만, 몇 차례 기적 같은 일이 또 생긴다. 어느 날, 우리는 아파트 안으로 몇 걸음 들어서다가, 거실 한쪽 구석에 있는 전자 피아노 앞에서 걸음을 멈춘다. 피아노 위에는 루드비크와 관련된 액자들이 놓여 있다. 루드비크의 흑백 초상 사진. 바흐·쇼팽·스메타나·노바크·리스트 등의 음악 연주를 알리는 1912년 11월 19일의 연주회 프로그램. 아버지 쿤데라와 여러 다른 제자들에게 둘러싸인 레오시 야나체크의 사진. 그리고 건반 위에는, 겉장에 새 그림이 들어간 악보 노트, 야나체크의 〈피아노를 위한 민속 음악Moravske lidove pisne pro klavir〉이 놓여 있다. 우리가 피아노 앞에서 걸음을 멈추자, 문득, 아무도 예상하지 못한 가운데, 밀란이 오른손을 내민다. 그러곤 본능적으로, 그 오른손을 건반 위에 올린다. 파, 솔, 올림 라, 시. 어떤 망설임도 없다. 손을 떨지 않는다. 피아

피아노를 치는 밀란 쿤데라의 손

니스트의 손, 그 구부정한 손등 형태가 완벽하다.

모든 것을 잊었을 때 남는 것은 음악일까?

> 우리를 부리는 건 몸짓들이다. 우리는 그들의 도구요, 그들의 꼭두각시 인형이요, 그들의 화신이다.
>
> 《불멸》, t. II, p. 9.

1950년. 음악가에서 시인으로

밀란 쿤데라는 열여덟 살이다. 1947년, 그는 대학입학 자격증을 주머니에 챙겨 넣고 브르노를 떠나 프라하로 가서 문과대학에 등록한다. 왜 문학인가? 그는 왜 음악의 길을 포기하는가? 아버지의 전례를 따르지 않고, 그 자신의 길을 좇기 위해서? 그렇게 상상해볼 수 있다. 사실 루드비크는 훌륭한 피아니스트이지만, 연주자로서의 그의 인생길이 행복의 샘 같지는 않다. 훗날 프랑스 TV와의 인터뷰에서, 밀란 쿤데라는 당시에 이미 아버지가 "불행한 피아니스트"처럼 보였다고 털어놓는다. "나는 그가 훌륭한 피아니스트였다고 생각해요. 하지만 그런 사실을 아는 사람, 혹은 그렇게 생각하는 사람이 어쩌면 나뿐인지도 모르죠. 왜냐하면 그는 불행한 피아니스트였으니까요. 그는 스트라빈스키, 쇤베르크, 바르톡, 야나체크 등, 전적으로 현대 음악을 전파하는 데 헌신했기에 불행했어요. (…)말하자면 텅 빈 홀에서 하는 예술에 말이에요. 시류와 관례에 역행해서."

왜 쿤데라는 이 개척과 '전파'의 길을 추구하지 않았는가? 어째서 그는 그 자신이 작곡가가 되는 길로 나아가지 않았는가? 브르노, 쿤데라가 고등학교 과정을 마친 학교 인근의 한 정원에서, 음악학자 밀로시 슈테드로뉴가 어깨를 으쓱하며 말한다. "나는 늘 쿤데라를 보리스 파스테르나크와 비교하곤 해요. 《닥터 지바고》의 저자도 작가 겸 화가였지만, 얼마든지 작곡가가 될 수도 있었을 거예요."

연주, 작곡, 글, 그림, 데생…. 파스테르나크나 아니면 파울 클레처럼, 쿤데라도 모든 걸 할 줄 아는 팔방미인 축에 속한다. 언젠가 런던에서, 피아니스트 알프레드 브렌델은 내게, 음악 분석에 관한 한 "쿤데라는 내가 만나본 사람 중 가장 첨예한 정신을 지닌 사람이었다"라고 말했다. (브렌델 그 자신도 모라비아 출신에다 연주, 그림, 시 창작 등 모든 것을 할 줄 아는 사람이었다. 지금도 중부유럽은 최후의 진정한 휴머니스트들의 요람이라는 생각이 든다.)

하지만 밀란을 위한 음악원은 없다. 그해 대학입학 시기에, 그는 문과대학 쪽으로 향한다. 음정과 말 사이에서, 그는 글을 자신의 원재료로 선택했다. 그가 선택한 형식은 시다.

1939년. 네즈발 혹은 시의 충격

이쯤에서 잠시 과거로 돌아가 보자. 시 역시, 밀란 쿤데라의 삶에서 늘 중요한 역할을 했다는 사실을 강조하기 위해서다. 더욱이 시는 그만이 아니라 체코인들 모두가 중시했다. 쿤데라는 시의 세계를 어떻게 알게 되었는가? 열 살 때 일이다. 1939년, 히틀러 군대가 체코를 침공한 지 몇 달 후, 보헤미아-모라비아 지방이 독일의 보호령이 되었을 때, 어린 밀란은 모라비아의 어느 마을에서 여름을 보낸다. 이때 처음으로 시 낭송을 듣고 단숨에 반해버린다. 체코 초현실주의 대大시인 비테슬라프 네즈발(1900~1958)의 시다. 모라비아 초등교사의 아들인 네즈발은 구체적이고 서민적인 농촌 세계의 행복한 청춘을 노래하는데, 이 세계에 대해 그는 늘 변함없이 깊은 애정을 품는다.

시간은 푸르고 눈동자들은 파랗다
눈동자들이 꼭 제비꽃 다발 같다
소년 소녀들이 서로 허리를 맞잡고 있다
제비꽃의 파랑이 그들 머리 위로 올라간다[21)]

어린 밀란은 경탄한다. 네즈발은 시에서 사실주의와 휴머니즘을 결합한다. 그는 구체적인 이미지를 좋아하며, "마늘이라는 말을 금하는" 시인은 "약간은 인간을 도외시하는" 시인이라고 말한다. 그는 자연, 여성, 보헤미아-모라비아의 대지를 신성시하고, 창의력과 창조적 상상력, 아방가르드 등을 예찬하는데, 이는 모두 밀란 쿤데라가 나중에 너무도 좋

21) 비테슬라프 네즈발, 〈사랑〉, 《비의 손길에 붙들린 프라하》, 필립 수포 서문, 프랑수아 케렐(번역), 프랑스 출판인 연합, 1960년.

아하게 되는 것들이다. 네즈발이 1920년에 프랑스 시를 발견한 사실은 더 말할 것도 없다. 바로 기욤 아폴리네르다. 얼마 후, 그는 초현실주의 시인들과 접촉하며, 곧 앙드레 브르통과 폴 엘뤼아르를 프라하로 초청하여 강연회를 연다. 바로 이 시기에 그는 모스크바에서 열린 제1차 소련 작가대회에 참석한다. 그리고 1948년 프라하 쿠데타 이후, 네즈발은 당국과 더한층 가까워지게 된다. 1950년대에는 체코슬로바키아 공산 체제의 공식 시인이 된다. 1958년에 그가 사망했을 때, 아라공은 다음과 같은 시로 그를 애도한다.

> 오늘 저녁 라디오 방송이 네즈발 얘기를 했다
> 그가 자살했다는 말을 하기 위해서 (…)
> 프라하는 자신의 영혼과 시인을 잃었다 (…)
> 그의 심장은 사람들이 던진 유리처럼 깨졌다.[22)]

열 살 난 어린 밀란의 피부 속으로 들어가 보아야 한다. 그 해 여름, 그가 더욱더 깊은 인상을 받은 건, 그 시들을 낭송하는 이들이 자기보다 나이가 많은 청년들, '어른들'이었기 때문이다. 더군다나 그들은 시를 통째 외워서 낭송했다! 저

---

22) 루이 아라공, 〈네즈발의 산문〉, 《시인들》, 갈리마르 출판사, '블랑슈' 총서, 1960년.

넉나절, 여름의 습기 속에서 목청껏 시를 낭송하는, 방학을 보내러 시골 마을로 돌아온 학생들, 농부의 아들딸들. "그들은 마치 마법에 걸린 사람들 같았다"라고 그는 회상한다. 그들의 열기는 또 얼마나 호소력이 컸던가! 어린 소년은 완전히 매혹되었다.

이 근본적인 만남 덕분에, 네즈발 덕분에—쿤데라는 1960년대 중반에 그에게 바치는 글을 한 편 쓴다—, 쿤데라는 단번에 이중의 입문을 하게 된다. 시적·감각적 입문만이 아니라 정치적 입문도 함께 하게 되는 것이다. 이 시인의 시가 정의의 이상에 젖은 시이기 때문이다. 그의 시들은 새로운 사회에 대한 갈증을 얘기한다. 소위 '진보'라거나 '전후戰後 문화'라고 부르는 것에 대한 믿음을 얘기한다. 네즈발은 이를 아주 분명하게 말한다. 그는 "마르크스주의와 러시아 10월 혁명에 고취된 미래 사회에 대한 이념과 비전의 개화"[23)]를 믿는다. 그는 그것을 굳게 믿으며 사람들에게 그것을 믿고 싶은 욕망을 불러일으킨다.

---

23) 비테슬라프 네즈발, 《시 선집》, 장 마르세낙(편집), 세게르 출판사, 1954년.

1953년~1957년. 고무된 젊은 시인 시절의 저자의 초상

그리하여 1947년에 두 가지 상징적 사건이 벌어진다. 밀란 쿤데라는 열여덟 살이 되는 생일에 체코 공산당에 입당하여 당원이 된다. 그리고, 앞에서 얘기했듯이, 자신의 작곡 선생인 음악가 파벨 하스에게 바치는 시 한 편과 함께 "문학에 입문"한다. 이 두 가지가 동시에 진행되었다는 사실은 의미심장하다. 청년 쿤데라가 자신도 새로운 세계 건설에 참여해야겠다는 마음을 굳힌 것이다. 그리고 자신의 모델 비테슬라프 네즈발처럼 "시를 통해" 그렇게 하리라고 결심한다.

프라하 쿠데타 5년 후인 1953년에 그는 첫 시집 《인간이라는 넓은 정원Clověk zahrada širá》을 출간하고, 이어 1955년에는 체코 저항 시인 율리우스 푸치크에게 바치는 헌시, 《마지막 5월Poslední máj》을 출간한다. 푸치크는 나치에게 처형된 공산주의자로, 처형되던 해인 1943년에 감옥에서 쓴 "교수대 아래에서 쓴 르포"라는 유명한 글의 저자다. 이어, 세 번째 시집 《독백Monology》을 1957년에 출간한다.

1950년대의 밀란 쿤데라는 아직 서른 살이 되지 않았고, 그가 발표하는 시들은 전적으로 그의 정치적 참여와 맥을 같이 하는 것이다. 그는 공산주의를 믿는다. 이로부터 10년 후인 1963년에는 희곡 〈열쇠의 주인들〉로 '클레멘트-고트발트 상'까지 받는다. 당시에는 체제에 가장 충성스러운 예술가만이 대단히 상징적인 이 상에 선정될 수 있었다.

2021년. 여행 수첩 – 브르노

이해 여름 브르노에서, 나는 모라비아 국립 도서관 관장 토마시 쿠비체크를 만나 그에게 쿤데라의 시가 정통 사회주의적 사실주의 시들인지 어떤지 물어본다.

쿠비체크의 설명은 이렇다. "사실은 좀 더 복잡해요. 그의 사회주의적 사실주의는 당시의 아방가르드의 영향을 받았다고 할 수 있을 것 같아요. 쿤데라는 서슴없이 금지된 주제들을 다룹니다. 내면의 삶을 금기시하는 집단과 군중의 시대에, 시집 제목을 '독백'이라고 한다는 것, 그건 은근히 전복적이죠…. 그리고, 공허한 공산주의 선전 구호의 시대에, 이미 쿤데라는 말에 다시 의미를 부여하기 위해 싸웁니다. 그가 글 쓰는 삶을 선택한 때가 1950년대 초라는 사실은 반드시 짚고 넘어가야 할 사항입니다. 말이라는 것이, 더는 진정한 의미를 갖지 않게 되었을 뿐만 아니라 위험한 것이 되어버리기까지 한, 정치 선전의 맥락 속에 있었다는 사실 말입니다."

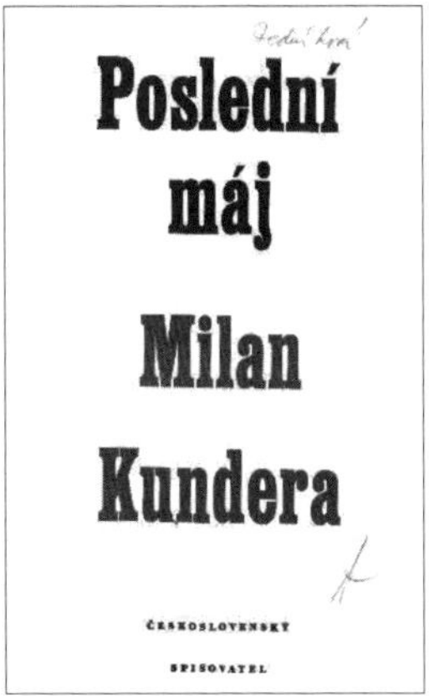

1953년, 그는 첫 시집 《인간이라는 넓은 정원》을 출간하고,
이어 1955년에는 《마지막 5월》을 출간한다

어쩌면 바로 그래서 밀란 쿤데라의 시는 곧바로 대중적 성공을 거두었는지도 모른다. 1950년대에 체코슬로바키아에서, 쿤데라는 시인으로서 대단한 성공을 거두었다. 그의 시들에서 우리는 개인, 책임, 남녀 관계, 예술과 문화의 중요성 등, 훗날 그의 작품의 길잡이가 될 주제들을 찾아볼 수 있다…. 하지만 쿤데라가 그런 성공에 완전히 만족하는 건 아니다. 그는 대중의 지지가 꼭 품질을 보증해주는 건 아니라는 사실을 안다. 더욱이 그는 자신을 탁자 밑으로 몰아넣었던, 다시는 도취에 빠지지 않도록 한 아버지의 가르침도 분명히 기억하고 있다. 그때의 그 피아노를 위한 곡들처럼, 시

들이 너무 들떠 있다. 지나치게 서정적이다.

그래서 그는 세월의 흐름과 더불어 점차 시에서 멀어지게 된다. 또한 바로 그래서 그는 훗날, 그 시들을 출판 금지하거나 파기하지도 않은 채—"쿤데라는 검열관을 자처하지 않으며, 당시에 쓰인 그 글들은 모두 브르노의 모라비아 국립 도서관에 소장되어 있습니다"라고 토마시 쿠비체크가 강조한다—, 그것들을 자신의 《전집》에 포함하지 않기로 마음먹게 된다. 그 작품들 가운데 어떤 것도 프랑스어로 번역되지 않았다.

서정抒情? 서정이라고 했나요?

서정이라는, 대단히 쿤데라적인 이 주제에 잠시 머물러 보자. 작가는 자신의 작품에서 부단히 이 주제로 되돌아온다. 서정, 혹은 이와 유사한 키치라거나 엑스터시 같은 개념은 모두 결국은 거의 같은 것, 즉 '청춘青春의 광범위한 오류'를 가리킨다. 이는 단지 창작 문제와만 관계된 오류가 아니라 실존적 오류이기도 하다. 쿤데라는 자신의 시를 삶을 대하는 태도의 결실로 본다. 그의 생각에 따르면, 그것은 청춘기 특유의 태도, 인간의 실존을 그것이 불러일으키는 감동과 혼동하는 태도다. 다른 어떤 맥락에서, 혹자는 그것을 낭만적 태도라고 말할지도 모른다. 쿤데라에게, 서정적 인간이란 "자신을 자신의 감정과 동일시하는" 사람이다. 역으로,

> 반서정적 태도, 그것은 자기 자신의 감정과 타인의 감정을 경계하는 태도다. 반서정적 태도, 그것은 우리가 생각하는 우리 자신과 실제 우리 자신 사이에 무한한 거리가 있다는 확신, 우리가 바라는 혹은 생각하는 사물들과 실제 사물들 사이에 무한한 거리가 있다는 확신이다. 그 간격을 포착하는 것은 서정적 환상을 깨트리는 것이다. 그 간격을 포착하는 것, 그것이 아이러니의 예술이다. 그리고 그 아이러니, 그것은 소설의 눈perspective이다.[24)]

1958년. "휴! 이제 끝났어!"

1958년, 아직 소설 얘기는 나오지 않는다. 하지만 서른 살 생일이 막 지났을 즈음, 밀란 쿤데라는 삶과 예술에 대한 서정적 접근을 영원히 떨쳐버려야겠다고 결심한다. 그가 생각했던 체코 공산주의와 실제 체코 공산주의 사이의 "무한한

---

24) 쿤데라는 1979년, 캐나다 잡지 〈자유〉에 이같이 명시한다. 노맨드 바이런, "밀란 쿤데라와의 인터뷰", 〈자유〉, 21권, 1호, 1979년 1~2월, p. 19~33.

거리"를 포착했던 게 분명하다. 이제 그는 천진할 만큼 친공산주의적이라고 판단되는—그의 판단은 옳다—자신의 초기 시집들을 더는 좋아하지 않는다(그는 "그만 좋아한다désaimer"라고 예쁘게 말한다). 그래서 그는 젊은 날의 옛 친구들을 만났을 때 그들을 속이기까지 한다. 그 쿤데라는 자신이 모르는 사람이라고 말이다. 그저 이름만 같은 사람일 뿐이라고! 그는 자신의 시를 더는 좋아하지 않을 뿐만 아니라, 플레이아드 판본에서 프랑수아 리카르가 강조하듯이, "그 시들을 쓴 사람 자체를 더는 좋아하지 않는다. 자신을 더는 그와 동일시하지 않는다."[25]

그래서 그는 허물을 벗는다. 먼저 극 창작을 시도한다. 그리하여 4년 사이에 두 편의 희곡이 탄생한다. 《열쇠의 주인들》(1963년)과 《농담들Ptákovina》(1967년)이다. 하지만 훗날 그는 자신의 시와 마찬가지로 이 작품들 역시 자신의 최종 '작품'에 포함될 만한 가치가 없다고 판단하게 된다. 그것들은 그의 '작품Oeuvre'이 아니기만 한 게 아니라, 작품의 역사에도 속하지 않는다. 단지 그 '전사前史'에 속할 뿐이다.

밀란 쿤데라에게는 늘 이 질문에 대한 깊은 성찰이 있었다. 한 예술가의 작품이 시작되는 지점은 어디인가? 그 예술

25) 프랑수아 리카르, 밀란 쿤데라, 《전집》, t. I, p. 1403.

가는 언제부터 진짜 그 자신인가? 여기서 우리는 간접적으로, 그가 프랜시스 베이컨의 작품을 논하며 상기했던 '자아'의 경계에 관한 얘기로 되돌아가게 된다. 하지만 그렇다고 쿤데라가 연극 자체를 포기하는 건 아니다. 1971년, 그는 훌륭한 희곡《자크와 그의 주인》(디드로의 책을 패러디한 작품으로 니콜라 브리앙송의 연출로 공연되었다)을 발표한다. 그러나 시 쪽으로는 두 번 다시 돌아가지 않는다. 나중에 그는 체코 지식인 안토닌 리엠에게, 시를 완전히 떨쳐버림으로써 무거운 짐을 덜게 되었다며 이렇게 털어놓는다. "내가 시를 더는 한 줄도 쓸 수 없게 되었음을 자각했을 때, 나도 모르게 안도의 한숨이 나왔다네. 휴! 이제 끝났구나! 그렇게 매듭지어지니, 마음이 얼마나 편하던지."[26)]

2020년. 날들은 가고, 그는 남는다

물론 그렇다고 해서 밀란 쿤데라가 시를 좋아하지 않는다는 건 아니다. 사실은 정반대다. 그가 중요한 문학 장르로 여기는 시는 계속 그의 삶에서 중요한 역할을 하게 된다. 그건

---

26) 안토닌 리엠,《3세대. 체코슬로바키아의 문화 현상에 관한 인터뷰》, 마르셀 애미넹(번역), 갈리마르 출판사, '증인들' 총서, 1970년.

어쩌면 그 자신이 직접 시인들의 작품을 번역하고 소개도 한 사람이어서 그런 건지도 모른다. 1963년에 그는 네즈발 선집(《숭고한 마법사》)을 펴낸다. 1965년에는 친구인 아돌프 크루파와 함께 아폴리네르 시 선집《삶의 알코올》을 공역하여 출간하기도 한다….

음악과 마찬가지로 시도 모든 것이 폐허가 되었을 때 남는 무엇이다. 베라는 밀란 자신이 번역한 아폴리네르의 시를 그에게 읽어준 뒤 내게 전화를 한 적이 있는데, 그때의 통화가 지금도 귓전에 맴돈다.

"밀란이 알아듣던가요?"

"〈미라보 다리〉의 마지막 말, '야 주스타밤Ja zustavam'…, '나는 남는다'는 알아들었어."

"나는 남는다… 그러니까 그게 체코어로 말하면… '야 주스타밤'이라는 거죠?"

모두가 떠나가는데, 터무니없이 '여기'에 남는다는 것. 2020년에서 2021년으로 넘어가는 그 겨울의 잿빛 분위기를 어찌 이보다 더 잘 요약할 수 있을까? 격리, 절단. 날들은 가고, 그는 남는다.

베라가 얘기를 계속한다.

"당시 그 책을 체스코슬로벤스키 스피소바텔 출판사가 몇 부나 팔았는지 알아? 3만 부쯤 팔았을 거야! 놀랍지 않아? 외국 시인이고, 번역서인데 말이야! 사람들은 문화적 관점에서는 공산주의 체제하에서도 좋은 일들이 있었다는 걸 잊어버렸어. 하지만 뭐, 요즘은 그런 얘기를 더는 할 수 없지. 들을 수도 없고. 기억은 세월의 흐름과 더불어 변해. 정치도 변하고."

1947~1948년. 공화국에서 프라하 쿠데타로

1947년 9월. 열여덟 살의 밀란 쿤데라는 프라하의 샤를 대학교 예술대학에 등록한다. 그는 문학·미학 학부를 선택했다. 학교 건물은 (독일인들이 몰다우라고 부르는) 블타바강을 마주하고 있다. 건물 양편에는 프라하 예술 및 건축 아카데미와, 웃는 얼굴의 드보르자크 동상이 광장에서 지켜보는 루돌피눔[27]이 있다. 쿤데라는 행복하다. 콘서트에 대한 갈증을 해소할 수 있을 것이다. 더욱이 프라하에서는 음악만이 아니라 모든 것이 부글거린다. 그는 이 창의적이고 세계를 향해

27) 오스트리아-헝가리 제국의 황태자 루돌프를 기리는 뜻에서 그의 이름을 붙인 콘서트홀이다.

프라하의 샤를 대학

열린 경이로운 수도에 매료된다.

사실 그가 문과대학에 등록한 1947년 9월만 해도—그는 이 학교에 겨우 1년 정도 다니게 된다—, 그의 나라는 여전히 완전한 민주주의의 외양을 하고 있다. 반세슬라스 광장에 가면, 외국 언론, 이를테면 가장 보수적인 런던의 〈데일리 메일〉을 포함하여 온갖 신문을 살 수 있다. 브라티슬라바에서는 〈시티즌 케인〉이나 〈위대한 독재자〉 같은 할리우드 영화들을 영화관에서 상영한다…. 하지만 1948년 2월에 모든 것이 변한다. 서유럽인들이 "프라하 쿠데타"라고 부르고, 소련 사람들이 "승리의 2월"이라고 부르는 것이 바로 그것이다.

겨우 며칠 사이에 무슨 일이 벌어진 거냐고? 공산주의자 클레멘트 고트발트와 루돌프 슬란스키가 권력을 장악했고, 이에 따라 체코슬로바키아는 갑자기 소련의 지배를 받는 동구권 국가 블록에 속하게 된다. 1949년 가을에 공산주의 국가가 된 동독을 제외하면, 체코슬로바키아는 유럽에서 가장 늦게 소련 진영에 합세한 나라다. 서유럽에서는 이에 대해 놀라움을 금치 못한다. 그 10년 후인 1958년에 간행된 책에서, 레옹 블룸은 이렇게 자문한다. "당시 몇 달 동안, 공산주의 세포 조직이 내부의 사회민주주의를 마치 과일을 썩히듯 망가뜨려 버린 걸까? 이에 관해 우리에게 알려진 건 아무것도 없다…. 그 잇따른 사건들의 재앙 같은 전개는 지금도 하나의 수수께끼로 남아 있다."[28]

수수께끼라고? 밀란 쿤데라에게는 아니다.

> 1939년, 독일군이 보헤미아에 들어왔고, 체코라는 국가는 존재하지 않게 되었다. 1945년, 러시아 군대가 보헤미아에 들어왔고, 이 나라는 다시금 독립 국가로 불리게 되었다. 사람들

---

28) 레옹 블룸, 《레옹 블룸의 작품》, 알벵 미셸 출판사, 1958년.

은 독일군을 내쫓은 러시아에 열광했고, 체코 공산당을 러시아의 믿음직한 오른팔로 보았기에 그들에게 호감을 보였다. 그래서 1948년 2월 공산주의자들이 권력을 장악했을 때, 유혈사태도 폭력 사태도 없었고, 오히려 국민 절반가량이 기쁜 함성으로 그들을 환영했다.

《웃음과 망각의 책》, t, I, p. 936.

2021년. 모든 것을 무릅쓰고?

"기쁜 함성"이라는 말이 나를 생각에 잠기게 한다.

달력의 우연한 일치. 오늘 아침, 부르구아 출판사의 배달부가 내게 에우프로시나 케르스노프스카야라는 사람이 쓴 끔찍한 책을 한 권 가져다준다. 오데사에서 태어난 이 젊은 여성은 1940년대에 소련군이 자신의 조국 베사라비아를 침공해왔을 때 본 목격담을 이야기한다. 재산 몰수, 강제노동, 유형, 탈출, 수천 킬로미터의 도보 이동, 감옥, 수용소, 사형 선고, 또다시 10년간의 시베리아 수용소 생활…. 말하자면 강제노동수용소에서 보낸 일생을 그린 연대기다. 그로스만, 만델스탐, 솔제니친 같은 사람들의 증언을 상기시키는 엄혹한 증언이다. 하지만 그림의 사실성이나 넋을 빼는 이야기의 그 단순함 속에 뭔가가 더 있다.

> 단테의 지옥은 아홉 개의 원으로 이루어져 있다. NKVD[29]의 집단 수용소 체제에는 그것보다 훨씬 더 많은 원이 있었다. 마지막 원은 감염병 부서다. 환자들 대부분은 이질 진단을 받고 입원했다(…). 하지만 그들 대부분은 그저 기아, 추위, 힘에 부치는 과도한 노동 때문에, 그리고 인간 존재의 몸과 마음을 망가뜨리기 위해, 그의 의지와 희망과 기력을 분쇄하기 위해 고안된 생활 여건들 때문에 몸이 허약해진 사람들이었다.[30]

이 글은 1944~1946년에 씌었다. 그 후 1년 남짓 지난 1948년 2월에, 소련군이 "기쁜 함성"으로 환영받으며 프라하에 입성했다는 사실을 쿤데라의 글을 통해 읽으니 참 이상하다. 밀란도 그렇게 환영했는가? 휴머니스트 밀란이? 그는 알지 못했는가? 모를 수 있었는가? 어떻게 그가, 같은 세대의 다른 많은 이들처럼, "모든 것을 무릅쓰고" 그렇게 믿을 수

---

29) 1934~1946년 사이 소련의 내무부이자 최고 정보기관.(—옮긴이)

30) 에우프로시나 케르스노프스카야, 《모든 것을 무릅쓰고》, 소피 베네시(역), 부르구아 출판사, 2021년.

있었을까?

"모든 것을 무릅쓰고"는 바로 에우프로시나 케르스노프스카야가 쓴 책의 제목이다. 책등에는 이런 말이 들어가 있다. "달이 사라졌다. 침엽수림은 어둡고 냉담했다. 나는 이기기 위해서가 아니라, 존엄하게 죽기 위해서 싸우러 갔다."

1948년 - 프라하의 지식인들은 무엇을 알고 있었는가?

진상을 분명히 파악하기 위해서, 나는 질문 목록을 작성한다. 쿤데라에 관한 것이라기보다는 체코 지식인들에 관한 질문들, 1948~1953년 동안, 그들이 스탈린주의의 만행에 대해 어느 정도까지 알고 있었는지에 관한 질문 목록을 작성하여, 그것을 공산주의 역사학자 피에르 리굴로에게 보낸다. 그러자 발송 당일 그가 내게 답신을 보낸다.

1948년, 소련군이 프라하에 들어왔을 때, 체코인들 대다수가 강제노동수용소의 존재를 몰랐다는 게 가능한 일인가?

"물론이오! 정보는 없고, 체코 공산당(PCT)은 소련에 아부하고 있고, 공산주의자들은 독립운동 참여라는 후광을 쓰고 있죠. 프랑스에서도 크게 다르지 않아요. 1949년에 있은 크라프첸코 재판을 기억해보세요. 프랑스 공산주의자들은 서유럽으로 넘어와 소련에 수용소가 있다고 감히 주장하는 이 소련 공무원을 오랫동안 법정 앞에 세우죠. 실제로 수용소가 존재하고 있고 이에 관한 여러 증언이 프랑스에서 발표되고 유포된 게 벌써 여러 해 전이었는데 말이에요. 여기서 우리는 진실을 접하는 조건이라는 아주 흥미로운 주제와 마주칩니다. 당시, 사람들은 나치를 물리친 소련에도 강제노동수용소가 있다는 사실을 알고 싶어 하지 않았죠. 나는 당신이 클로드 란츠만[31]을 인터뷰하는 걸 보았어요. 그는 내가 잘 알고 지낸 사람인데, 1980년대까지도 소련군이 카틴 숲 학살의 주범이었다는 사실을 믿길 거부했죠."

그렇다면 쿤데라는 어땠을까? 그는 당과 작가연맹에 가입해 있지 않았는가?

"당시 그의 위치에서는 강제노동수용소에 관한 진실에 접근하기가 어려웠어요! 소련에 반대하는 사람들은 인민의 적이었고, 수용소 얘기를 떠드는 사람은 곧 나치의 선전을 이어받는 자였죠. 프랑스에서도, 예컨대 피에르 덱스 같은 아주 좋은 사람조차 크라프첸코의 주장에 항의하며 소련의 수

---

31) 유대인 학살을 다룬 다큐멘터리 〈쇼아〉(1985년)를 제작한 프랑스의 영화감독.(—옮긴이)

용소 얘기를 소련에 대한 전쟁을 정당화하기 위해 꾸며낸 얘기로 여겼단 말입니다!"

그렇다면 1948년에 체코 지식인들이 실제로 알았던 건 뭘까?

"거의 없어요. 게다가 그들이 알았던 일들은 수용 가능한 의미로 해석되어 받아들여졌죠. 나치즘에 향수를 느끼는 사람들, 인민의 적들에 대한 탄압은 필요하다, 등등으로 말이죠. 나중에서야 그들은 문제를 의식하게 되었어요. 희망과 꿈과 일상 경험 사이의 충돌이 점점 더 버거워졌을 때 말이에요—예전에 존경받던 체코 공산당 지도자들의 처형도 그렇고요."

문제의식이 소련의 다른 위성 국가들보다 프라하에 더 늦게 생겨난 이유는?

"경험이 달랐어요. 서유럽에서 사람들이 떠들어대던 얘기를 아느냐 모르느냐가 중요한 역할을 했죠. 동베를린 폭동은 1953년에 일어났어요. 바로 진압되긴 했지만요. 헝가리에서는 1956년에 그런 일이 있었고, 체코슬로바키아에서는 1968년의 일이죠. 재미난 건 소련에서의 탄압에 관한 증언들이 프랑스에는 아주 일찍부터, 1920년대부터 들어왔다는 사실이에요. 루도빅 노도의 책 《러시아 공포 정치 시대의 감옥 생활》(아셰트 출판사, 1920년)이라든가, 러시아 사회주의자들의 증언 모음집인 《체카》(포볼로츠키 출판사, 1922년), 수용소에 대한 최초의 증언인 레몽 뒤게의 《붉은 러시아의 어느 감옥》(탈랑디에 출판사, 1927년) 같은 책들을 통해서 말이에요. 하지만 책을 출간하는 것만으로는 충분하지 않죠. 책이 읽히고, 이해되고, 수용되고, 인정받고, 존중받아야 합니다…."

아물지 않은 상처

그로부터 60여 년의 세월이 지난 뒤, 루테시아 호텔에서, 밀란 쿤데라가 내게 들려준 말의 핵심을 요약하면, 지금도 여전히 믿고 있는 건 아니지만, 어느 면에선, 그걸 믿은 건 잘한 일이라는 것, 그리고 공산주의의 꿈이 전체주의로 변해버린 건 앞으로도 계속 그의 아물지 않은 상처로 남게 되리라는 것이다. 그가 보기에 그런 변화는 피할 수 없는 숙명이 아니었다. "체코에서는 아니었어요." 1967~1968년의 '역사'는 다른 길을 선택할 수도 있었다. 모든 것은 늘 그렇게 기로岐路의 문제다.

그렇다면 그는? 그도 다른 길을 선택할 수 있었을까? 나는 호르헤 셈프룬이 《찬란한 빛이여, 안녕》에서 한 말을 생각해보았다. (셈프룬은 1964년에 당을 떠나지만, 소련군 탱크는 그

8년 전에 부다페스트에 진입했다. 그도 공산주의와의 뒤늦은 단절을 해명하는 데 많은 힘을 쏟게 된다.) 셈프룬은 75세 때 이렇게 고백했다.

> 나는 공산주의의 모험에 몸과 마음을 바쳐 참여하지 않았다면 내 인생이 어땠을지 상상해보고자 했다(…). 그런 광기가 없었다면 아마도 나는 비자발적인 나날들의 기나긴 연속을 하루하루 살며 개인적인 작은 불행과 소소한 행복 조각들로 흩어졌을 것이고, 결국 그런 나날들로 인생을 마감했을 것이다.[32]

1948년. 당과 대학에서 쫓겨나다

1948년으로 되돌아가 보자. 쿤데라는 여전히 공산주의를 믿고 있지만, 그래도 이 해는 하나의 전환점을 나타낸다. 소련의 존재가 가져오는 여러 결과를 보면서, 그는 환상을 버리기 시작한다. 그가 과소평가한 것은 프라하에 갑자기 찾아든 분위기의 변화다. 즐거운 합성이 잠잠해졌다. '호모 소비에티쿠스'의 시대에, 사람들이 더는 웃지 않는다. 탈이 나지

---

32) 호르헤 셈프룬,《찬란한 빛이여, 안녕》, 갈리마르 출판사, '블랑슈' 총서, 1998년.

않을 리 없다. 누구든 농담이나 격에 안 맞는 말장난을 하다가는 곤욕을 치른다. 그게 바로 청년 밀란에게 닥치는 일이다. 그는 진지함의 정신을 싫어하며, 뻔뻔한 소동을 일으키고, 그것을 자랑거리로 여기는 젊은이다. 그래서 그는 그해, 곤욕을 치른다. '반동적 언동'을 이유로, 쿤데라 동지는 체코 공산당에서 제명된다.

"무슨 말을 한 거예요, 밀란? 그해, 무슨 '웃기는' 말을 한 거죠?"

그가 어깨를 으쓱하고는 말한다.

"하지 말았어야 할 무슨 말을 한 거지요."

이는 그가 《웃음과 망각의 책》의 주인공 미레크의 입을 빌려 하는 말과 똑같다.

빠진 조각

그는 무슨 말을 했는가? 무슨 짓을 했는가? 이 의문은 해소되지 않은 채 남아 있다. 1948년 당시 겨우 열두 살이었던 베라는 모른다고 확언한다. 내게 이런 문자메시지를 보낸다. "나는 몰라. 그때 난 너무 어렸지. 《농담》에 다 있어."

1948년 – 스탈린식 재판의 전조들

《농담》. "모든 것은 바보 같은 농담이나 즐기는 치명적인 나의 성향 탓이었다"[33]라고, 소설의 주인공 루드비크는 자책한다.

상기해보자. 순진한 마르케타, 모든 것을 곧이곧대로 받아들이고 공산주의 선전을 조금의 거리도 두지 않고 삼키는 '모범' 동지 마르케타를 놀려주기 위해서, 루드비크는 그녀에게 이런 말을 적은 우편엽서를 보낸다— "낙관주의는 인류의 아편이다! 건전한 정신은 어리석음의 악취를 풍긴다! 트로츠키 만세!"

재앙! 이 세 문장은 '학생 연맹' 정치국에 들어간다. 그 순간부터 루드비크의 운명은 봉해졌다. 추락이 예고되었다. 사실 이 그로테스크한 사건은 체코슬로바키아에 자리 잡은 냉랭한 분위기를 일깨워준다. 어느결에, 모두가 감시하고 모두가 배신하는 세상이 된 공포 체제. 쿤데라는 곧 닥칠 스탈린식 재판이 어떤 메커니즘에 의해 가능해지는지를 우리 눈앞에 펼쳐 보인다. 슬란스키와 클레멘티스[34]가 다른 9명의 당

---

33) 밀란 쿤데라, 《전집》, t. I, p. 210.

34) 루돌프 슬란스키(1901~1952)-체코슬로바키아 공산당 총서기, 블라디미르 클레멘티스(1902~1952)-체코슬로바키아 외무부 장관.(—옮긴이)

지도자들과 함께 반국가 음모죄로 기소되어 사형 선고를 받는 게 불과 4년 뒤인 1952년의 일이다.

오해…

수많은 오해 중 첫 번째

그러니 대학에 다시 복귀하는 건 생각도 할 수 없는 일이다.

> 학업을 계속할 권리를 잃음과 동시에 군 복무 연기 혜택도 상실하게 되어 나는 입대를 기다리는 수밖에 없었다. 그때까지는 두 번에 걸쳐 작업반에서 일하게끔 되어 있었다. 처음에는 (…)도로 보수 작업을 했고, 여름 끝 무렵에는 통조림 공장에서 계절노동에 동원되었다가, 드디어 어느 가을 아침, 기차에서 하얗게 밤을 지새운 후, 낯설고 추한 오스트라바 근교의 병영에 떨어지게 되었다.
>
> 《농담》, t. I, p. 229.

루드비크처럼, 쿤데라는 비록 농담으로 쓴 말들이지만, 자신이 영원히 이 말들의 저자로 남게 되리란 사실을 깨닫는다. 그 결과를 피하기엔 너무 늦었다—개인의 책임은 그의 작품 전체를 일관하는 주제다. 또한 그는 자신이 아무리 공산주의를 믿는다 한들, 사람들이 자신에게 기대하는 것처럼 믿는 건 아니라는 사실도 깨닫는다. 한 발은 안에, 한 발은 바깥에 있다. 언제나 그는 '동지들'과 괴리되어 있게 될 것이다. 우편엽서에 쓴 농담이나 그 터무니없는 결과는 하나의 그로테스크한 오해일 뿐이다. 오해, 또 하나의 오해.

하나의 라이트 모티프 같은 이 주제는 쿤데라의 삶과 작품에 너무나 많이 반복된다. 나중에 그는, "사실 우리는 거의 늘 오해 덕분에 성공한다"라고 털어놓게 된다.

1952년. "영화로 찍을 수 없는 방식으로 쓰세요"

아르바이트, 시, 번역…. 프라하에서 멀리 떨어진 곳에서 추방자 쿤데라는 그런 일들로 생계를 꾸린다. 그러다 이만하면 죄를 씻었다고 판단되는 순간이 찾아온다. 프라하로 돌아가고 싶다. 때맞춰, 1953년에, 스탈린과 체코슬로바키아 대통령 클레멘트 고트발트가 며칠 간격으로 사망한다. 분위기가 완화된다. 그래서, 그 사이 프라하 영화 아카데미(FAMU)에 지원했던 쿤데라에게 입학이 허용된다.

FAMU에서 쿤데라는 학생에서 조교로, 이어 전임강사로 일하게 된다. 그의 강의가 눈에 띄지 않을 리 없다. 그는 잘

생기고 교양 있으며, 게다가 유머 감각과 미친 카리스마까지 갖추고 있다. 한 마디로 "꼭 들어야 하는" 수업이었다고, 체코 배우 얀 카체르는 말한다. "모두가 그를 알았고 모두가 그에게 감탄했어요." 모두란 그의 제자들인 미래의 영화인 세대 전부를 말하며, 그들에게 그는 많은 영향을 끼친다. 그들 중에는 밀로시 포르만이나 아그니에슈카 홀란드도 있다. 한편 카렐 푹사 감독은 이렇게 기억한다. "대단히 흥미로운 수업이었어요. 수강 등록은 못 했지만 어쨌든 저는 수업을 들으러 갔죠. 두 시간 정도 진행되었는데, 강의실이 꽉 찼어요. 아무도 좀 쉬었다가 하자는 말을 꺼내지 않았죠. 밀란은 끊임없이 말을 했고요."

이 'FAMU 시절'을 좀 더 잘 이해하기 위해서, 나는 체코 공화국의 유명 극작가 카렐 슈타이게르발트와 면담했다. 그도 쿤데라의 제자였다. 우리는 영화 아카데미 지척에 있는 한 레스토랑의 바깥 뜰에 자리를 잡았다.

카렐 슈타이게르발트가 이렇게 운을 뗀다.

"밀란은 주로 저 맞은편 '작가연맹' 카페에 있거나, 그렇지 않을 때는 종종 이곳에 들렀어요. 물론 그때와는 모든 게 달라졌죠. 변하지 않은 건 화장실뿐일 거예요."

프라하 영화 아카데미(FAMU)에서

"당신이 그의 학생이었던 때가 언제죠?"

"아마 1971년 같은데, 베라에게 확인해 봐야 해요. 모든 날짜를 다 아는 사람은 그녀니까."

"쿤데라 교수에게서 가장 인상 깊었던 게 뭔가요?"

"그의 카리스마요. 확실한 카리스마가 있었죠. 그의 가르침에는 두 가지 중심축이 있었어요. 문학의 역사가 그 하나인데, 짐작하시겠지만 그건 그가 나름대로 재정리한 역사죠. 그는 우리에게 자신의 우상들, 카프카·브로흐·무질 등에 관해 얘기했고, 세계 문학은 그리 높이 평가하지 않았어요."

"그럼 두 번째 중심축은?"

"시나리오 기법요. 이것도 원칙적으로 그렇다는 거죠. 밀란은 시나리오 수업이라기보단 그냥 글쓰기에 관한 수업을 한 거예요."

"시나리오에는 관심이 없었나요?"

"한때는 있었죠…. 그래서 1967년에 야로밀 이레스와 함께 《농담》 영화 시나리오를 쓴 거죠. 하지만 마음속 깊이 생각한 건 문학적 글쓰기였어요. 그는 우리에게 책 읽기를 권하며, 시간 낭비 말고 곧장 본질로 나아가라고 했어요. 우리에게 입버릇처럼, '영화로 찍을 수 없는 방식으로 글을 쓰세요'라고 말하곤 했죠. 자신의 시나리오 수업에서 말이에요! 이런 데서도 뭐랄까, 역설에 대한 그의 취미랄지 애착이 잘 드러나죠!"

"수업 진행 방식은 어땠나요?"

"그가 어느 유명 저자의 텍스트를 가져왔어요. 우리가 그 텍스트에서 발췌한 일부 내용을 읽고, 그러면 그가 종이를 나눠주고는 우리에게 뭔가를 써보라고 했어요. 단편이나 초안, 아니면 다른 뭐든 그 작가가 쓴 방식으로 써보라는 거였죠. 그러고는 자리를 비웠다가 5시간 뒤에 돌아와서는 우리가 쓴 걸 큰 소리로 읽어보라고 했죠. 처음에는 그 모든 게

저한테는 그리 진지해 보이지 않았어요. 제가 모작이야말로 진짜로 어떤 작품의 내부로 파고들 수 있는 최고의 방법임을 깨닫기 전까지는요. 어느 순간 문득 그 작가의 세계가 열리고, 그의 문체·기법·사상 등 모든 것이 드러나죠. 오늘날 돌이켜보면 그 수업이 제가 수강했던 최고의 문학 수업이었던 것 같아요."

"영향을 많이 받았나요?"

"제가 영화감독이 아니라 극작가, 다시 말해 텍스트를 생산하는 사람이 되었다는 사실이 그 직접적 결과죠. 당시, 체코 산문은 대부분 서정적이었고, 작가들은 구조와 구성을 중시하지 않았어요. 제가 그에게서 배운 게 바로 질서, 구조, 다중 관점의 복잡성 같은 거예요."

"사람들은 그의 그런 눈부신 독창적 기여가 체코 영화계에 새 물결을 불러일으키는 데 공헌했다는 얘길 종종 했어요. 예를 들면, 쇼데를로 드 라클로의 《위험한 관계》에 대한 그의 강의가 밀로시 포르만이 영화 〈발몽〉을 만드는 데 많은 영향을 주었다고 말이죠."

"그럼요, 그랬을 수 있죠. 어쨌든 1970~1980년대 말에 포르만은 쿤데라와 함께 《참을 수 없는 존재의 가벼움》의 영화 시나리오를 쓰고 싶어 했어요. 결국은 성사되지 않았죠. 포르만의 말로는, 그는 프라하에 가족 일부가 남아 있어서 그들을 위험에 빠트리고 싶어 하지 않았다는군요."

레스토랑을 나서서 몇 걸음 걸어가니, 바로 FAMU에 들어서게 된다.

방학 기간이라 학교는 텅 비어 있다. 카렐 슈타이게르발트가 영화 상영을 위해 검은 블라인드를 친 넓은 홀 하나를 열어준다. 벽이 온통 새하얗고, 창문 아래로 블타바강이 고요히 흘러가고 있다.

"여기가 1학년 때 기말시험을 친 곳이에요. 시험관으로 들어온 밀란의 모습이 떠오르는군요. 여기에는 (그가 홀 대기실을 가리키며 말한다) 베라 쿤데라가 있었죠. 둘은 그 4년 전에 결혼했어요. 1971년 당시 그녀는 삼십 대였지만, 시험 기간에는 학생으로 변신해서 우리를 격려했죠. 이 작은 세계엔 샴페인과 담배가 빠지지 않았어요. 모두 다 약간은 취해서 담배를 피웠는데, 물론 그건 금지된 일이었죠. 하지만 당신도 아시다시피, 베라는 얌전 떠는 걸 그리 좋아하지 않는 사람이잖아요. 제가 그녀를 알게 된 건 그때예요…."

"베라 얘기로는 구술시험이 이런 식이었다고 하더군요. 학생이 대답을 잘하면 밀란이 한 잔 사고, 그렇지 않으면 그 반대로 했다고…."

"어쨌든 그는 학생들과 농담을 참 많이 했어요. FAMU의

FAMU의 안나 카레니나와 카렐 슈타이게르발트

황금기였죠. 그 얼마 후, 저의 학창 시절이 끝나갈 때쯤, 그 모든 게 연기처럼 사라지고 추억만 남게 됩니다…."

"…?"

"많은 걸 말해주는 이 일화 하나만 말씀드리죠. 마지막 해에, 학생들은 자신의 시나리오를 한 편 써야 했어요. 수업을 듣지 않고 집에서 작업했죠. 저는 제2차 세계대전 동안 생존하려고 애쓴 집시 악단 이야기를 주제로 정했어요. 한데, 1년 뒤, 다들 자신의 시나리오를 들고 학교로 가보니, 학교가 전혀 알아볼 수 없게 변해 있었어요. 우리가 다니던 학교와는 전혀 다른 학교가 되어 있었죠. 체코 영화의 새 물결은 일절 금지되었고요. 소련 점령과 더불어, 교수들 대부분이 해고되었고, 밀란 쿤데라는 가장 먼저 해고된 이들 중 한 명이었죠."

"당신은 어땠나요?"

"저요? 저는 그를 만난 행운을 누린 거죠. 대 작가를 한 명 만난 거잖아요. 사실 그런 진짜 대 작가는 아무 데서나 만날 수 있는 게 아니죠."

1979년. 훌륭한 저자들의 후원에 참여하다

변호사 조르주 키즈만이 하는 얘기도 다르지 않다. 그는 쿤데라를 나중에 파리에서 알게 되어 우정을 나누는데, 그가 본 밀란 쿤데라는 "따뜻하고, 똑똑하고, 섬세한" 사람이다. "나는 그를 무척 좋아했어요. 베라도 마찬가지고요. 우리는 1979년에 서로 알게 되었어요. 당시 나는 영화 흥행 지원 위원회 의장이었는데, 위원회에 대해 논란이 많던 시기—특히 이 위원회가 충분히 독립적이지 않다는 비판이 많던 때—에 나의 팀을 구성하고 싶었죠. 나는 밀란 쿤데라를 떠올렸고 그는 기꺼이 제안을 받아들였어요. 코스타 가브라스라거나 플로랑스 말로 같은 이도 위원회에 들였고요. 밀란은 아주 열심이었어요. 텍스트들을 꼼꼼히 읽고 그것들을 적극적으로 옹호할 줄 알았죠. 예를 들면 촬영을 끝내놓고 멈춰 있던 클로드 란츠만의 영화 〈쇼아〉에 보조금을 지원하는 문제가 대두되었을 때 말이에요. 당시에는 그게 아주 확실한 일이 아니었어요. 다큐멘터리이고 촬영도 끝난 작품이었으니까. 하지만 밀란은 처음부터 적극적이었어요….”

최고는 단연 펠리니

그 시기의 쿤데라에게, 살아있는 가장 위대한 영화감독은 페데리코 펠리니였다. 또한 펠리니에게도, 살아있는 가장 위대한 작가는 밀란 쿤데라였다. 두 사람은 서로를 굉장히 칭찬한다. 하지만 멀리 떨어져서다. 둘 다 몹시도 내성적이어서, 죽는 날까지 서로 만나지는 못한다.

1960~1967년. “내 인생에서 가장 행복했던 시기”

“행복에 대한 나의 정의가 궁금해?” 레카미에 가에서, 베라가 내게 스마트폰에 있는 사진을 한 장 보여준다. 간밤에, 영화감독 밀로시 포르만의 마지막 아내 마르티나 즈보실로바가 보내준 사진이다. “두 명의 M, 밀로시와 밀란…. 밀란의 이 미소 좀 봐!”

이 사진은 여러 해 뒤 프랑스로 옮겨온 뒤에 찍은 것이지만, 우리는 1959년 무렵 작가의 얼굴에 바로 이런 미소가 떠올랐을 것으로 짐작할 수 있다. 그것은 자기 자신을 '찾아낸' 한 예술가의 밝은 표정을 나타낸다. 의심과 두려움과 땀의 퇴장. 그는 음악과 시와 연극 사이에서, 몹시도 찾고, 망설이고, 더듬거렸다…. 그러던 1959년 어느 날, 뭔가가 열린다. 저항이 물러난다. 그러자 기분 좋게 즐거운 강력한 시동 장치, 창작자의 유레카에 발동이 걸린다. 그것을 그는 다음처럼 이야기한다.

> 그 시기 나는《열쇠의 주인들》을 쓰느라 머리를 쥐어짜고 있었고, 그러다 잠시 쉴 때, 일종의 휴식처럼, 여흥처럼, 내 생애 첫 단편 소설을, 가볍고 유쾌한 기분으로, 하루인가 이틀 만에 완성했다. 그 당시에는 미처 깨닫지 못했지만 약간의 세월이 흐른 후 나는 그 가벼움과 즐거움의 의미를 알 수 있었다. 그 단편이 내 땀의 결실이 아니라고 해서 별 의미가 없거나 대수롭지 않은 게 아니라, 오히려 그때 비로소 내가 생애 처음으로 나 자신을 발견했음을, 내가 나의 목소리를, 세계와 나 자신의 삶에 대한 반어적 거리를, 요컨대 소설가로서의 나의 길을 발견했음을 의미하는 것이었음을 말이다.[35)]

'선사' 시대의 끝. 여기서부터 작가의 역사가 시작된다. 그가 유일하게 중요시하는 작품의 시작. 그가 단지 산문의 경이로운 유연성을, 그것을 즐기는 쾌감을 발견해서만이 아니다. 1959~1968년에 그런 단편들을 쓰면서, 자신에게 맞는 음색을 들었기 때문이다. 절대 음감을 가진 음악가가 꿈꾸는 바로 그것! 그런 의미에서, 《우스운 사랑들》은 모태 같은 단편집이다. 내용과 형식 면에서, 그것은 모든 것의 싹을 내포하고 있다. 그것은 도래할 작품의 '으뜸음'이다.

1963년. "맙소사, 이 쿤데라는 어찌 이리 웃기는가, 삶은 또 왜 이리 슬픈가!"

《우스운 사랑들》. 1970년에 이 책이 프랑스에서 출간되었을 때, 〈르몽드〉에 이 책에 대해 누구보다 잘 말한 작가는 클로드 루아다. 그는 "쿤데라의 단편, 그것은 프로이트가 검토하고, 체호프가 느끼고, 라클로가 이야기한, 페도[36]의 크로스오버다"라고 쓴다. 그러고는 이렇게 명시한다. "내가 이렇게 여러 사람을 참조한 건 얼른 이렇게 말하기 위해서다. 사

35) 크베토슬라프 흐바티크, 《밀란 쿤데라의 소설 세계》, 베르나르 로르톨라리(역), 갈리마르 출판사, '아르카드' 총서, 1995년. 밀란 쿤데라, 《전집》, t. I, p. 1404에 재수록.

36) Georges Feydeau(1862~1921), 프랑스의 극작가.(—옮긴이)

실 쿤데라와 비슷한 사람은 쿤데라뿐이라고."

쾌활함과 우수가 섞이고, 명쾌함과 모호함이 섞이고, 조롱과 공감이 섞이고, 단순함과 복잡함이 섞이는 이런 혼합은 사실 누구도 흉내 낼 수 없다. 클로드 루아는 이 일곱 편의 단편이 다음 네 가지 핵심 미덕의 결과라고 본다. "경쾌한 우아함, 관찰 정신, 유머 감각, 그리고 따스한 애정". 이 모든 것은 "정신이 정신에 제안하는 희극의 여러 함정을 악착같이 무산시키려는 지성"에서 비롯된다.

임시방편으로 한 거짓말 때문에 정말 말도 안 되는 궁지로 몰리는 사람(〈아무도 웃지 않을 것이다〉), 여자들 뒤꽁무니를 쫓는 일에만 몰두하다 결국 좇는 것 자체로 만족하게 되는 청년(〈영원한 욕망의 황금 사과〉), 다섯 명의 등장인물 사이에, 욕망과 고독과 허영심과 실착과 고통과 웃음 등이 난마처럼 얽힌 익살극(〈심포지엄〉) 등…. 클로드 루아는 또 이렇게 강조한다. "모든 것은 폭소로 시작된다. 뒤이어 모든 것이 통찰의 번뜩임으로 반짝거린다. 웃기는 스펙터클에 희롱조의 음악이 수반된다. 로시니인가 싶지만, 천만에, 모차르트다. 맙소사, 이 쿤데라는 어찌 이리 웃기는가! 그러나 그런 탄성을 터뜨리기 무섭게 이내 말을 고쳐야 한다. 맙소사, 삶은 또 왜 이리 슬픈가! 하지만 그래도 삶을 좀 덜 슬프게 해주는 한 가지 방편이 있다— 이해라는 것. 쿤데라의 이야기에는 해피 엔드만 있다. 웃기는 오페라가 침울하게 변하지만, 거기에서 우리는 빛을 본다. 소극笑劇은 끝나도, 막이 내리면, 끝끝내 사라지지 않는 빛 하나가 탄생한다."

클로드 루아의 시각은 얼마나 적절한가! 도덕적 콩트(하지만 결코 교훈적이지 않은)에 대한 쿤데라의 이와 같은 끌림, 그것을 우리는 나중에 디드로의 《운명론자 자크》를 패러디한 쿤데라의 극 작품 《자크와 그의 주인》(1971)에서 다시 보게 된다. 그 작품이 나오기 전에 이미 루아는 이 젊은 단편 작가와 18세기 작가들—디드로, 라클로, 크레비용 피스, 작가 사드 혹은 《내일은 없다》를 쓴 비방 드농—을 결합하는 가족 관계를 특기하며 비평을 마무리한다. "빛을 찾기 어려운 이 어두운 세기에, 밀란 쿤데라는 빛의 세기의 모럴리스트 작가들의 행복을 되찾는다."[37)]

그는 우리에게 우리가 누구인지, 우리가 얼마나 왜소한지, 얼마나 우리가 그것을 슬퍼할 게 아니라 웃어야 하는지를 이야기한다.

---

37) 클로드 루아, '밀란 쿤데라의 《우스운 사랑들》', 〈책들의 세계〉, 1970년, 12월 25일.

《우스운 사랑들》 표지를 위한 밀란 쿤데라의 데생

무슨 의미가 있나, 그냥 웃자!

쾌락과 절망. 어쩌면 두 부류의 작가가 있다고 말할 수 있을 것 같다. 우선 호메로스에서 보들레르까지, 베를렌에서 생존 페르스까지, 세계의 아름다움을 예찬하는 작가들이 있다. 그리고 세르반테스, 라블레, 베케트, 카프카, 시오랑… 등, 세계를 불협화의 관점에서 느끼는 작가들이 있다. 쿤데라는 이 두 번째 범주에 속한다. 중부유럽의 작가들이 대개 그런 편이다. 폴란드인 헨리크 엘첸베르크의 경구 하나가 생각난다. "우리의 문화에서 인간에 대한 믿음도 인간의 미래

《우스운 사랑들》 영어판을 위한 밀란 쿤데라의 데생

에 대한 믿음도 없는 사람들이 공헌한 바를 모두 빼버린다면, 별로 남는 게 없을 것이다."

쿤데라는 인간도 인간의 미래도 믿지 않는다. 그렇다고 해서 삶을 사랑하지 못하는 건 아니다. 즐거워할 수 있고 웃을 수 있다. 그를 생각할 때면 나는 웃는 사람이 떠오른다. 희망의 완전한 부재 속에도 쾌락이 있고, 즐거움이 있으며, 어떤 아름다움마저 있다.

2021년. 안나 카레니나와의 랑데부

나는 FAMU에서 나와 카렐 슈타이게르발트와 헤어진 뒤, 안나 카레니나와 함께 몇 걸음 더 걷는다. 그렇다, 안나 카레니나. 살과 뼈를 가진 진짜 사람! 밀란 쿤데라의 마지막 소설 《무의미의 축제》를 체코어로 번역한 이가 바로 그녀다. 또 하나의 쿤데라식 농담 아니냐고 할지 모르겠으나, 천만의 말씀. 쿤데라는 실제 인물인 동시에 두 소설 속 등장인물이기도 한 번역자를 정말로 찾아냈다. 지금 내 곁에서 프라하의 보도를 걷는 이 여성은 세계 문학 역사상 가장 유명한 문학 등장인물의 이름을 가지고 있다. 톨스토이의 안나 카레니나, 그리고… 어느 개. 테레자와 토마시가 《참을 수 없는 존재의 가벼움》에서 그런 이름을 붙인 개!

모호성에 대한 쿤데라의 이 같은 사랑! 나는 그가 이 얘기를 내게 들려줄 때, 적잖이 만족스러워했던 것으로 기억한다. 안나 카레니나—실제 인물—는 그를 무척 기쁘게 했다. "그녀가 이 세상에 존재한다는 것 자체"가 말이다. 그것은 실제 삶이 문학 속에 내포되어 있다는 자연의 위대함에 대한 예증이었다.

1960년대. 해빙, 희망과 창조적 부글거림

지금 나는 브론스키의 애인과 한담을 나누며 프라하 속을 어슬렁거리고 있다.

우리는 함께 걸으며 밀란의 행복했던 시절을 떠올려본다.

"두 가지 측면에서 행복했어요. 먼저 창작 면에서, 대단히 풍성한 결실을 거두는 시기이니까요. 다음으로는 정치적 맥락에서, 당시에 엄청난 변화를 맞이하기 때문이에요. 겨울의 끝, 프라하의 봄의 도래가 느껴지던 시기…."

"창작 얘기를 좀 해주시죠."

"프랑스 독자들도 《소설의 기술》의 초안을 알고 있나요? 밀란 쿤데라의 첫 에세이죠. 양차 세계대전 사이에 활동했던 위대한 체코 작가 블라디슬라프 반추라의 작품을 분석한 텍스트예요. 그가 소설 쓰기에 취미를 붙임과 동시에 시도한 에세이라는 점에서 중요한 텍스트죠. 1960년에 프라하에서 출간되어 여러 상을 받은 이 책은 사실 그의 다른 모든 책을 미리 보여주는 것이기도 해요…. 밀란 쿤데라는 형식적 측면에서 소설이 어떤 문학 장르인지, 소설이 어떤 '지혜'를 가져다줄 수 있는지 이미 성찰하고 있죠."

"당시, 그의 활에 걸린 줄의 수도 참 놀라워요. 글쓰기만 해도 시, 에세이, 단편, 장편…. 게다가 그가 포기한 음악과 곧 시작하게 될 데생 등을 생각해보면, 이 사람은 정말 뭐든 다 잘 하는 사람이라는 느낌이 들어요. 팔방미인이라고들 하죠."

"연극을 빠트리셨군요! 1962년에 그의 희곡 《열쇠의 주인들》이 브르노에서 초연되죠. 프랑스에는 잘 알려지지 않은 작품이에요. 쿤데라는 이 작품을 《전집》에서 빼버렸죠. 하지만 거의 40년 가까이 사라졌던 이 작품을 2020년에 브르노에서 재상연하는 건 허락했어요."

"그리고 1962년은 바로 그가 첫 장편 《농담》 집필에 매달리는 해이기도 하죠."

"맞아요. 어쩌면 그는 모든 장르를, 창작의 모든 실타래를 거머쥐고 싶어 한 것 같아요. 게다가 1965년에는 아폴리네르의 글들, 유명한 〈루에게 보내는 편지〉를 포함한 글들 모음의 새 번역본도 출간해요. 현대 시에 대한 설명과 옹호의 글을 곁들여서 말이에요. 소비에트 사실주의의 규범을 보이는 책들과는 너무나 거리가 멀죠…."

"한데 이 같은 창조적 부글거림이 정치적 맥락과도 관계가 있다고 말씀하셨어요. 1960년대에는 정치적 분위기가 변하죠. 공산주의의 뚜껑이 열립니다. 그래서 예술가들에게는 모든 것이 돌연 가벼워지는 것 같아요…."

"맞아요, 해빙기죠. 검열이 완화되고, 금지된 일부 저자들의 책이 다시 등장합니다. 1963년에 리블리체에서 작가 심포지엄이 열렸어요. 밀란을 포함한 일부 작가들이 카프카의 복권을 요구했죠. 영화계에서는 체코의 누벨 바그가 탄생합니다. 밀로시 포르만의 〈스페이드 에이스〉가 그즈음에, 그러니까 1964년에 나와요…. 그리고 그 1년 후, 밀란이 《농담》을 탈고하는데, 그의 우려에도 불구하고, 정말 놀랍게도, 소설이 당국의 검열을 무사히 통과합니다. 나중에 '프라하의 봄' 때에야 폐지되는 그 검열을 말입니다."

"텍스트가 원전 그대로 받아들여졌나요?"

"어떤 수정도 없이요. 1967년 4월에 출간되어, 12만 부나 팔리고, '작가연맹 상'까지 수상해요. 한마디로 대성공을 거둔 거죠!"

안나 카레니나는 잠시 생각에 잠겼다가 다시 말을 잇는다.

"제가 당신께 느끼게 해드리고 싶은 건, 그때가 희망찬 해들이었다는 거예요. 지식인들, 쿤데라 같은 예술가들은—전부는 아니지만, 그는 그런 사람들에 속하죠—공산주의가 개혁될 수 있다고 생각해요. 나중에 사람들이 이른바 '인간의 얼굴을 한 사회주의'라고 부르는 방향으로 진화할 수 있다고 말이에요. 문화가 한 국민 전체의 시멘트 역할을 하는 체제랄까요. 그는 그렇게 믿어요. 무쇠처럼 굳게 믿죠. 그가 1967년의 '작가대회'에서, 용기 있게, 열띤 어조로 주장하는 바가 바로 그거예요."

프라하의 바르톨로메이스카 가街 1번지

"그 유명한 '회의'…."

"그래요, 하지만 그 전에 저기 좀 보세요…."

1967년. "나도 살았음을 고백하오"

얘기를 나누는 사이 우리의 발걸음이 어느새 우리를 바르톨로메이스카 가街로 인도했다. 곧 우리는 이 거리 1번지, 안나 카레니나가 밀란 쿤데라의 '가르소니에르(스튜디오)'라고 부르는 곳 앞에 도착한다.

"바로 이곳, 초록색 창문들이 달린 건물이에요. 5층에 있지만 창문이 안뜰로 난 방이어서, 거리에서는 그의 방 창문이 보이지 않아요."

그러곤 이렇게 덧붙인다.

"작은 방인데, 프랑스에서는 그걸 '가르소니에르'라고 하지 않나요? 방 하나짜리 작은 공간 말이에요."

우리 두 사람은《참을 수 없는 존재의 가벼움》에서 토마시가 소위 '에로틱한 우정'에 관해 묘사하는 내용을 떠올려본다. 토마시는 여자들에 대한 두려움과 욕망 사이에서, "두 파트너 중 누구도 상대의 삶과 자유에 대한 독점권을 내세우지 않는, 감정이 배제된 관계만이 둘 모두에게 행복을 가져다줄 수 있다"라고 주장한다. 이 우정이 '사랑의 공격성'에 굴복하는 일이 있어서는 안 된다. 그런 일이 없도록, 토마시는 3의 규칙이라는 확실한 도구를 마련했다.

> 그는 이 방법이 완벽하다고 믿고 친구들에게 자랑까지 했다(…). 아주 짧은 간격으로 한 여자를 만날 수도 있지만, 그럴 때는 3회 이상은 안 된다. 혹은 수년 동안 한 여자를 만날 수도 있지만, 그럴 땐 적어도 3주 이상의 간격을 두어야 한다.
>
> 《참을 수 없는 존재의 가벼움》, t. I, p. 1149.

이런 식으로 토마시는 숱한 여자들과 일시적인 만남을 가지면서도 고정 애인들과의 관계를 유지할 가능성을 확보한다. 소설에서, 그의 이런 생각이 늘 이해받는 건 아니지만, 사비나만은 예외다.

> 그의 모든 여자 친구 중, 그를 가장 잘 이해해준 사람은 사비나였다. 그녀는 화가였다. 그녀는 이렇게 말하곤 했다. "내가 당신을 사랑하는 건, 당신이 키치와 정반대이기 때문이야. 당신은 키치의 왕국에선 괴물 같은 존재가 될 거야. 당신이 역겨운 괴짜 아닌 다른 뭔가가 될 수 있는 미국 영화나 소련 영화 시나리오는 존재하지 않아."
>
> 《참을 수 없는 존재의 가벼움》, t. I, p. 1149.

키치의 왕국, 그것은 곧 저질 감상이요, 대중문화의 상투적 표현들이다. 또한 토마시 같은 유혹자들을 대중의 비난 대상으로 만드는 지배적 생각이기도 하다. 미국인들은 그들을 '우머나이저womanizer'라고 부른다. 이 바르톨로메이스카가 시절에 쿤데라는 어땠을까? 나는 밀란 쿤데라에게, 자신이 '괴물'이나 '역겨운 괴짜'처럼 행동했다고 생각하는지 어떤지 한 번도 물어본 적이 없다. 그러던 어느 날, 루테시아 호텔 바에서 마침 영화 얘기를 하다가, 그는 내게 《농담》의 영화 각색은 아주 좋았지만, 《참을 수 없는 존재의 가벼움》의 영화 각색은 아주 싫었다고 말했다.

"싫었다고요?" 하고 내가 그에게 물었다.

"그래요. 두 가지, 야나체크의 음악과 수영복 입은 쥘리에트 비노슈만 빼고."

내가 그의 삶의 그 시기에 관해 넌지시 물어본 것은 바로 그때였다. 1960년대의 분위기. 그는 잘생긴데다 똑똑하고 성공까지 했으니, 프라하의 모든 여성이 어찌 그에게 반하지 않을 수 있었겠는가? 그는 어깨를 으쓱하더니, 파블로 네루다의 시집 제목—그의 젊은 날의 고백—, 에스파냐 원어로 읽어야 제맛이 나는 '콘피에소 케 에 비비도Confieso que he vivido'를 인용했다. 그저 "나도 살았음을 고백하오"[38]라고만 했다.

안나 카레니나가 나를 몽상에서 깨운다.

"아이러니한 일은 쿤데라가 살던 건물 바로 옆, 한 30미터쯤 떨어진 곳에 반체제 인사들을 심문하던 비밀경찰 본부가 있었다는 거예요. 게다가 이곳에서 바르톨로메이스카 거리는 곧 비밀경찰을 의미해요. 그러니까 러시아의 루비안카 광

---

38) 파블로 네루다, 《나는 살았음을 고백한다》, 클로드 쿠퐁(역), 갈리마르 출판사, '폴리오' 총서, 1975년.

장 같은 곳이랄까요. 쿤데라의 집에 도청기를 설치하러 그리 멀리 갈 필요가 없었다는 거죠….”

잠시의 침묵. 그러곤 안나 카레니나가 생각에 잠긴 어조로 말을 잇는다.

“비밀경찰은 장난 아니었어요. 저도 여기서 조사받았었죠. 제가 개인주의자이고 반체제 인사들을 친구로 두었다며 비난하더군요. 웃기지도 않은 일이었죠.”

1967년. ‘작가대회’에서 모든 위험을 무릅쓰다

“사실은 그들이 그에게 다가갔어요. 그들, 공산당원들 말입니다. 그들은 그가 연설하길 바랐고 그는 수락했어요. 이제 때가 되었다는 생각에 받아들인 거죠. 뭔가 의미 있는 말, 단어 하나하나가 무게를 갖는 말을 할 때가 되었다고 말이에요. 선전 구호와는 다른 말…. 우리는 한창 민주화가 진행되는 과정에 있었고, 1년 후 상황이 극적으로 변할 거라고는 꿈에도 생각하지 못했죠….”

프라하 성에서, 영화감독 밀로슬라프 스미드마예르는 밀란 쿤데라의 삶을 뒤흔들게 될 1967년 6월의 그 ‘체코 작가대회’ 에피소드를 이렇게 요약한다. 당시의 분위기는 개혁에

우호적이었고, 그는 연설해달라는 간청을 받았다. 그 두 가지는 그가 안심할 만한 이유다. 말끔한 흰색 폴로셔츠 차림으로, 그는 연단을 향해 걸어간다. 그러곤 연단에 올라, 그의 얼굴을 향해 달린 세 대의 긴 마이크 앞에 선다. 그의 뒤에는 일단의 동료들이 약간은 근엄한 표정으로 앉아 있다. 머리 위에는 체코슬로바키아 작가연맹을 가리키는 네 글자, SCSS가 걸려 있다.

그의 연설 제목은 '문학에 본래의 지위와 존엄성을 되돌려주어야 한다'이다. 몸을 앞으로 약간 기울이고서, 오른손으로 연단을 꽉 잡은 채, 그렇게 자신의 글에 대한 마음가짐을 잘 보여주는 자세로, 쿤데라가 입을 연다. "친애하는 동지 여러분, 태곳적부터 지구상에 살아온 민족은 없고 또한 민족이라는 개념 자체가 어느 정도 현대적인 개념임에도 불구하고, 민족 대부분은 자신의 존재를 하나의 자명성으로 여기고 있습니다. (…)하지만 체코 민족은, 그리 행복하지도 않았고 불연속적이었던 역사 덕에, 하마터면 죽어 없어질 뻔하기도 했던 그 역사 덕에, 이 기만적 환상을 피할 수 있었습니다. 체코 민족의 존재가 하나의 자명성으로 느껴졌던 적은 한 번도 없으며, 바로 이 '비非자명성'이 체코 민족의 주요 속성 중 하나입니다."

이 비자명성 때문에 체코 민족은 "교육과 의식 수준을 고양해야"만 자신의 위엄과 생존을 보장할 수 있다고 그는 말한다. 그러고는 오직 강력한 문화적 가치들과 자기보다 큰 전체(유럽)에 대한 소속만이 그런 일을 가능하게 해준다고 설명한다. "가끔 저는 우리 체코의 고전 연구자들과 민족 부흥 지도자들이 그토록 중요하게 여긴 이 유럽적 특성을 현대 교육이 놓치고 있는 건 아닌지 우려스럽습니다."

유럽—계몽주의라는 의미에서, 즉 평화와 관용과 창작의 자유라는 의미에서의 유럽. 이것이 그날 쿤데라가 한 연설의 핵심어들이다. 뒤로 갈수록 작가의 연설 취지는 점점 더 분명해진다. 검열을 노골적으로 비판하면서, "파괴와 금지 사이에는 차이가 없다"라고 주장한다. 그리고 볼테르의 말을 인용한다. "나는 당신이 하는 말에 동의하지 않지만, 그런 말을 할 당신의 권리를 위해 목숨 바쳐 싸울 것이다." 나아가서 그는 얼마 전, "이해의 지평을 넘어섰다"라는 이유로 두 편의 영화를 상영 금지한 체코 지도자들을 공개적으로 문제 삼기까지 한다. 대단한 배짱이요, 대단한 용기다.

결론으로, 그는 이렇게 말을 맺는다. "누구든 편견과 파괴주의, 무지와 단견으로, 한창 꽃피는 문화의 바퀴에 막대기를 꽂는 자는 체코 국민의 삶의 바퀴에 막대기를 꽂는 자가 될 것입니다."[39]

여기서 그는 선을 넘는다. 이보다 더 분명하게 말할 수는 없다. 적은 바로 검열관이라는 것.

한 유명 작가가 정면으로 문화의 악화를 고발하고 그 진척을 방해하는 자들을 비난하면서 표현의 완전한 자유를 요구한다. 그런 '대회'는 전혀 모스크바의 취향이 아니라고 해야 할 것이다. 여러 작가가 당에서 쫓겨난다. 쿤데라는 일단 징계 처분으로 곤경을 모면한다. 하지만 그도 새삼 당국의 조준경 속에 놓인다. 오랫동안 지속하는 실총의 출발점이자, 여러 심각한 문제의 시발점이 된다. 3년 후, 그도 당과 작가 연맹에서 추방된다. 5년 후에는 영화 아카데미에서도 해고된다. 출판이 금지된다. 그의 모든 책이 서점과 도서관에서 뽑혀 나간다.

쿤데라는 연설하던 당시에 이런 결과를 예감할 수 있었을까? 자신의 전부를 걸었다는 걸 알았을까? 1967년 6월의 그 며칠 동안 그의 정신 상태는 어땠을까? 그의 친구 밀란 우후데는 이렇게 기억한다. "그가 연단으로 향해 갈 때 나는 그의 지척에 있었어요. 그가 나를 이상한 표정으로 쳐다보더군요.

39) 1967년 체코슬로바키아 작가대회에서 행한 밀란 쿤데라의 연설. 밀란 쿤데라, 《납치된 서유럽》에 재수록.

마치 '내가 지금 뭐 하는 거지?'라고 말하려는 듯이 말이죠. 언제나 그는 긴 설교보다는 아이러니한 유머와 엉성한 진실들을 좋아했어요. 한데 그날은 '진실들'을 그냥 그대로 공개적으로 선언해야만 했던 거죠. 아마 그때 그의 냉소적 자아가 틀림없이 반발했을 거예요."

1967년의 반항(그래야만 했고, 그는 그래야 한다고 믿었다).

1968년의 기쁨(검열이 6월에 공식적으로 폐지되었을 때).

그리고 그해 8월 20일과 21일, 바르샤바 조약군이 체코슬로바키아를 침공하고 점령하여 피어나던 민주주의의 싹을 모조리 잘라버렸을 때, 그는 또다시 반항하고 완전히 절망한다.

밀란 쿤데라는 넋이 나간 채, 프라하의 봄이 짓밟히는 것을 무기력하게 지켜보게 된다.

하지만 그 혼자서 지켜보는 건 아니다. 한창 젊은 아내 베라와 함께다.

에로틱한 우정들에서 "베라의 황홀"로

빛나는 갈색 머리 여자. 진 세버그식 짧은 머리. 완벽한 타원형 얼굴. 그녀의 이름은 베라 흐라반코바이고, 행복하지 않은 어린 시절을 보냈다. 어머니는 그녀가 아직 어렸을 때,

그녀와 자매들과 아버지를 버리고 떠났다. 열두 살 때는 세 살 아래인 여동생 에바가 뇌막염으로 죽는 걸 지켜보았다. 그 후 그녀의 아버지는 체포되어 감옥에 갇혔다. 여섯 살 때 그녀에게 읽기를 가르쳐준, 너무도 사랑했던 아버지! 그녀에게 책을 사주고 시를 알게 해준 사람.

베라는 이렇게 말한다. "우리는 돈이 별로 없었고, 그래서 우리 아파트 일부를 세를 주었어. 한데 우리 집에 세든 프랑스 여자가, 아버지께서 오스트레일리아로 비밀리에 도피하려 한다고 주장한 거야. 그녀는 아버지를 경찰에 고발했고, 그들이 아버지를 체포했지. 프랑스 여자가 그런 짓을 했다고!"

아버지가 감옥에서 두 차례의 뇌졸중을 앓으며 쇠약해져 가는 동안, 열여섯 살의 베라 흐라반코바는 혼자 삶을 헤쳐 나가야 했다. 무일푼으로 혼자 남겨진 그녀는《참을 수 없는 존재의 가벼움》의 테레자처럼 레스토랑의 종업원 일자리를 구해, 북北모라비아에 있는 브룬탈 역에서 손님들에게 맥주를 서비스한다. 그것은 몹시 고된 일이었다. 모라비아 취객들의 진한 농지거리도 모욕적이었다. 그녀를 견디게 해주는 건 시詩뿐이다.

그녀는 시를 외운다. "미쳐버리지 않으려고" 수 킬로미터의 시구절을 외운다. 특히 데스노스와 고리키의 시에 심취하여 자신만의 낭독법과 분절법을 갈고 닦는다. 그녀는 외우고 낭

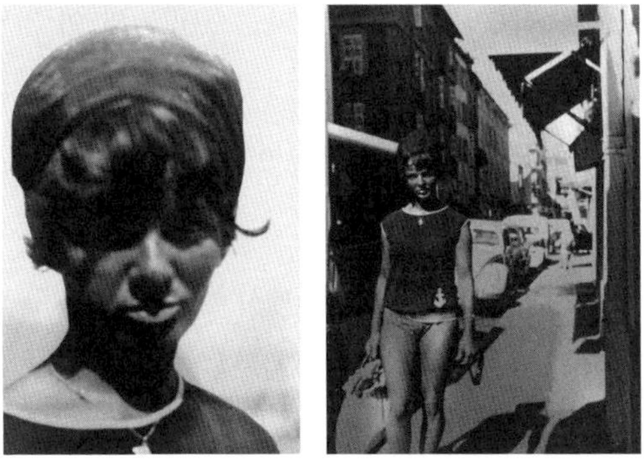

베라 흐라반코바

송하는 걸 좋아한다. 예를 들면 〈소녀와 죽음〉 같은 시. 그래서 지방의 시 낭송 경연 대회에 참가하기도 한다. 아름답고 전도양양한 베라, 그녀에겐 활력과 재능이 있었다.

1958년 어느 날, 그녀는 바로 고리키의 시 덕분에, 전국 시 경연 대회에서 입상한다. 그래서 공영 라디오-텔레비전 방송의 눈에 띄었고, 방송사에 고용된다. 그녀는 현장에서 저널리스트 일을 배운다. 프라하와 브르노를 오간다. 그러던 어느 날 브르노에서, 그녀의 남편이 될 남자를 만나게 된다.

고리키의 민요시

그 만남에 대해, 밀란은 내게 단 한마디도 뱉은 적이 없다.

그는 질문을 피했다. 그 얘기보다는 고리키의 이 기막힌 민요시 쪽으로 화제를 돌렸다. 고리키가 스물네 살에 쓴 초기작 중 하나다. 나는 이 시를 알고 있었는가?

들판을 가로질러, 황제가 전장에서 돌아오고 있었다.
울분에 상한, 쓰라린 마음으로, 돌아오고 있었다.
딱총나무 가지들 너머에서, 그의 귀에 들려오는 저 소리…
한 소녀가 웃고 있었다, 웃고 있었다.
황제가 붉은 눈썹을 무섭게 찡그리더니
말에 박차를 가한다, 말을 휘몰아,
질풍처럼 소녀에게 들이닥쳐,
갑옷을 쩔렁거리며 외친다.
"이 못된 것, 무엇 때문에 그리 이를 드러내고 웃는 것이냐?
나는 적에게 승리를 빼앗겼다.
나의 군대가 패했다.
(…)나는 돌아가서 새로운 군대를 일으킬 것이다.
나는 너의 황제다, 나는 모멸감으로 괴로워하는데,
너는 나를 비웃는구나! 그 멍청한 웃음으로!"
앞가슴의 옷매무새를 바로잡으며,
소녀가 황제에게 대답한다.
저리 가세요, 아저씨, 나는 지금 사랑하는 사람과 얘기하고

있어요, 그냥 가시는 게 좋을 거예요.[40)]

나는 1931년에 고리키가 이 시를 스탈린에게 바쳤고, 스탈린은 제 손글씨로 직접 이 시를 삐뚜름히 썼다는 사실을 알지 못했다. "이 이야기는 괴테의 파우스트보다 더 셉니다. 사랑이 죽음을 이겨내는 승자라는 거죠." 나는 이를 알지 못했다. 하지만 내 눈앞에는 어느 황제 앞에서, 누구라도 상관없는 어느 상징적 황제 앞에서, 조용히 제 할 말을 내뱉는 베라의 모습이 너무도 잘 그려졌다. "저리 가세요, 나는 지금 사랑하는 사람과 얘기하고 있어요…."

어느 날 밤, 레닌 가에서…

그 만남… 그 만남에 대해, 베라는 자신의 기분과 대화 상대에 따라, 여러 가지 버전을 즐겨 들려주곤 한다.

파리, 레카미에 가, 2020년 4월, 운명적인 이름을 가진 정신과 의사—르주아예Lejoyeux[41)] 교수—가 밀란을 보러 와서 이런 질문을 던진다. "한데 두 분은 어떻게 만나시게 된 건가

---

40) 막심 고리키, 〈소녀와 죽음〉, 〈유럽〉 지, 제50호, 1950년 9월.

41) 프랑스어 Le joyeux는 '즐거운 사람'이라는 뜻이다.(—옮긴이)

요?" 베라의 즐거운 대답—"훔치다 만났죠! 12월 31일, 우리를 초대한 사람들 집에서 말이에요. 자리가 몹시 따분했어요. 그러다 떠날 때 보니 포도주병이 많길래 그중 하나를 슬쩍했죠. 밀란은 술 훔치는 여자가 마음에 들었었나 봐요!"

어느 날 투케에서, 그녀는 내게 어깨를 으쓱하며, "그저 그냥 그렇게, 거리에서" 서로 만나게 되었다고 말했다. 그녀는 코를 킁킁대는 개를 떨쳐버리고 싶어 하는 듯했다. 그 얼마 뒤, 내가 이해하지 못했다는 듯이 굴며 다시 한번 그 질문을 하자, 그녀는 내게 이런 문자를 보냈다.

"사랑하는 플로랑스, 밀란과 나에 관한 얘기는 절대 하지 않을 거야. 그것은 내 삶이고 난 그걸 다른 사람과 공유하지 않아. 제발 화내지 말길 바라. 나는 우리 삶이 담긴 작은 가방을 잠근 채 이 행성을 떠나 어느 다른 행성으로 갈 거야. 뭘 꾸며내든 그건 당신들 모두의 자유야."

역시 그런 대답을 할 것 같았다. 나는 그녀가 참 아름답고 감동적이라고 생각했다. 꼭 쿤데라 소설의 등장인물 같은 여자. 고리키의 작품에 등장하는 소녀 같은 여자. "저리 가세요, 나는 지금 사랑하는 사람과 얘기하고 있어요…."

나는 그 가방을 상상해보았다. 테레자가 토마시 집에 처음으로 들어설 때 들고 있던 가방. 작지만 놀랄 만큼 무거운 가방. 나는 부부의 비밀이 봉해진 커다란 자물쇠가 달린 그 가방을 상상해보았다. 베라의 말이 맞았다. 국외자가 그 자물쇠를 함부로 열어야 할 이유가 무엇이란 말인가?

결국 베라가 두 사람의 만남에 대한 가장 완전하고 가장 그럴싸한 버전을 넘긴 곳은 체코 잡지 〈호스트〉이다. 어느 날 밤, 레닌 가, 라디오 방송국 바로 앞에서였다. 그녀는 야근하러 가는 중이었다. 보도에서 그녀는 알고 지내던 한 시인과 마주친다. 그는 동행하고 있는 친구를 '밀란 쿤데라 씨'라며 그녀에게 소개한다. 뭔가가 일어난다….

그날 저녁, 그녀는 마이크를 잡지 않는다. 혹시나 걸려올 전화를 놓치지 않기 위해서다.

"그가 전화하리란 걸 알았어요" 하고 베라가 꾀보처럼 웃으면서 말한다. "역시 30분 안에 전화가 걸려오더군요!"

둘은 데이트 약속을 하고, 만나서 네즈발과 랭보 이야기를 나눈다. 곧 쿤데라가 묻는다. "흐라반코바 양, 타자도 치시나요?"

4년 뒤, 두 사람은 결혼식을 올린다.

"아인말 이스트 카인말Einmal ist keinmal" 혹은, "삶은 완성작 없는 초안"

그런 결정을 내릴 때, 유혹자 쿤데라가 어떻게 망설였을지 우리는 상상할 수 있다.《참을 수 없는 존재의 가벼움》의 토마시처럼, 그도 첫 부인과 이혼한 지 얼마 되지 않았다. 또한 토마시처럼 그도 의혹에 시달린다. 내가 알기로, 남자의 자유를 포기하고, 결심하고, 약속해야 하는지, 아니면 거부하고, 배신해야 하는지 등, 장래를 약속하거나 하지 않는 것이 주는 불안에 대해, 고뇌 어린 남자의 망설임에 대해 이보다 더 잘 쓴 글은 별로 없다.

> (토마시)는 창가에 서서, 안뜰 건너편 건물 벽에 시선을 고정한 채, 깊은 생각에 잠겨 있다.
> 그녀에게 프라하로 와서 정착하라고 제안해야 할까? 그는 뒷감당이 두렵다. 지금 그녀를 자기 집에 오라고 하면, 그녀는 그와 함께 살러 와서 그에게 자신의 일생을 바치려 들 것이다.
> 아니면 그녀를 포기해야 할까? 그럴 경우, 테레자는 촌구석 술집 종업원으로 남을 테고, 다시는 그녀를 만날 수 없을 것이다.
> 그는 그녀가 자신과 결합하길 바라는가, 바라지 않는가?
>
> 《참을 수 없는 존재의 가벼움》, t. I, p. 1144.

어떻게 대답해야 할까? 쿤데라는 삶은 “청사진 없는” 경험이기에, 삶에서 선택은 불가능하다는 기막힌 결론을 내린다.

> 도무지 비교할 길이 없으니 어떤 결정이 옳은지 확인할 길도 없다. 모든 것이 준비 없이, 난생처음으로 즉각 살아진다. 마치 배우가 단 한 번의 리허설도 없이 무대에 서는 것과 같다. 삶의 첫 번째 리허설이 삶 그 자체라면 삶이 어떤 가치를 가질 수 있는가? 사실 그래서 삶은 늘 하나의 스케치 같다. 하지만 이 ‘스케치’라는 말도 적절한 말은 아니다. 스케치는 항상 어떤 대상의 초안, 어떤 작품의 준비지만, 우리의 삶이라는 스케치는 무의 스케치, 완성작 없는 초안이기 때문이다.
>
> 《참을 수 없는 존재의 가벼움》, t. I, p. 1145.

무無의 스케치. 잊을 수 없는 문구다! 장래에 대한 약속과 무. 두 단어로 된 생의 아치.

그것이 바로 쿤데라의 주인공이 되풀이하는 유명한 독일 격언, “Einmal ist keinmal”이다. 한 번뿐인 것은 아무 것도 아닌 거나 마찬가지다. 이론상, 행동은 불가능하다. 쿤데라에게는, 두 번째 기회도 목적성도 존재하지 않는다. 합리적으로 행동한다는 의미에서, 행동한다는 건 어떤 의미도 없다, 하지만 그래도 그래야만 한다. 베케트도, “I can’t go on, I’ll go on"이라고 하지 않는가.

토마시가 결국 테레자와 함께 살기로 작정하는 것은 이 젊은 여자가 그에게 늘 남달라 보였기 때문이다. 그녀는 그보다 일곱 살 아래로, 그에게는 어린아이처럼 보였다. 이 세상에 홀로 남은, 약해빠진 여자. 처음으로, 그와 한 여자 사이에 책임을 지는 사랑이 생겨난다. 처음으로, 남자가 '감동'을 받는다. 감탄을 금할 수 없는 페이지들이다.

그리고 세월이 흘러감에 따라—베라는 이런 면에서도 그에게 깊은 인상을 준다—, 밀란은 그녀에 대한 자신의 신뢰가 굳어지는 것을 본다. 총명한 그녀도 보란 듯이 성공을 거듭한다.

테레자도 그랬다. 《참을 수 없는 존재의 가벼움》에서 우리는 "프라하에 오고 나서, 테레자가 보여준 삶에 대한 열정은 탐욕스러우면서도 부서지기 쉬운 것이었다"[42]라는 문장을 읽게 된다.

이는 실제 삶에서, 베라에게도 완벽하게 적용된다. 몇 년 사이에, 부서지기 쉬우나 욕심 많은 이 젊은 여성은 미디어 세계에서 명성을 날린다. 그녀는 스타 아나운서가 된다.

---

42) 밀란 쿤데라, 《전집》, t. I, p. 1183.

1968년 8월 21일 아침 6시,
베라 흐라반코바가 동료 이리 스베이코프스키와 함께
러시아의 체코슬로바키아 침공 소식을 전하고 있다.

"1960년대의 안 싱클레어 같았지요." 그렇다, 그녀는 다른 여자들과 다르다. 난생처음으로, 이 지독한 반反감상주의자 밀란 쿤데라는 인정하지 않을 수 없게 된다. "그렇게 와서 자신의 존재를 알린 것이 사랑이 아니면 무엇이었겠는가?"[43]

1967년. 결혼식? 장난 같았어!

결혼식은 브르노 바깥에서, 극도로 내밀하게 치러진다. 밀란, 베라, 그리고 증인 두 사람이 전부다. 장난도 치고, 신나

---

43) 같은 책, p. 1144.

게 즐긴다.

“그 결혼식을 다시 생각해보면 어떤 이미지가 떠오르세요?”

“아무것도 없어. 그냥 장난 같았지. 그저 호텔에서 한방을 쓸 수 있게 되었다는 것뿐!”

56년간의 부부 생활…. 노년에 이르러서도 이토록 뗄 수 없게 하나로 결속된 두 사람을 바라보면 어떤 의문도 가질 수 없다. 밀란이 아무리 병이 들어도, 베라의 손은 그를 다시금 가는 생명줄에 연결할 것이다. 밀란의 손바닥은 베라의 손바닥을 찾을 것이다. 아내의 말라빠진 손에 다가가는 그의 손. 손길만 살짝 스쳐도, 두 사람은 마음이 평온해지는 모양이다. 죽도록 하는 사랑. 필레몬과 바우키스다.

참나무와 보리수처럼 떼어놓을 수 없는

두 사람을 보고 있으면 나는 늘 이 신화가 떠오른다. 사랑, 환대, 관용. 알랭 핑켈크로트 역시 밀란과 베라를 필레몬과 바우키스의 환생으로 본다. 프리기아의 어느 작은 마을에 외로이 사는 초췌한 두 늙은이. 어느 날, 제우스가 사람으로 변신하여 그 마을에 찾아온다. 그는 마을 사람들에게 환대를 청하지만 모든 집이 다 문을 걸어 잠근다. 오직 필레몬과 바우키스만이 늙고 피로한 몸임에도 불구하고, 언제나 변함없는 그리스식 환대의 법칙에 따라, 그를 초라한 자신들의 거처에 맞아들인다. 제우스는 그들에게 감사를 표하고자 하나, 필레몬과 바우키스의 유일한 소망은 둘이 절대 헤어지지 않는 것이다. 그래서 이 신들의 왕은 두 사람을 변신시켜준다. 필레몬은 존경스러운 참나무로, 바우키스는 너그러운 보리수로. 둘은 나란히 서서 바람에 살랑거리는 자신들의 가지를 섞는다.

1967년. 장난에서 《농담》으로

하지만 1967년으로 되돌아가 보자. 쿤데라에겐 새천년 같은 한 해다. 4월에, 그의 첫 소설 《Zert》, 즉 《농담Plaisanterie》이 체코에서 출간된다. 그는 이 소설 제목을 프랑스어로는 'La Blague'로 부르고 싶었다. 하지만 둘 중 어느 것으로 부르든 간에, 어차피 프랑스인들은 이 소설을 엉뚱하게 이해할 것이다. 소위 '서방'에서 사람들은 이 소설을 스탈린식 공포 정치에 대한 고발이라는 정치적 메시지로 읽는 데 집착한다. 출간 시기가 기가 막히게 잘 맞아떨어진다. 프랑스어 번역본—아주 엉터리 번역본인데, 이에 대해서는 나중에 다시 언급할 생각이다—출간이 1968년 프라하의 봄이 무참히 짓밟힌 시점과 일치한다. 냉전이 한창이던 시기의 이념적 노다지 같은 책이었달까. 프랑스에서 쿤데라는 대중에게나 비평계에나, 대번에 반체제의 화신 같은 존재로 부상한다. 솔제니친이나 샬라모프 만큼은 아니지만, 그리 멀지도 않다. 아무리 그가 자신은 투사도, 반대파도, 반체제 인사도 아니라고, 자신은 그저 소설가라고, 그래서 헤밍웨이가 그렇듯 자신도 메시지를 전하는 사람이 아니라고("메시지를 받으려면 우체국에 가보시라") 항변해보아야, 그의 말을 들어주는 이는 없다. 어쨌거나 잘 들어주는 이는 없다. 또 하나의 오해다.

나는 그가 텔레비전 방송에 나가, 투명 플라스틱으로 된 괴상한 의자에 앉아 몸을 흔들면서 인터뷰하는 모습을 다시 본다. 불편한 기색이 역력하다. 진행자에게 《농담》은 정치 소설이 아니라 '사랑 소설'이라고 아무리 설명해도 소용이 없다.

사람들이 마침내 이 책 배후에 있는 저자의 진정한 의도를 볼 수 있으려면 시간이 지나서 거리 두기가 완료될 때까지 기다려야만 한다. 그렇게 되기까지 20년 세월이 걸린다. 1985년에 쿤데라는, 그의 작품 해설자로 유명한 프랑수아 리카르에게 이렇게 털어놓는다. "오늘날 시사 문제를 반추하

《농담》 영어판을 위한 밀란 쿤데라의 데생

는 사람들은 프라하의 봄이니 러시아의 침공이니 하는 것들을 오래전에 잊었어요. 이 망각 덕분에 《농담》은 마침내 늘 되고 싶었던 것, 즉 소설, 다른 무엇도 아닌 소설로 되돌아갈 수 있게 되었죠."[44)]

다른 무엇도 아닌 소설. 이 소설의 이야기는 오해에 관한 것이다. 아니 오독誤讀 이야기라고 하는 편이 낫겠다. 책의 서두에서부터, 왜곡된 엉터리 해석 대상이 되어 소설 주인공

---

44) 밀란 쿤데라, 《전집》, t. I, p. 1423.

루드비크에게 예상도 통제도 할 수 없는 일련의 연쇄적 결과를 안겨주는 세 문장. 아이러니하게도 《농담》의 이 주제는, 적어도 프랑스에서는, 이 소설에 예정된 왜곡된 수용을 미리 예시하는 것만 같다.

우선, 책 자체로 되돌아가 보자.

시대 배경은 1948년의 프라하다. 공산주의자들이 권력을 장악했다. 대학에서는 혁명의 격정과 열기가 지배적이다. 특히 '학생 연맹'이 그렇다. 학생들은 자신들 나이에 걸맞게, 격앙된 급진적 태도로 "승리한 계급의 역사적 낙관론"[45)]을 구현한다. "그들은 자신들을 이 '승리'의 수호자로 느낀다. 마치 '역사'의 말 등에 올라탄 듯이, 그들은 역사가 자신들에게서 벗어나는 일이 없도록 고삐를 바싹 당긴다. 한 마디로, 그들은 자신들이 '역사'를 만들어간다고 확신하며", 이에 대해 자부심을 느낀다.

그 무리 속에, 조금의 유머나 비판적인 관점 없이, 모든 것—특히 '당'의 지침들—을 진지하게 생각하는 마르케타라는 젊고 예쁜 활동가가 있다. 루드비크는 '학생 연맹'의 일원으로 마르케타를 사랑하고 공산주의 이념을 신봉하지만,

45) 앞의 책, p. 211.

그에게 아무 도움도 안 되는 '상당한 농담 감각'과 반어적 거리를 두는 천부적 성향을 타고났다. 그밖에 야로슬라프, 헬레나, 코스트카 등이 있는데, 이들은 루드비크와 대응되는, 세계에 대한 다른 관점들을 '시험'하기 위해 소설가가 창조한 인물들이다.

줄거리는 아주 단순하다. 위에서 말했듯이, 루드비크는 마르케타를 사랑한다. 그는 그녀의 주의와 '관심을 끌기' 위해 (그는 자신이 이제 막 청소년기에서 벗어났다고 자인한다), 두 사람을 뒷받침하는 이데올로기를 농담의 대상으로 삼아야겠다고 생각한다. 그래서 그는 우편엽서에 다음 세 문장을 적어 보낸다. "낙관주의는 인민의 아편이다! 건전한 정신은 어리석음의 악취를 풍긴다. 트로츠키 만세!"[46]

아니나 다를까, 성실하고 착한 학생 마르케타는 이 엽서 내용을 곧이곧대로 받아들이고, 루드비크를 당의 동료들에게 고발한다. 그리하여 제마네크의 주도로, 대학 내에서 '재판' 같은 것이 열린다. 그리고 만장일치로, 루드비크 같은 위험인물은 쫓아내야 한다는 결론을 내린다. 당에서 추방하는 것은 물론 학업을 계속하는 것도 금지한다.

책의 두 번째 시기. 모라비아의 오지에서 강제 노역을 하

46) 밀란 쿤데라, 《전집》, t. I, p. 214.

며 유형 생활을 하는 끔찍한 시기로, 이곳에서 루드비크는 자신을 희생시킨 불의를 곱씹는다. 그리고 15년 후, 그에게 복수의 기회가 주어진다. 에드몽 당테스처럼 그도 그 기회를 재빨리 포착하고자 한다. 운명처럼 우연히 마주친 한 여자가 다름 아닌 제마네크의 부인 헬레나다. 떨쳐버리기 힘든 유혹을 느낀 루드비크는 그녀의 남편이 자신에게 가한 지난날의 모욕을 씻고자 그를 모욕할 요량으로 그녀와 사통할 생각을 품는다. 일이 계획대로 잘 진행된다. 지나치게 순조롭다. 그가 당황스러울 만큼, 헬레나가 그를 미친 듯이 사랑하게 되기 때문이다. 한데 제마네크는 그 이후로 변절을 했다. 15년 후 그는 반스탈린주의자가 되어 학생들에게 영웅시되고 있을 뿐 아니라, 학생들 중 한 명과 교제하며, 헬레나가 자기와 헤어져 다른 사람에게 갈 가능성을 횡재처럼 여기고 있다. 그래서 루드비크의 계획은 그를 모욕하는 게 아니라 그에게 호의를 베푸는 계획이 된다! 치밀하게 계획한 그의 복수가 그를 처형한 자에게 베푸는 은총이 되는 것이다.

또다시 모든 것이, 쿤데라의 붓끝에서, 하나의 거대한 저질 농담이 되어버린다. 처음의 그 루드비크가 쓴 유머 어린 엽서에서부터 마지막의 진짜인지 거짓인지 모를 헬레나의 해괴망측한 자살 행각까지, 진리의 소유자라고 확신하는 당원들의 그 유머 없는 뻣뻣한 태도에서부터 아무 관련 없는 여자를—혐오스러운 방식으로—복수의 도구로 삼아 사태의 추이를 바꿔보고자 한 루드비크의 비장한 의지까지가 그렇다. 책 끝에 이르러, 쿤데라는 애초의 딱한 농담 하나가 "괴물처럼 증식해버렸다"라고 쓴다. 그래서 그 무엇도 지울 수 없고 고칠 수도 없다. 문득 그의 눈에, 모든 것이 아무런 의미도 이유도 없는 하나의 거대한 카니발처럼 보인다.

> 게다가 만약 역사가 농담을 한다면? 그 순간 나는, 나 자신이, 그리고 내 인생 전체가 어떤 훨씬 더 광대하고 전적으로 철회 불가능한 농담(…) 속에 들어 있는 이상, 나 자신의 농담을 아예 없었던 일로 만들 수는 없다는 것을 깨달았다.
>
> 《농담》, t. I, p. 437.

"인간은 생각하고, 신은 웃는다." 이는 쿤데라가 《소설의 기술》에서 인용하는 이디시어 격언이다.[47] 《농담》의 참된 의미는 바로 여기에 있다. 생각하는 인간—혹은 생각한다고 생각하는 인간—을 보고 신이 웃는 이유는 무엇인가? 생각하면 할수록, 그는 진리에서 멀어지고, 다른 사람들에게서도

47) 밀란 쿤데라, 《전집》, t. II, p. 806.

멀어지며, 그가 자신이라고 생각하는 존재에게서도 멀어지기 때문이라는 것, 그것이 쿤데라가 이 책에서 우리에게 들려주는 대답이다.

'농담'이라는 주제는 향후 그의 전 작품의 길잡이가 된다. 그렇다, 첫 장편 《농담》에서 마지막 소설 《무의미의 축제》까지, 이 주제는 그의 작품의 충실한 길잡이로 남는다. 소설의 형식 역시 내용과 너무나 잘 부합한다고 할 수 있다. 쿤데라의 소설들이 종종 그렇듯이, 이 소설의 형식에는 하나의 음악 형식이 메아리처럼 울린다. 스케르초. 네 개의 성부와 마지막 푸가. 이탈리아어로, 스케르초는 '농담'이라는 뜻이다.

신의 웃음과 소설의 지혜

쿤데라에게는 겸손으로의 초대가 있다. 무한히 작은 것에서 무한히 큰 것까지, 만약 '역사'가 하나의 농담에 불과하다면, 인간과 그가 지닌 확신들은 그저 왜소해질 수밖에 없지 않은가. 또한 이 겸손은 그가 멋지게 "소설의 지혜"라고 부르는 것의 토대이기도 하다.

소설의 지혜는 철학의 지혜와는 다릅니다. 소설은 이론적 정

> 신이 아니라 유머의 정신에서 탄생합니다. 유럽이 저지른 실수 가운데 하나는 소설이라는 가장 유럽적인 예술을 전혀 이해하지 못했다는 것입니다. 유럽은 소설의 정신도, 그 방대한 지식과 발견도, 그 역사의 자율성도 이해하지 못했습니다. 신의 웃음에서 영감을 길어내는 이 예술은 본질상 이념적 확신을 소지한 것이 아니라 그런 것을 반대하는 것입니다. 페넬로페처럼, 소설은 신학자·철학자·학자 들이 전날 짜놓은 양탄자를 밤새 풀어헤칩니다.
>
> 《소설의 기술》, t. II, p. 807.

《배신당한 유언들》에서도, 이와 같은 생각을 찾아볼 수 있다.

> 유머란 이 세계의 도덕적 모호성을 드러내는, 그리고 인간은 다른 사람을 심판할 수 없는 존재임을 드러내는 신성한 빛이다. 유머란 인간사의 상대성에 대한 도취요, 확실한 건 없다는 확신에서 오는 기이한 즐거움이다.
>
> 《배신당한 유언들》, t. II, p. 836.

나는 쿤데라의 이 근본적인 생각을 좋아한다. 의미와 확신의 부재가 즐거움을 줄 수 있고 심지어 도취에 빠져들게 할 수도 있다는 것!

1995년. 농담, 유희, 우연, 우발적 사건들…

밀란 쿤데라가 신성한 빛을 언급하거나, 혹은 신의 웃음을 환기하는 것은 이디시어 격언을 인용하면서다. 그 자신은 신도 악마도 믿지 않는다. 그는 신의 부재도 역사의 무의미도 탄식하지 않는다. 그는 우발적인—코믹한—사고가 누적된다고 믿는다.

나는 1995년에 노벨 문학상 수상자 솔 벨로를 인터뷰하러 버몬트 주에 간 적이 있다. 그때 이미 그는 노인이었다. 우리는 삶에서의 우연의 역할에 관해 얘기했다. 생의 만년에 이른 벨로는 이 세계가 우발적 방식으로 진화했다고 생각하지 않았다. 그런 확신을 그는 루마니아 작가 노르만 마네아와의 대화에서 이렇게 피력한다. "저로서는 이 모든 진화가 어떤 형태의 우월한 지성에 의해 조직된 게 아니라 그저 우연의 결과라는 생각은 할 수가 없어요. 한 번은 어느 유명한 생물학자와 언쟁을 벌인 적도 있죠. (…)바로 이것이 저의 천부적인 회의주의—종교에 대해서가 아니라 과학에 대한 회의주의—의 원천입니다. 제가 도달한 결론(종교에 대한)이 옳다는 게 아닙니다. 제가 말하고 싶은 건, 저로서는 믿지 않는다는 주장을 더는 하지 않는다는 겁니다. 어떤 형식으로든, 저는 믿습니다. 저는 여든다섯 살 난 저의 해묵은 지식을 이용합니다. 그것을 이런 질문들에 적용해보고, 이렇게 중얼거리죠. 어떻게 이 모든 것이 무수한 우연의 결과일 수 있을까? 그것은 불가능하다."[48]

쿤데라의 결론은 솔 벨로의 결론과는 완전히 반대다. 인간이라는 이상한 꼭두각시들을 지배하는 건 우연이며 오직 우연뿐이다. 《만남》에서 쿤데라는, 인간은 어느 순간—이 순간이 루드비크의 삶에는 일찍 찾아온다—"자신이 하나의 우발적 사건이며(…), 이유도 없이 꼭두각시놀음을 끝까지 해야 하는 존재"임을 깨닫게 된다고 말한다. 이 자각은 "비관이나 절망에 속하는 게 아니라, 하나의 자명성"이라고 그는 거듭 말한다. 이 자명성은 "대개 우리를 맹목으로 만드는 집단의 꿈, 흥분, 기획, 환상, 투쟁, 명분, 종교, 이데올로기, 열정 등에 가려져 있다. 그러다 어느 날, 그 베일이 걷히고, 인간은 자신의 육체와 더불어, 홀로 고독하게 남게 된다. 육체의 처분에 맡겨진 채."[49]

---

48) 솔 벨로와 노르만 마네아, "떠나기 전에. 문학계 두 거인의 대화", 〈르몽드〉, 2021년 11월 25일.

쇠하고 망가져도 육체는 여전히 얼마간, 분명한 논리도 없이, 우리를 지배한다. 우리가 이 세상을 하직할 때의 상황은 이 세상에 도착했을 때의 상황과 비슷하다. 이 괴상한 일도 설명하기 어렵다. 그리고 우발적 사건들의 이 모호한 연쇄—아니, 연쇄라는 말은 부적절하다. 그것들을 엮는 고리를 암시하기 때문이다. 그보다는 우발적 사건들의 뒤범벅이라고 하는 편이 낫겠다—, 우리가 삶이라고 부르는 것을 구성하기 위해 서로 부딪히며 쨍그랑거리는 이 우발적 사건들의 뒤범벅, 소설《농담》이 잘 보여주는 것이 바로 그것이다.

인간, 이 지상에서의 삶의 거대한 우발사건

아닌 게 아니라 소설의 끝에는 육체밖에 남는 게 없다. 헬레나는 약물로 자살하여 그 육체를 해치워버리고자 했다. 하지만 운명의 마지막 코웃음이랄까, 그 약은 맞는 약이 아니다. 엉뚱한 약병에 실수로—"우발적 사고"로 라고 말할 수 있을 것이다—잘못 들어간 변비치료제이다. 그래서 그 약은 그녀에게 존엄한 죽음을 선사하는 대신 멈출 수 없는 설사를 촉발하고 만다! 소설은 그렇게, 혹은 거의 그렇게 '내장의

---

49) 밀란 쿤데라,《전집》, t. II, p. 1138~1139.

에밀리. 밀란 쿤데라의 데생

광란'으로 끝을 맺는다. 똥으로 말이다. 삶은 헬레나를 우롱했다. 루드비크를 우롱하고, 다른 모든 이를 우롱했듯이. 삶은 그녀를 옥좌에, 화장실의 옥좌에 앉혔다. 그녀에겐 비극조차, 비극의 장엄조차 거부되었다. 루드비크는 또 어떤가. 그의 복수 계획은 실패로 돌아갔고, 그는 그 무엇도 뜻대로 통제할 수 없었을 뿐 아니라 오히려 결국 심장의 "우발적 사고"로 쓰러진 친구 야로슬라프를 품에 안는 처지가 된다.

《농담》을 다시 읽어보다가, 나는 이 반복되는 주제가 곳곳에 나타난다는 데 놀란다. 우연성. 우리는 부단히 운명의 해독 불가능한 지그재그들에 부딪힐 뿐만 아니라, 또한 우리 자신이 우발적 사건들이다. 우리의 육체는 우발적 사건이다. 쿤데라가 지극히 예찬하는 베이컨의 그림에서처럼, 우리의 얼굴도 거기에서 벗어나지 않는다. 왜 눈동자가 좀 더 아래가 아니라 여기에 있는가? 내가 보기엔 쿤데라가 펜을 쥘 때, 재미 삼아 가장 즐겨 그리는 게 바로 이것 같다…. 우발적 사건들.

모든 오류와 환상의 바닥까지 보기.

《농담》, t. I, p. 429.

1967년. 원原소설의 탄생

그렇다면 형식은? 그렇다, 이 문제에도 잠시 머물러야 한다. 소설 《농담》이 모든 것을 다 함께 내포하고 있음을 강조하기 위해서다. 과거와 현재, 시와 산문, 꿈과 현실, 말과 음정 등, 그 모두를 하나로 결합하는 소설. 픽션과 에세이는 물론이다. 물 흐르듯 더없이 유창하게 이야기와 결합하는 모라비아 민속음악에 관한 그 페이지들을 상기해보자. 언제나 나는 이 총체적 작품—모든 것을 흡수하기 위해 촉수를 사방으로 뻗는 이 텍스트—을 어떤 '십제곱 소설'처럼 생각했다. "원소설"이라는 말을 만든 이가 쿤데라던가? 어쨌든 유럽 소설의 역사에서, 그는 다른 모든 걸 내포하는 이 형식의 가장 위대한 발명자로 남게 될 것이다.

1968년. 두 쿤데라
혹은 이상에 대한 고집

오늘날에는 그런 그를 상상하기 어렵지만, 1968년, 소련 침공 이후에도 쿤데라는 체코가 아직은 "구제 가능한 상황"이라고 생각한다. 그해 12월, 그러니까 프라하에 소련 탱크가 들어온 지 4개월이 지난 뒤, 쿤데라는 체코 잡지 〈나뭇잎 Listy〉에 글을 하나 싣는다. 그는 여전히 "인간의 얼굴을 한 사회주의"를 믿는다고 말하며, 외국으로 도피한 이들을 비난하고, 공산주의 이상을 받아들인 적이 없다며 바츨라프 하벨을 비난한다. 둘 사이에 깊은 불화가 자리 잡고, 그 여파가 향후 수십 년간 지속된다.

쿤데라-하벨 관계? 이에 대해 쿤데라는 언젠가 내게, "역사의 의미에 대한 견해차"라고 짧게 대답한 적 있다.

아 그래요? 나는 역사에 바로 그 의미라는 게 없다고 생각하고 있었는데….

나는 종종 이 문장을 생각했다. 이 두 쿤데라를 어떻게 화해시켜야 할지 자문하면서다. 먼저, 인간의 모험에서 부질없는 광기만 보는 쿤데라, 그 "고문"과 "박해", "전쟁", "학살", "고통"[50]의 행렬만 보는 쿤데라가 있다. 베케트나 시오랑 같은, 그의 '문학 가족'의 다른 작가들처럼, 모든 것에 환멸을 느낀, 오직 우연의 주사위만 믿는 사람 말이다. 그리고 다른 쿤데라가 있다. 공산주의 모험이 다르게 귀결될 수 있었고 또 그래야만 했다고 굳게 믿은 쿤데라. 생의 만년까지도 그는 내가 이 얘기를 꺼낼 때마다, 그대로 다 내뱉은 건 아니지만, 암시하는 듯한 말로 내게 그렇게 설명했다.

어떻게 "무의 스케치"의 저자가 동시에 해피 엔드에 향수를 느끼는 사람이 될 수 있단 말인가?

문화, 살아있는 가치

이에 대한 대답은 1960년대에서 찾아야 한다. 밀란 쿤데라는 끊임없이 프라하의 봄에 대한 추억으로 되돌아간다. 문학에 흐라발, 연극에 하벨과 토폴이 있었고, 밀로시 포르만을

---

50) 밀란 쿤데라, 《전집》, t. II, p. 1139.

포함한 누벨 바그의 그 모든 영화감독이 있었던 놀라운 풍요의 시기, 문학 주간지 〈문학 신문Literárni noviny〉이 25만 부가 발행되어 당일에 다 팔리던 시절이었다.

자크 루프니크가 체코슬로바키아 작가대회 연설—1967년의 그 유명한 연설—소개말에서 분석하듯이, 쿤데라는 "체제의 이념적 속박에서 점차 풀려나고 있던, 그러면서도 시장의 속박을 받지 않던 1960년대를 체코 문화의 황금기로 간주한다." (공산주의와 자본주의 사이에서, 제3의 길이 가능했다는 증거다.)

그런 길로 나아감에 있어, 문화는 쿤데라에게 해방의 도구처럼 여겨졌다. "엘리트의 전유물이 아니라 국민을 하나로 모으는 살아있는 가치"[51]였다. 독재와 대적하는 문화. 쿤데라는 그 시절에 대한, 그 시절이 그에게 각인시킨 추억들에 대한 향수를 끝까지 떨쳐버리지 못한다. 달콤하면서도 쓰라린 그 추억들은 끊임없이 그에게 그런 생각을 불러일으켰다. 그 시절에는 꿈이 손 닿는 곳에 있었다.

51) 밀란 쿤데라의《납치된 서유럽》에 실린 자크 루프니크의 서문.

독재 대 문화

문장 하나가 생각난다. 알바니아의 작가 이스마일 카다레의 지적. 그 역시 티라나에서 소련 점령 시기를 겪었다. 파리에서, 쿤데라와 카다레는 둘 다 뤽상부르 공원 근처에 산다. 둘은 이따금 공원에서 마주친다. 그러곤 몇 걸음 함께 걷는다. 1936년생인 카다레는 쿤데라보다 겨우 몇 살 젊다. 젊은 시절에 그는 유망 작가 자격으로, 모스크바의 고리키 연구소에 파견된 적이 있다. 2019년에 내가 티라나에 있는 그의 자택에서 그를 만났을 때, 우리는 함께 쿤데라 얘기를 했다. 그때 그가 한 말을 오늘 나는 그의 책《정상에서의 언쟁》에서 다시 본다. "어느 면에서, 꿈의 죽음은 어쩌면 살아있는 존재의 죽음보다 더 슬프다고 할 수 있다. 가끔은 그런 소멸이 진정한 불의不義처럼 느껴질 수도 있다."[52)]

어쩌면 쿤데라는 그 꿈이 죽으리라는 걸 느껴서 그것에 매달렸던 게 아닐까?

계관 문인에서 추방 작가로

소련의 관점에서 보면, 프라하의 봄이 진압된 후에는 당연

52) 이스마일 카다레,《정상에서의 언쟁》, 파야르 출판사, 2022년.

히 예전 질서로 되돌아가야 한다. 러시아인들이 "정상화"라고 하는 것이 바로 그것이다. 하지만 권력 장악은 점진적이었고 쿤데라는 검열을 받지 않았다. 곧바로 그랬던 건 아니었다. 프라하에서 대성공을 거둔 《농담》—이 책은 체코슬로바키아 작가연맹 상도 받았다—이 쿤데라 자신이 쓴 각본에 따라 영화로 만들어지고, 그의 단편 〈나, 가엾은 신〉도 영화화된다(이 단편은 원래 《우스운 사랑들》에 포함되었으나 나중에 저자는 이 작품을 빼버렸다).

그러므로 밀란은 계속 글을 쓴다. 그래서 1970년에 《우스운 사랑들》 체코어판을 출간한다. 그리고 일 년 뒤에는 희곡 《자크와 그의 주인》을 마무리한다.

표면적으로는 모든 것이 더할 나위 없이 순조롭다. 하지만 외양은 기만적이다. 속으로는 실총이 부화 중이다. 당 중앙위원회는 1967~1968년의 사건들에 대한 긴 해독문을 간행했다. "위기의 운동이 준 교훈들"이라는 제목의 이 글에는 "반공 모임들"이 "부르주아 이념을 되살리고" 계급 투쟁을 무너뜨리기 위한 작업을 개시했다는 내용이 적시된다. 제4차 작가대회는 반혁명 세력의 한 축으로 표현된다. 이 대회에서 의견을 표명한 저자들, 안토닌 리엠, 파벨 코호우트, 루드비크 바출리크 등은 "우파 작가들"로 분류된다. 쿤데라도 이 낙인찍기에서 벗어나지 못한다. 볼테르를 인용하여 감히 검열을 비판하는 친불親佛 인사는 요주의 감시 대상이다.

2021년. StB의 문서 보관실에서

이른 아침, 샤를 다리가 황량하다. 검은색 조깅복을 입고 천천히 달리는 듯한 사람 하나뿐. 나는 조수처럼 밀려들던 관광객 무리를 말끔히 씻어준 코로나바이러스에 내심 감사를 표한다. 지금 이곳을 겉으로는 텅 비었으나 거리 모퉁이마다 첩자들이 숨어 감시하던 1970년대처럼 상상할 수 있게 된 건 코로나 덕분이다. 게다가 마치 그레이엄 그린의 소설에서처럼, 반짝이는 포도 위를 걷는 내 발걸음의 메아리가 배경음처럼 울린다.

목적지는 다리 끝에서 블타바강을 따라가다가 왼쪽으로 접어드는 '나 스트루제' 거리다. 이 거리에 이제는 대중에게 공개된 공산당 체제 문서들이 보관된 '전체주의 체제 연구를 위한 연구소'가 있다.

나는 이곳에서 젊은 고문서학자 야로슬라프 바노우스를 만나기로 했다. 그에게 KGB의 체코 '지부'인 비밀경찰 StB[53)]의 문서들을 조회할 수 있는지 물어보았었다. 내게 흥미로운 시기는 1970년대 초반. 쿤데라가 그 어느 때보다 엄중하게 당국의 감시를 받았던 때이다.

이른 아침, 아무도 없는 카를 다리

지저분하고 낡아빠진 간소한 건물이다. 시대의 변화를 말해주는 유일한 징표는 건물 입구의 경비원뿐이다. 그는 '섹스, 드럭스 앤 로큰롤'이라는 문구가 들어간 티셔츠를 입고 있다. 열람실 문 앞에서, 바노우스와 한 무더기의 문서 더미가 나를 기다리고 있다. 타이핑된 아주 얇은 종잇장 뭉치들이 가득 든 노란색 판지 폴더들.

"엘리타르-I에 관한 서류는 이게 다예요" 하고 그가 말한다.

---

53) 체코어로 '국가 안전'을 뜻하는 Státní bezpečnost의 약어. 1945년에 창설된 국가기관으로, 체코슬로바키아 공산주의 체제의 안전을 위해 정보를 수집하여 소련의 KGB에 넘겨주는 것이 주된 활동이었다.(—옮긴이)

이 거리에 이제는 대중에게 공개된,
공산당 체제 문서들이 보관된 '전체주의 체제 연구를 위한 연구소'가 있다

엘리타르-I, 프랑스어로는 엘리티스트-I, 그는 밀란 쿤데라다. "감시당하는 사람들 모두에게 그들의 신체적 특징이나 사는 장소, 직업 등과 연관이 있는 코드명이 붙었어요. 그런 별칭을 붙인 논리가 분명치 않은 경우도 간혹 있고요"라고 바노우스가 말한다. "예를 들면 바츨라프 하벨은 토미였는데, 특별한 의미가 있는 게 아니죠. 반면에 엘리타르는 엘리트주의자인 동시에 엘리트 집단과 연관된 자입니다. 그것이 외국 엘리트 집단인 경우도 있죠. 체제는 쿤데라를 평범하지 않은 개인으로 보았어요. 아주 똑똑하나 공산당 체제를 공공연히 비판하는 '비非 순응적인' 개인으로 말이죠. 통제할

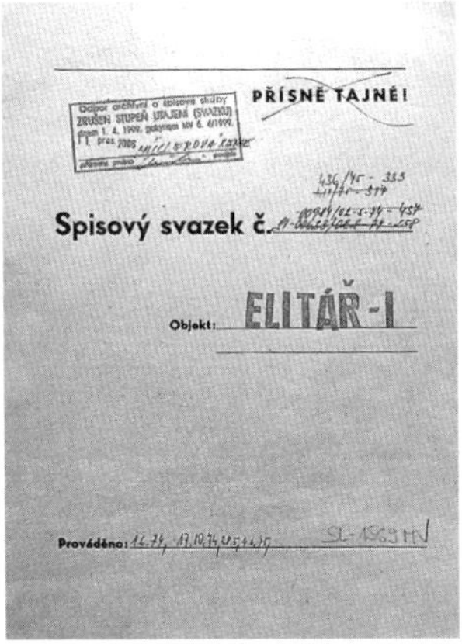

체코슬로바키아 비밀경찰이 작성한 '엘리타르-I' 감시 서류 표지

수 없는, 따라서 위험한 사람으로 말입니다."

1974년에, 엘리티스트-I에 대한 감시를 강화하라는 명령이 하달된다. 현장의 비밀경찰은 놀며 먹는 사람들이 아니다. 그들은 그를 관찰하고, 도청하고, 미행하고, 그의 왕래를 열거하고, 그가 만나는 사람들 목록을 작성하는 등, 일견 아주 하찮아 보이는 것까지, 그의 일거수일투족을 낱낱이 기록한다.

한 예로, 1974년 6월 1일자 다음 서류를 보자.

체코 비밀경찰 서류에서 뽑은 사진.
문학 교수 조지 기비언과 함께 있는 밀란과 베라

조지 기비언과 함께

9시 50분: 감시 대상 엘리티스트-I이 집을 나섬. 모자를 쓰지 않고, 검은색 구두를 신고 어두운색 양복을 입었음. 부인을 동반함. 잠시 동안 집 앞에서 기다림.

10시 5분: 차량 번호 ABJ 67 97 자동차가 엘리티스트-I의 집 앞에 도착함. 차량 운전자는 갈루스카(문화부 장관)이고, 웬 낯선 자를 대동했음. 감시 대상과 그의 아내가 차에 탑승하자, 자동차가 리체나 거리 쪽으로 출발하여 그 거리에서 주차함. 모두 차에서 내려, '소바의 물레방아' 옆 공원을 가로질러 감.

10시 25분: 일행이 얀 베리슈의 집으로 들어감.

12시 00분: 미행 명령이 교대원들에게 전달됨.

12시 45분: 엘리티스트-I, 여전히 아내와 갈루스카, 이르카 등을 대동한 채, 베리슈의 집을 나섬. 일행이 모두 함께 걸어서 리체나 거리로 가더니, 거기에서 갈루스카와 작별함. 갈루스카는 자기 승용차를 타고 다시 떠남. 엘리티스트-I, 그의 아내, 이르카 등은 걸어서 '5월 1일' 다리를 건너 내쇼날레 가街의 술집 '클라스테르니'로 들어감. 곧바로 다시 나와(만석) 맞은편에 있는 카페 '비올라'로 들어감. 이 카페 역시 만석이어서, 일행이 모두 엘리티스트-I의 집으로 출발함.

13시 30분: 엘리티스트-I의 집에 도착. 미행 종료.

야로슬라프 바노우스가 생각에 잠긴 듯하면서도 냉소 띤

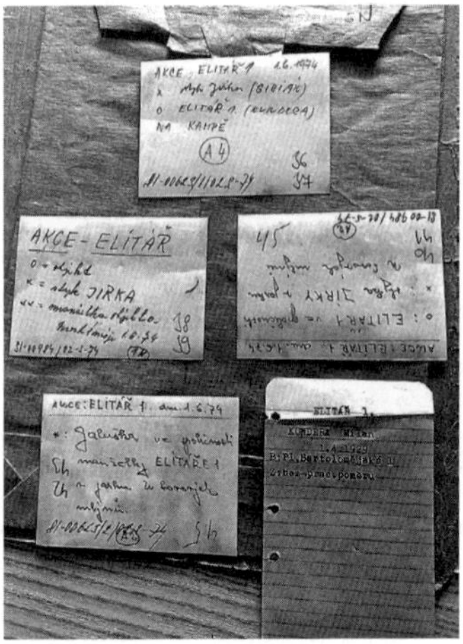

체코 비밀경찰의 감시 메모

표정으로 서류를 뒤적거리며 말한다. "여기 있는 건 이런 서류예요. 수 시간에 걸친 꼼꼼한 감시의 기록이죠. 문학 비평가이시니, 이런 보고서의 문체가 얼마나 간명한지 알아차리셨을 거예요."

사실이 그렇다. 하찮기 짝이 없는 세부 사항투성이인데, 마치 모든 것이 의미가 있을 수 있다는 듯, 편집광적이라 할 만큼 자세히 기록되어 있다…. "그는 왼손으로 그의 대머리를 쓰다듬었다"라거나, "그녀는 필젠 맥주와 러시아 샐러드 1백 그램을 주문했다"…. 하찮은 사항들의 이 같은 축적이 텍스트를 우스꽝스럽게 보이게 하는 것도 사실이다. 이것들을 전부 모아놓으면 꽤 웃기는 "무의미의 축제"에 이르게 된다.

하지만 바노우스는 그렇게 생각하지 않는 것 같다. "이런 세부 사항들은 독재 치하의 일상생활에 관한 정보의 원천이기도 하답니다" 하고 그가 강조한다. "예를 들면, 공산 체코 시절, 소수의 카페가 늘 사람들로 붐볐다는 사실 같은 것 말이죠. 정말 그랬어요. 온종일 시도 때도 없이."

왜 그랬을까? 할 일이 없어서? 나는 눈빛으로 그에게 물어본다. 하지만 그는 더는 아무 말도 하지 않는다.

2022년. 여행 수첩 – 프라하

나는 몰도바 친구 로디카에게, 바노우스와의 이번 만남에 관해 이야기한다. 그의 조심스러운 태도에 대해서다. 그의 완곡한 어법, 신중한 처신에 대해. 그는 내게 서류들을 보여주고 번역도 해주었지만, 일체 논평이나 비판은 하지 않았다. 어린 시절을 소련에서 보낸 로디카가 나의 눈을 뜨게 해준다. "네 가족이라고 생각해봐. 너 자신은 가족을 얼마든지 비판할 수 있지만, 다른 사람들이 그러면 짜증 나잖아"라고 그녀가 웃으면서 말한다.

나로선 놀랍다. 내가 인터뷰하는 많은 체코인이 거의 경계심에 가까운 그런 조심스러운 태도를 보인다. 스트라호프 수도원 앞에서의 점심 식사 때, 로디카가 밝은 햇살 아래에서, 이를 설명할 수 있는 이유를 다음 몇 가지 유형으로 제시해 준다.

첫째, 지금도 여전히 이념을 신봉하고 있는 경우이다(내가 만난 고문서학자가 이 경우일 가능성은 거의 없다고 그녀가 말한다).

둘째, 이념을 신봉하는 건 아니지만, 경계하는 습성이 오늘날까지 남아 있는 경우이다. 그들은 절대로 외국인과의 첫 만남에서 자기 속내를 털어놓지 않을 것이다.

셋째, 비판하고 싶지만 다른 사람이 자기들 대신 비판하는 건 싫어하는 경우이다.

넷째, 서구 유럽인들에게 그들이 몹시 듣고 싶어 하는 말들을 들려주길 거부하는 경우이다.

다섯째, 자신들의 젊은 날과 겹쳐지는, 그 사라진 호시절의 후광을 쓴 시대에 대해 향수를 느끼는 경우이다. 적어도 노인들의 경우는 그렇다.

나중에 나는 철학자 마르크 크레퐁의 글을 보다가, 이 문제에 관한 탐구에서 기꺼이 내 것으로 삼고 싶은 접근법을 아주 잘 요약한 몇 문장을 읽게 된다. 《몰도바 일기》에서, 그는 1987년~1988년의 2년간 키히네프(현재의 쉬지나우)에서 젊은 선생으로 살 때의 경험담을 들려준다. "일과 사람들 앞에서의 올바른 처신법"에 관한 이야기다.

> 사람들은 모두 자기 자신의 과거와 함께 반응한다. (…)나는 내가 선택한 게 무엇이고 앞으로도 계속 내가 거부하고 싶은 게 무엇인지 잘 안다. 즉 모진 심판들과 선입견들의 뻔뻔스러움, 자비심의 냉혹한 후퇴 등이 그런 것들인데, 이 모든 것이 너무도 안이하고 너무도 무지한 "민주주의의 우월성 콤플렉스"로 치장된다. 민주주의가 보장하는 자유들에—그것들의 박탈을 감지하고—애착을 갖는 것과 이 '콤플렉스'에 굴하는 건 같은 게 아니다.[54]

한 번도 내게 아주 분명하게 말한 적은 없으나, 밀란과 베라는 이 콤플렉스를 싫어했다.

2021년. 다시 StB의 문서 보관소로

"그럼 이제 이 사진들을 설명해드리죠" 하고 바노우스가 사진 쪽으로 주의를 기울이며 말한다. "얀 베리슈는 희극배

---

54) 마르크 크레퐁, 《몰도바 일기》, 베르디에 출판사, 2023년.

우이자 극작가였습니다. 체코 반체제 운동을 대표하는 지식인 중 한 명이죠. 미로슬라프 갈루스카는 바로 프라하의 봄을 주도했던 전 문화부 장관입니다. 그리고 미행 도중에 신분이 확인된 세 번째 인물 이르카는 러시아 문학 담당 미국인 교수인 조지 기비언이고요. 요컨대 밀란 쿤데라—서류 곳곳에 그는 'bez pracovniho pomeru', 즉 무직자라고 명시되어 있는데, 공산 체코에서 무직은 범죄나 마찬가지예요—, 그러니까 그는 미국 시민들과 접촉을 꾀하고, 공화국의 이익에 반하는 일, 즉 '공식 정치 노선에 부적합한' 일을 하는 사람인 거죠…."

바노우스가 사진 설명을 계속한다. "여기 이 사진은 1974년 크리스마스 때, 얀 베리슈의 집을 찍은 사진입니다. 쿤데라가 '사람들 50여 명'과 함께—이를 비밀경찰은 '우파 지식인 전선'이라고 부릅니다—소위 '프라하 민속' 공연에 참여하고 있는 거죠. 민속이라는 건 공산주의 지도자들에게는 뭔가 전복적인 것을 의미합니다. 이런 사진을 찍기 위해 여러 요원이 베리슈의 집 주위에 포진했었어요. 총 5명의 요원이 밀란 쿤데라를 상시 감시했다는 걸 알 수 있죠."

사진 얘기가 나오자, 문득 밀란의 사진을 한 장 얻어내기 위해 몹시 고생했던 일이 떠오른다. 그가 〈르몽드〉에 실을 새 원고를 보내왔을 때, 나는 그 글들에 그의 사진을 한 장

곁들이고자 했다. 그는 격렬하게 반대했다. "나는 사진을 싫어합니다." 사실 나는 인터뷰를 더는 하지 않겠다는 그의 결심은 이해가 되었다. 하지만 그렇다고 사진마저…? 그는 감시당하는 데 대한 강박관념이 있었고, 그런 관념이 그저 남이 본다는 생각만으로도 불편해지는 폭넓은 불안으로 변한 듯했다. 그는 사진을 몰래 찍는 걸 싫어했다. 그런 사진들은 그에게 독재를 상기시켰다. 언젠가 레카미에 가의 레스토랑에서, 내 남편이 스마트폰으로 몰래 사진을 찍는 척한 적이 있다. 그는 아무 말도 하지 않았지만, 나는 그가 속지 않았다는 걸 잘 알 수 있었다.

1960년대에는 베라도 '엘리티스트-II'라는 이름으로 체코 비밀경찰의 감시를 받았다. 방송계에서 두각을 나타내는 인물, 문화 영역에서 영향력이 적지 않은 저널리스트, 그런 그녀가 어찌 감시 대상이 되지 않을 수 있었겠는가? 엘리티스트-I과 결혼했건 안 했건, 여하튼 그녀는 인민의 적들 목록에 한 자리를 차지했을 것이다. 더더구나 그녀는 텔레비전 방송국에서 쫓겨난 뒤 고등학생이나 대학생 들에게 비밀리에 영어 강습을 하는 처지 아닌가.

"집에서 허가 없이 하는 그런 강습은 완전히 금지된 일이었어요"라고 바노우스가 설명해준다. "신고 없이 사업을 하거

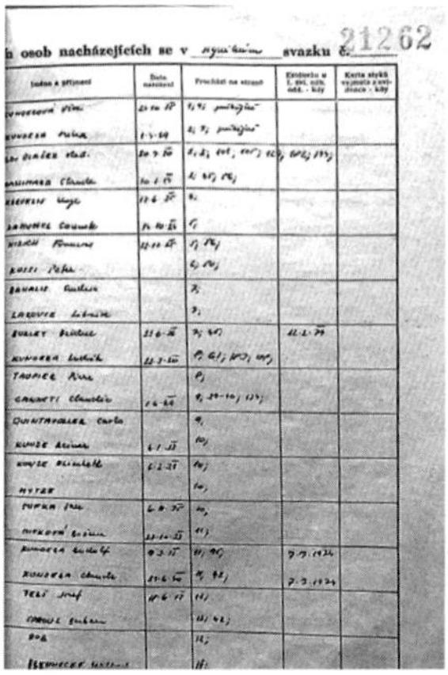

체코 비밀경찰의 서류. 베라와 밀란의 이름만이 아니라
클로드 갈리마르와 루드비크 쿤데라의 이름도 적혀 있다

나 그런 식으로 돈을 벌 수는 없죠. 한데 좀 더 심각한 문제가 있어요." 그는 나에게 베라가 남편과 마찬가지로 외국인과 접촉하고 있음을 적시한 문서를 보여준다. 프랑스 대사관, 특히 AFP의 체코 지부 책임자 클로딘 카네티라는 사람과 접촉하고 있다는 것이다. "이 보고서는 그녀가 카네티에게 글로 적힌 문서들을 넘겨주었다고 설명하고 있어요. 틀림없이 체코 비밀경찰은 그 진상을 분명히 파악하고 싶었을 거예요. 철의 장막 건너편으로 넘긴 원고? 국가 안전과 관련된 문서? 첩보 활동 혐의로 서둘러 조사해야 할까? 말하자면 베라 쿤데로바도 수감 위험에 노출되어 있었을 거라는 거죠."

그 후, 파리에서, 베라는 종종 내게 그것이 사실임을 확인해주었다. "생계를 꾸리기 위해" 정말 집에서 영어 강습을 했다고 말이다.

"그들이 그 사실을 알고 있으리라고 확신했어"라고 그녀가 어깨를 으쓱하며 말한다. "모를 턱이 없었지. 한데 어째서 나를 막지 않았을까? 왜 내게 일언반구도 하지 않았을까? 미스터리야!"

"그럼 그 원고들은?"

"아, 그 원고들, 그건 또 다른 얘기야."

1972년. 카피톨리움에서 타르페이아의 바위로 추락하다

사태가 진짜로 강경해지기 시작한 건 1972년부터다. 밀란은 두 번째 소설 《이별의 왈츠》를 탈고했지만, 그의 원고를 받아주는 데는 어디에도 없었다. 더는 그의 책을 출간하지 말라는 명령이 내려져 있었다. 서점과 도서관에 진열되어 있던 그의 책들이 조금씩 모습을 감추었다. 같은 해에, 프라하 영화 아카데미에서도 해고되었다.

훗날 그는 프랑스 텔레비전 방송에서 이렇게 말한다. "나는 직장에서 쫓겨났고, 존재 자체가 거의 지워졌습니다. 물론 생계는 꾸려야 했고요. 하지만 택시 운전조차 할 수 없었어요. 그런 일조차 거부당했습니다."

그것이 바로 바노우스가 묘사한 당국의 실추 전략임을 잘 알기에, 나는 새삼 독일어권 작가 헤르타 뮐러를 떠올려본다. 그녀 역시 루마니아 안보국으로부터 조촐한 미용실 하나 여는 것도 허락받지 못했다. 사람들은 택시에서 얘기를 나누듯, 미용실에서도 얘기를 나누며, 그러면서 정보를 주고받는다. 그런 곳은 영향력이 있는 장소들이다. 더욱이 택시 운전사는 그런 일을 '더욱더 잘' 할 수 있는 이들에 속한다. 쿤데라가《참을 수 없는 존재의 가벼움》서두에서, "그것은 이미 지지자들을 상정했다"라고 말하는 것도 분명 그래서다. 일을 빼앗긴 지식인 대부분은 "유리창닦이(토마시 같은), 주차요원, 야간 관리인, 공공건물 보일러 기사 등등…"[55]이 되었다. 이 소설에서, 러시아 장갑차 사진을 너무 많이 찍었다는 이유로 사진을 포기해야만 했던 테레자는 전직 신학자가 회계를 보고 전직 대사가 접수계를 담당하는 호텔에서 웨이트리스로 일하게 된다.

하지만 회계원으로 일하는 쿤데라의 모습은 잘 상상이 되지 않는다. 접수계 일은 더더욱 그렇다. 침묵을 좋아하는 이

---

55) 밀란 쿤데라,《전집》, t. I, p. 1311.

곰 같은 사내가 어떻게 호텔 고객들을 맞이할 수 있겠는가? 택시 운전을 할 수 없었기에, 그는 곧 다른 운행에 관심을 기울이게 된다. 금성이나 토성의 운행. 그는 별들의 궤도 속으로 뛰어든다.

1972년. "놀라운 환생" 혹은 쿤데라가 별들을 살펴보던 시절

별들은 그의 작품에 없다. 하지만 우연마저 없는 건 아니다. 우연의 일치도 마찬가지다. 그것들은 신호들일까? 전조들? 밀란과 베라는 자신들이 둘 다 신호에 주의를 기울인다는 사실을 숨긴 적이 없다. 미신적이라고? 밀란보다는 베라가 더 그렇다. 남편과 나는 그녀가 자신의 소중한 추로 점을 치는 모습을 한두 번 본 게 아니다. 조금은 믿으면서도 믿지 않는 척하며, 자신에 찬 표정으로 추의 작은 사슬을 집어 들고서, 그것을 능숙하게 한 방향으로 돌리다가, 다른 방향으로 급회전시켜, 어떤 대답을 기대하느냐에 따라, 점점 더 빠른 속도로 돌린다. 그러곤 추가 "우리에게 말하고 싶어 하는" 바를 심각한 표정으로 해석한 뒤, 현학적인 어조로 점괘를 내놓고는, 얼빠진 우리의 표정을 보며 재미있어한다.

레스토랑 '레카미에'에서, 내가 주문한 버섯 수플레가 어

베라가 선물한 추

떤지 궁금해할라치면 그녀는 '추'—그녀는 그것을 중세의 알레고리를 써서 그렇게 불렀다—를 꺼내 내 접시 위에서 흔들어보고는 웃으면서 말했다. "괜찮아, 먹어도 돼." 하지만 얼마 후, 그녀는 똑같은 의식을 하고 나서, 밀란에게 그랑 마르니에 수플레를 먹지 말라고 했다. 그렇다, 그것은 둘이 같이 즐기는 장난이었다. "아시겠죠, 이게 내 일상이라오" 하고 밀란이 마르탱과 내 쪽을 돌아보며 탄식하듯 말한다.

어느 날 나는 베라를 골려주고 싶은 마음에, 나도 추에 입문시켜 달라고 부탁했다. 그녀는 내가 쓸 추를 하나 사려고 파리 시내를 가로질러 갔고, 얼마 후 내게 추 하나를 선물로 주었다. 나는 그 추에서 점괘 같은 걸 뽑아낸 적이 한 번도 없고, 그것을 전혀 사용하지도 않는다. 하지만 그 추는 여러

해 전부터, 내가 늘 갖고 다니는 소지품이 되어 핸드백 안에서 잠자고 있다.

수없이 본 별자리점

이 1970년대에, 묘하게도 점성술이 밀란 쿤데라의 생존을 돕는다. 당시 작가가 어떻게 하루하루 생계를 꾸렸는지에 관한 얘기는 그의 작품, 특히 《웃음과 망각의 책》에서 찾아볼 수 있는데, 이는 정확한 사실은 아니더라도 꽤 수긍이 가는 서술이라 할 수 있다.

수만 명의 다른 체코인들과 마찬가지로, 쿤데라는 직장에서 쫓겨났고 공식적으로는 누구도 그에게 다른 일자리를 제공할 권리가 없었다("비밀경찰은 우리를 굶주리게 만들고, 우리를 가난으로 옴짝달싹 못하게 하고, 우리가 항복할 수밖에 없도록 하고, 공개적으로 우리를 움츠러들게 만들고 싶어 했다"). 친구들이 수시로 그를 찾아와 자기들 이름으로 글을 쓰라고 제안했는데, 그는 그들의 제안을 이따금 받아들이기도 하지만 거절할 때도 많았다—비밀경찰은 "이름을 준 이들을 혹독하게 처벌했다."[56]

그러던 어느 날, 거의 신화적 발행 부수를 자랑하는 한 청

---

56) 앞의 책, p. 982.

소년 잡지의 편집장이 그에게 연락을 해온다. 그녀는 당의 노선에 맞춰 매주 "형제 같은 러시아 민중"의 영광을 위한 기사에 많은 지면을 할애해야 했으나, 이제 그런 일에 지쳤다. 그래서 톤을 좀 다양하게 바꾸어 변화를 꾀하고자 했다. 별자리점을 연재해보면 어떨까? 쿤데라가 이 일을 맡아줄까? 가상의 이름으로?

"추방자로서 살았던 그 세월 동안 나는 수없이 많은 별자리점을 쳤다"라고, 쿤데라는 《웃음과 망각의 책》에 적는다. "위대한 야로슬라프 하세크도 개장수였는데(그는 훔친 개들을 많이도 팔았고, 잡종견을 종견種犬인양 속였다), 나라고 점성술사가 되지 말란 법이 있는가?" 기호들 속에서 기호들을 보고, 농담을 속임수와 결합하는 것, 이 도박이 그를 기쁘게 한다. 그의 생일이 바로 4월 1일이라는 사실을 잊지 말자. 예정된 운명일까? 그냥 그 자신의 말을 빌려, 생일이 "형이상학적 차원에 끼친 영향이 없지 않았다"라고만 말해두자.

그래서 쿤데라는 받아들인다. 그리고 별자리점 기사의 저자는 "동료들의 조롱거리가 될까 두려워 이름을 밝히고 싶어 하지 않는" 원자 물리학자로 하자고 제안한다. 그는 "꽤 바보 같은" 짧은 텍스트들을 쓰고는, 별자리 그림도 자신이 직접 그려 넣는다. "그 모든 일에서 재미났던 것은 바로 나의 실존이었다. 역사와 문학 교본과 전화번호부에서 지워진 한 사람의 실존, 사회주의 국가의 수십만 젊은이들에게 점성술의 대진리를 강의하기 위해 놀랍게 환생하여 다시 삶 속으로 되돌아온 한 죽은 남자의 실존이었다."[57]

어느 날, 아니나 다를까, 과연 그 편집장이 그를 찾아온다. 그녀의 상관이 익명 점성가의 재능에 혹해 자신의 운세를 미치도록 알고 싶어 한다는 것이다. 물론 비밀리에! 상관은 프라하와 모스크바에서 마르크스-레닌주의를 공부하느라 반평생을 바친 사람이었다. 그는 자신이 "그런 중세 미신"을 믿는다는 사실이 알려지는 걸 바라지 않는다. "그분의 생년월일은 알려드려야겠지만 선생님은 그분이 누구인지 모르셔야 해요"라고 그녀가 말한다.

내심 폭소가 터진다. 밀란은 그가 누군지 알기에 더욱더 재밌어한다. 그는 잡지 일 외에도, "당의 간부 담당 고등위원회 위원으로 활동하며, 꽤 많은 내 친구들의 삶을 파멸로 몰아넣었다."[58] 밀란은 제안을 받아들이고, 복채를 올린다. 천 코루나에 합의를 본다. 그러고는 글을 10여 페이지나 짜내어, 베일에 가린 듯 모호하면서도 그가 자기 얘기임을 충분히 알아볼 수 있게끔 그의 과거를 서술한다. 그러고는 그에

57) 앞의 책, p. 982~983.

58) 앞의 책, p. 983.

게, 그를 좀 겸손하게 만들기 위해서, 함정과 드라마로 얼룩진 미래를 예언해준다. 속임수—농담—는 기가 막히게 잘 먹히고, 편집장과 그는 몹시 즐거워한다.

우리는《웃음과 망각의 책》에서 이 장난—유쾌한 복수가 가미된 속임수—의 즐거움을 아주 잘 느낄 수 있다. 쿤데라가 이 농담의 결말을 어떻게 서술하는지 보자.

"얼마 뒤 그녀를 다시 만났을 때, 우리는 둘 다 실컷 웃었다. 그녀는 상관이 자신의 운세를 읽고 난 뒤로 좀 더 좋은 사람이 되었다고 했다. 고함을 덜 질렀다. 운세가 조심하라고 경고한 자신의 엄한 태도를 경계하기 시작했다. 그리고 자신이 보여줄 수 있는 약간의 선량함을 매우 중요하게 여겼으며, 종종 허공을 응시하는 그의 시선에서, 별은 이제 그에게 고통만 약속하고 있다는 사실을 아는 남자의 슬픔을 읽을 수 있었다."[59]

1971년. 자크와 그의 주인

"그 불운한 세월을 줄곧 가벼움과 유머로 살아낸 것 같아

59) 앞의 책, p. 984.

서 참 놀라워요. 추방, 늘 감시당하는 삶, 사회 밑바닥으로의 추락 등… 낙심하지 않았나요? 두렵지 않았나요?"

밀란이 빙그레 웃는다.

"무엇이 말이오?"

"글쎄요. 두려웠을 것 같은데?"

"전혀. 오히려 아무도 아닌 사람이 된 데서 묘한 즐거움을 느꼈죠. 적어도 초기에는."

"외국에서, 특히 프랑스에서 인정받기 시작한 작품 덕분에, 보호받는다는 느낌도 들었을 것 같은데요?"

"어쩌면 그럴지도…."

"과거를 돌이켜 봐서 그런 일들을 좀 좋게 보는 것 아닐까요?"

"그런 것 같지는 않소. 그건 사실이니까…."

"당신 친구인 필립 로스는 이렇게 말했죠. 사실이란 재구성된 추억일 뿐이라고."

"사실은, 당시 내가《자크와 그의 주인》을 막 끝냈고 늘 그런 정신 상태로 지냈다는 거요."

"어떤 정신 상태 말인가요?"

"디드로의 정신 상태. 아시다시피 그 작품은 디드로에게 경의를 표하는 뜻에서 쓴 것이오."

"그가 당신을 견딜 수 있게 해준 건가요? 그가 그 암흑의 세월을 견디는 용기를 준 건가요?"

"용기가 아니에요. 전혀 다른 거죠. 내가 생계를 꾸리기 힘든 처지가 되자, 사람들이 나를 돕고 싶어 했어요. 한 연출가가 내게 도스토옙스키의 《백치》를 극화해보라고 제안했죠. 자기 이름을 써도 된다며 말이에요. 위험하지 않게, 차명으로 말입니다."

"그래서요?"

"그래서 《백치》를 다시 읽어보았는데, 영 못마땅했어요. 감정이 너무 많았죠. 감상이 지나쳤어요. 몸짓이 과하고, 공격적이기까지 했죠. 감정 자체가 가치가 되고 진실이 되는 그 분위기가 나로선 참기 어려웠어요."

"당시 러시아인들에게 화를 내는 건 당연한 일이었을 테죠. 장갑차들 이미지가 아직 눈에 선할 때였잖아요. 아니면…."

"아니면?"

"과도한 감정에 짜증 난 이유가… 감성을 믿지 않는 사람이어서 그런 거라고 해야 할까요? 그건 당신이 젊은 시절에 심취했다가 걷어차 버린 그 서정적 태도와 같은 것 아닌가요?"

"아니요. 감성은 물론 중요합니다. 내가 경계하는 건 그것을 진실의 기준으로 삼으려는 태도지요. 감성은 최악의 행동, 최악의 불관용도 정당화할 수 있으니까요. 진부한 얘기일 테지만, 그래도 그건 엄연한 사실입니다."

"어쨌든《백치》는 거절한 거죠?"

"《백치》는 하지 않겠다고 했죠. 그러고 나서, 약간은 향수에 젖어, 다시 디드로를 떠올렸어요. 그의《운명론자 자크》말입니다. 내가 보기에《백치》와는 정반대인 작품이에요. 문득 그런 분위기에 잠겨보고 싶었죠."

"빛의 세기, 18세기 속으로 말이죠?"

"특히 바로 그 작품 속으로 말이요.《운명론자 자크》는 곧 모든 일의 상대성을 의미합니다. 유머, 유희, 그리고 정신의 소금인 의혹을 의미하죠. 자유. 방종을 의미하기도 하고…."

"그래서 그 연출가가《운명론자 자크》를 개작해보라고 한 건가요? 그래서 그 작품이 탄생한 건가요?"

"천만에요. 그 연출가는 디드로의 작품에는 관심이 없었어요. 그래서 나는 나 자신을 위해, 종이에 대사들을 끼적이기 시작했죠. 그 작품은 순전히 나만의 즐거움을 위해, 재미난 변주로 쓴 거예요. 작품 속에 이전에 쓴 글들에 대한 암시도 슬그머니 끼워 넣었고요. 그런 눈짓이 많은데, 예를 들면,《우스운 사랑들》에 실린 단편〈영원한 욕망의 황금 사과〉를 향한 눈짓이 그래요. 그 단편 기억나나요?"

"예, 하지만 그것보다 이 커플, 문학에 무수히 등장하는 이

'주인-하인' 짝들 얘기 좀 해주세요. 세르반테스의 돈키호테와 산초 판사뿐이 아니잖아요. 스턴의 《트리스트럼 섄디》에 나오는 짝, 베케트의 《파티의 끝》에 나오는 짝, 브레히트의 《주인 푼틸라와 하인 마티》 등등…."

"중요한 짝을 하나 빼먹었군요. 체코 문학의 짝, 《용감한 병사 슈베이크의 모험 이야기》에 나오는 하세크의 짝 말이에요…. 그의 명령은 부관 루카크를 즐겁게 해주기도 하고 두렵게 하기도 하죠…. 맞아요, 이 '주인과 하인'이라는 짝은 서구 문학사 전체를 관통합니다만, 내가 보기에 디드로의 짝은 특히 더 소중합니다. 다른 짝들보다 더 많은 즐거움을 선사하죠. 가히 지성의 향연입니다."

《자크와 그의 주인》에서, 우리는 1765~1775년 사이 프랑스의 길들을 여행하게 된다. 자크가 우리에게 자신의 사랑 이야기를 들려준다. 정확하게 말하면 그의 동정 상실 이야기다. 주인은 자초지종을 다 듣고 싶어 하고, 시시콜콜한 세부 내용까지, 특히 가장 암시적인 부분들을 한껏 음미하려 들고, 자크가 들려주는 이야기에 자기 자신의 성적 환상을 뒤섞기도 한다. 그런 얘기가 라블레와 베케트를 읽은 듯한 디드로의 유쾌한 철학적 대화를 엮고, 그 모든 것을 단단한 프라하 리토스트 속에 절인다. 모든 것이 의도적으로 찢긴 한 편의 우수 어린 소극 같다. 등장인물들이 어디로 가는지도 모르는, 시작도 끝도 없는 이 여행에서는, 모든 것이 우발적 사건이요, 우스꽝스러운 만남이기 때문이다.

–디드로의 작품은 이렇게 시작해요. "두 사람은 어떻게 만났는가? 모든 사람이 그렇듯 우연히 만났다. 그들의 이름은 무엇인가? 그게 뭐가 중요하지? 그들은 어디에서 오는가? 가장 가까운 곳에서. 그들은 어디로 가는가? 당신은 당신이 어디로 가는지 아시나? 그들은 무슨 말을 하는가? 주인은 아무 말도 하지 않고, 자크는 자신의 대위님이 이 지상에서 일어나는 모든 선악은 저 높은 곳에 이미 기록되어 있다고 말씀하셨다고 말한다…."

–그리고 당신은 이런 말들을 낚아채서는 당신의 등장인물들 입속에 밀어 넣어, 그것들을 재발견하고 곱씹고 내뱉게 하죠. 그들은 채우지 못한 열정, 기만당한 사랑, 자유와 책임 등에 관한 얘기를 끝없이 길고 지루하게 늘어놓아요. 그리고 당신의 자크는 자기 행동의 결과를 만회할 길이 있는지 자문해요. 이미 《농담》에서 루드비크가 그랬듯이 말이에요.

–"저의 대위님이 말씀하셨어요, 이 지상에서 일어나는 모든 선악은 저 높은 곳에 이미 기록되어 있다고요. 주인님은 기록되어 있는 걸 지울 수 있으세요? 말씀해보세요, 주인님.

제가 존재하지 않을 수 있나요? 제가 다른 사람일 수 있는 건가요? 그리고 만약 제가 저라면, 제가 저로서 행하는 것이 아닌 다른 뭔가를 할 수 있는지 말이에요."[60]

–불쌍한 자크, 그도 저에게 당신이 종종 인용하는 이디시어 격언, '인간은 생각하고 신은 웃는다'를 상기시켜요. 루드비크처럼 그도 주인공이지만, 스스로 행동한다기보다는 사태에 휩쓸려 '움직이는' '현대적' 주인공이죠. 당구대의 한쪽 구석에서 다른 쪽 구석으로 튕겨 구르는 당구공 같아요. 원인, 결과 등, 모든 게 서로 혼동되고 충돌하죠. 쥐스틴이라는 여자—이건 사드 후작에게 보내는 눈짓인가요?—가 그를 더러운 헛간에서 섹스에 입문시킨 뒤부터 말이에요. 이제 이런 곤두박질이 어떻게 그의 운명을 결정하는지 보세요!

> 동정을 잃었을 때 저는 취해 있었습니다. 아버지는 불같이 화가 나서 저를 두들겨 팼고, 마침 웬 부대가 지나가기에 저는 군에 입대했고, 전투가 벌어져서 무릎에 총알 한 방을 맞았죠. 그 때문에 수많은 모험에 휩쓸리게 되었고요. 그 총알만 안 맞았어도 절대 사랑엔 안 빠졌을 겁니다.
>
> 《자크와 그의 주인》, t. II, p. 643.

60) 밀란 쿤데라, 《전집》, t. II, p. 643.

《자크와 그의 주인》 표지를 위한 쿤데라의 데생

—사랑 때문이죠. 자신의 상처를 치료해준 여자를 사랑하게 돼서 말이에요. 그녀는 그를 자기 집으로 맞아들였고, 그는 이 기회를 이용해 그녀 남편 몰래 그녀와 바람을 피우잖아요. 고얀 놈!

쿤데라가 웃음을 터뜨린다. 나도 같이 웃는다.

"그래서 내가 정신 상태 얘기를 한 거예요"

다른 어느 날, 우리는 이 악당소설에 대해서, 그 형식, 즉 '변주'에 관해서 얘기를 나눈다. 이는 각색과는 전혀 무관하다. 그가 싫어하는 개념, '다시 쓰기rewriting'와는 더욱더 무관하다. 그런 것들과는 다르다. 디드로는 스턴의 작품을 본떴고, 쿤데라가 그 디드로의 작품으로 변주를 시도하는 것은 그가 찬탄하는 작가들에 대한 우애에 이끌려서다. 말하자면 바흐가 비발디를 '인용'하는 것과 다르지 않다. 비발디 자신도 파스티치오(모작) 기법을 실천했던 음악가다. 요컨대 이 작품에 담긴 생각은 모든 것이 되풀이일 뿐이라는 것, 복제의 유희요 보편적 반복이라는 것이다. 이를 자크는 "둥글게 돌아가는 회전목마 같다"라고 요약한다. 그러니 인간의 본성에 관해 뭔가 유일무이한 걸 창작했다고 주장하는 건 얼마나 뻔뻔스러운 짓인가! 그런 의미에서 보면, 쿤데라는 디드로에 대한 경의의 표현인 이 작품을 통해, 내용과 형식 양면에서 겸손을 보여주었다고 할 수 있다. 프랑수아 리카르의 견해에 의하면, 이는 《농담》의 교훈이기도 하다. 소설 말미에서 루드비크가 합세하는 동네 악단이 그렇다. 이 악단의 "모든 기법은 아득히 먼 과거에서 유래하는 민속 주제들에 대한 무한한 변주를 만들어내는 데 있으며, 자기 운명의 독특함에 더는 연연하지 않는 자의 미소랄지 겸손을 간직하고 있었다."

우리는 니콜라 브리앙송의 멋진 연출도 화제에 올린다. 마치 세 악장으로 된 한 편의 콘체르토 같다. 또한 나는 그에게, 시간 위에 걸쳐진 그 다리—독재의 암흑기 프라하에서,

20세기 체코 작가와 18세기 프랑스 사상가를 잇는 아치 하나가 구축되었다는 생각—를 내가 얼마나 좋아하는지도 말해준다. 이 보이지 않는 선으로, 한 시대의 정신의 은총으로, 한 사람이 다른 한 사람을 떠받쳐주었다. 그를 구원해주었다고도 할 수 있지 않을까?

–그래서 내가 정신 상태 얘기를 한 거요. 글을 쓰는 동안 내내, 심지어 다 쓰고 난 뒤까지도 나는 주인 자크의 장단에 맞춰 춤을 추었다오. 사실 자크와 주인은 같은 사람이에요…. 나중에 이 극은 보헤미아의 한 작은 마을에서 무대에 올려졌어요. 물론 다른 사람 이름으로 말이죠. 누벨 바그 연출가 에발트 쇼름이 내게 이름을 빌려주었지요. 쇼름은 절대 그런 작품을 쓸 수 없었을 거예요. 그의 재능에 어울리는 작품이 전혀 아니니까요. 하지만 검열관들은 아무것도 알아차리지 못했죠. 이 일을 디드로가 알았다면 무척 재미있어했을 겁니다. 그도 속임수의 달인이었으니까.

진지함과 진지하지 않음의 경계 지우기

같은 시기, 밀란 쿤데라는 바로 이와 똑같은 정신 상태—독자 없는 작가의 이 이상한 자유—로 《이별의 왈츠》를 쓴다. "아마도 그의 다른 어떤 책과도 달리", 그가 "이

례적으로 즐겁게" 쓴 보드빌 풍 코믹 소설이다. "모든 주변 상황에도 불구하고(혹은 그것들에서 벗어나기 위해)" 말이다. 이 작품의 체코판을 위한 작가 노트—프랑수아 리카르가 플레이아드 판에 인용한—에서, 그는 이렇게 털어놓는다. "나는 개연성과 비개연성, 진지함과 진지하지 않음의 경계를 지우는 상상력의 유희를 즐겼다. 등장인물들은 나를 기쁘게 해주었고, 나는 그들을 예외 없이 모두 사랑했다."[61]

나중에 나는 베라에게 그 공포의 1970년대에 관해 물어보았다. 그녀와 그가 일자리를 잃고, 밀란이 프라하 영화 아카데미에서 쫓겨나고, 그의 책들이 금서가 되고, 그들의 생계가 위협받았을 때 말이다…. 그녀도 당시를 그런 은총에 준하는 상태의 추억으로 간직했을까?

그녀는 으레 그러듯, 전혀 극화하는 일 없이, 솔직하게, 내게 이렇게 확인해주었다.

"그때가 우리 삶의 가장 행복한 시기였어. 물론, 둘 다 해고당하긴 했지. 하지만 그는 《자크》를 썼고 우리는 함께 웃었어. 나머지 다른 일에 대해서는 신경을 꺼버렸지."

잠시 침묵이 흘렀다. 아마도 나는 그녀가, 바로 그 순간 그녀의 머릿속을 스치는 이미지들에 관해 얘기해주길 바랐던

---

61) 밀란 쿤데라, 《전집》, t. I, p. 1445.

것 같다. 하지만 그녀는, 한 음절씩 똑똑 끊어가면서, 이 말만 되풀이했다.

"신경을 꺼버렸다니까 그러네. 신-경-을-껐-어."

1974년. 밀란이 겁을 집어먹은 날

그렇게 그들은 세상일에 신경을 꺼버리고 지냈다. 하지만 어느 날, 그들은 덜컥 겁에 질린다. 이는 밀란이 내게 들려준 얘기다. 프랑스로 떠나기 전, 베라와 그는 한 사람씩 따로 조사를 받았다. 당시 그들은 위험하다는 느낌에 익살의 감정을 완전히 잃어버렸다. 그때만큼은 둘 다 정말로 "흔들렸던" 것 같다.

그것은 1974년 10월 17일의 일이다. 옛 체코인들이 아직도 생생하게 기억하고 있는 법률 제109호 조항에 따라, 체코인들은 징역형을 감수하지 않고는 조국을 떠날 수 없었고, 공식 허가를 받아야만 했다. 그때 밀란이 받으려고 한 게 바로 그것이다.

쿤데라를 면담한 이는 10월 18일자 문서에 두 사람의 '대화'에 관한 보고서를 이렇게 작성했다. "처음에는 밀란 쿤데

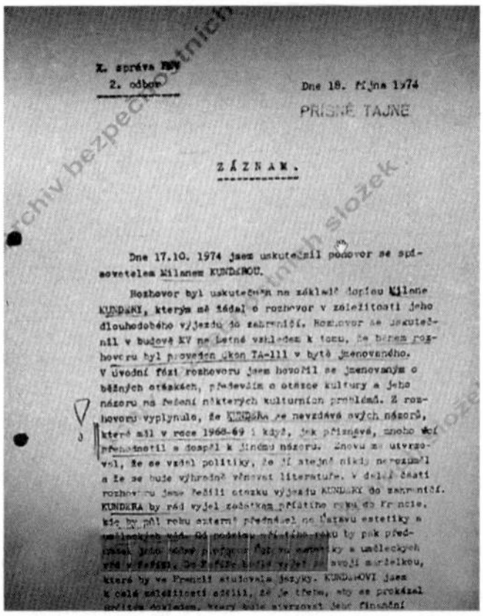

X. správa FMV
2. odbor

Dne 18. října 1974
PŘÍSNĚ TAJNÉ

ZÁZNAM.

Dne 17.10. 1974 jsem uskutečnil pohovor se spisovatelem Milanem KUNDEROU.

Rozhovor byl uskutečněn na základě dopisu Milana KUNDERY, kterým mě žádal o rozhovor v záležitosti jeho dlouhodobého výjezdu do zahraničí. Rozhovor se uskutečnil v budově KV na Letné vzhledem k tomu, že během rozhovoru byl proveden úkon TA-111 v bytě jmenovaného. V úvodní fázi rozhovoru jsem hovořil se jmenovaným o běžných otázkách, především o otázce kultury a jeho názoru na řešení některých kulturních problémů. Z rozhovoru vyplynulo, že KUNDERA se nevzdává svých názorů, které měl v roce 1968-69 i když, jak přiznává, mnoho věcí přehodnotil a dospěl k jinému názoru. Znovu mě utvrzoval, že se vzdal politiky, že jí stejně nikdy nerozuměl a že se bude výhradně věnovat literatuře. V další části rozhovoru jsme řešili otázku výjezdu KUNDERY do zahraničí. KUNDERA by rád vyjel začátkem příštího roku do Francie, kde by půl roku externě přednášel na Ústavu estetiky a uměleckých věd. Od podzimu příštího roku by pak před- [illegible] estetiky a uměleckých věd [illegible] svojí manželkou, která by ve Francii studovala jazyky. KUNDEROVI jsem k celé záležitosti sdělil, že je třeba, aby se prokázal [illegible]

1974년 10월 17일의 면담 보고서, "밀란이 겁을 집어먹은 날"

라와 일반적인 질문에 관한 얘기로 대화를 시작했다. 그러다 문화 관련 얘기에 이르렀다. 나는 그에게 문화 문제를 해결하는 방법에 관해 견해를 물었다. 이 대화로 미루어 판단하건대, 밀란 쿤데라는 여전히 위기 때(소련인들에게는 1967년~1969년이 '위기의 해들'이다) 취했던 입장을 그대로 유지하고 있는 게 분명하다. 하지만 다른 몇 가지 점에 있어서 그는 견해를 바꾸었다(쿤데라가 자신과 아내의 여권을 얻기 위해 최소한의 자아비판은 했을 거라고, 바노우스가 말한다). 그는 이제 더는 정치에 관심이 없고, 정치를 잘 알지도 못하며, 차후의 그의 활동은 오직 문학 영역에 국한될 거라고 말했다."

이어지는 내용 중, 밀란 쿤데라에게 중요한 사실은 다음

세 가지로 요약된다.

1. 그는 프랑스 현지에서 소득을 증명할 수 있다는 조건으로 1975년에 프랑스로의 출국 허가를 받게 될 것이다. 그는 소득 일부를 체코슬로바키아에 있는 은행 계좌로 송금해야 하므로 그 소득 총액을 다 쓸 수 없으며, 그 퍼센트는 나중에 재무성에 의해 결정된다.

2. 첩보 활동('spionazni cinnost')을 하는 경우 15년의 징역형을 받을 수 있고 그의 가족도 위험에 처하게 될 거라는 사실을 그는 명심해야 한다. 면담 상대는 "이 사실이 그를 몹시 낙담시켰다"라고 보고서에 적는다. "얼마나 낙심이 컸던지, 그는 더는 대화에 집중할 수 없었다. 그는 왜 가족을 괴롭히려 하느냐고 물었다. 그래서 나는 괜히 그런 말을 한 게 아니라, 그가 정말 분명히 명심해주었으면 하는 마음에서 한 말이라고 대답했다."

3. 그는 앞으로도 계속 감시받을 것이요, 조국의 바람은 그가 대학에서 그의 일을 하는 것이다. 그의 일. "오직 그 일만."

나는 바노우스에게 행간 사이를 좀 읽어달라는 눈짓을 보낸다. "쿤데라는 거슬리는 분자지만 서구에서는 유명한 사람입니다. 그를 감옥에 가둘 수는 없어도 추방해버릴 수는 있었죠. 당국이 바란 게 바로 그거였고, 분명 그에 대한 '계획'

이 있었어요. 그 계획은 그가 떠나는 것, 그리고 정치적 개입을 중단하는 것이었죠. 실제로 그는 그렇게 했고요."

"1972년~1975년에 쿤데라에게 일어난 일을 돌이켜보면…," 하고 바노우스가 덧붙인다. "당시 당국은 자기들의 고전적 방식대로 했음을 알 수 있어요. 껄끄러운 인사들에게 써먹던 여러 가지 수단을 활용한 거죠. 먼저 그들의 일을 빼앗아버리거나 아니면 아무도 원치 않는 하급 업무를 그들에게 맡깁니다. 그런 다음 그들을 감시하고, 학대하고, 시도 때도 없이 소환해대죠. 그러면서 형사 책임을 물을 만한 실수를 그들이 저지르길 기다리는 겁니다. 실수의 적용 범위는 아주 넓고, 내가 상대한 사람이 누군지는 절대 알 수 없죠. 가명(익명)을 쓰기 때문에, 누구 때문에 걸려든 건지 알 수가 없습니다. 아마 가장 두려웠던 게 바로 이것, 이 이름도 얼굴도 없는 위험이었을 겁니다. 사람들이 겁을 냈던 건 그래서죠."

2021년. 두 반생半生

한 해가 저문다.

"밀란이 아흔두 해를 살았으니, 지금이 바로 생애가 정확히 둘로 나뉘는 지점에 있는 거네요" 하고 내가 베라에게 말한다. "1929년부터 1975년까지 체코에서 반생을 살았고,

1975년부터 지금까지 프랑스에서 또 반생을 살았죠. 내일, 2022년이 되면 밀란은 다른 어디에서보다 프랑스에서 더 많은 시간을 보내게 되는 거예요."

"잠깐… 잘 계산한 거지? 가만, 간단해, 우리가 프랑스로 왔을 때 그는 마흔여섯 살이었어…. 46 더하기 46은 92… 맞아. 묘하네, 난 미처 생각하지 못했어…."

잠시 침묵이 흐른다. 내가 보기에 그들의 삶은 아치가 두 개인 다리 같다. 첫 번째 아치 아래에는 공허, 위험, 독재가 있다. 두 번째 아치 아래에는 또 다른 공허, 망명의 현기증이 있다.

베라가 다시 입을 연다.

"1975년에 조그만 '르노 5' 승용차에 올라탄 우리의 모습이 눈앞에 떠올라. 책들, 또 책들 뿐, 아무것도 없이 체코를 떠나던 때…."

문득 크로아티아 여성 작가 두브라브카 우그레쉬츠의 한 문장이 뇌리를 스친다. "망명, 그것은 헤어드라이어, 트랜지스터, 커피메이커 같은, 우리가 남겨두고 온 물건들 이야기다(…). 망명, 그것은 전압과 주파수의 변화다."[62]

---

62) 두브라브카 우그레쉬츠, 《조건 없는 항복 박물관》, 파야르 출판사, 2004년.

나는 이 주제를 깊이 파고들고 싶지 않다. 이 과민한 송년 축제 시기에는 특히 더 그렇다. 한데 그가 의식을 회복한다.

"지금 몇 시지?" 하고 밀란이 자신의 손목시계를 만지작거리며 내게 묻는다.

"4시 10분이에요."

"내 가방 좀 줘."

베라의 설명—

"최근 들어 자꾸만 브르노로 돌아갈 가방을 꾸려달라고 해. 마치 늦었다는 듯이, 기차가 자기 없이 떠나버릴 것 같다는 듯이 말이야. 더는 시간을 허비해서는 안 될 것 같은가 봐."

2022년. 여행 수첩 – 프라하

이렇게 작가가 '수감자' 신세로 파리에 있을 때, 아이러니하게도 나는 국립 체코 문학 센터와 모라비아 도서관의 초청으로 프라하에 왔다. 코로나 예방 마스크를 쓴, 보라색 망토를 걸친 아주 젊은 여성 카테리나가 바츨라프 하벨 공항에서 나를 기다린다. 눈이 내려, 가벼운 눈송이들이 밤의 어둠 속을 선회한다. 내가 묵게 될 크리스티아노바 거리의 아파트는 전 소유주인 작가 야로슬라프 포글라르가 '문학 센터'에 기증한 것이다. 소련 점령기를 겪은 HLM(서민용 임대 아파트)으

프라하의 유대인 새 묘지 입구와 프란츠 카프카의 무덤

로, 문 위에 큼지막한 유다 상이 있고, 그 상 너머로 보이는 위층 복도가 일그러진 끝없는 창자 같다. 마치《타인의 생》속에 들어선 느낌이다. 포글라르는 문밖에 이렇게 적어놓았다. "10분 이상의 방문은 일체 불허함." 마침 잘됐다. 내게 영감을 줄 나의 '이웃' 프란츠 카프카의 유령이라면 모를까, 내가 기다리는 사람은 아무도 없으니까. 그는 '내 집' 바로 맞은 편에 새로 조성된 지즈코프 유대인 묘지에 묻혀 있다!

미성숙에 대한 깊은 혐오

그동안 나는《농담》을 뒤잇는 쿤데라의 두 번째 소설《삶은 다른 곳에》를 다시 읽는다. 그는 이 소설을 1969년에, 그러니까 막 마흔 살이 되었을 때 완성했다. 사실 이것(마흔 살)은 이 소설의 핵심 주제—"젊은 시인의 삶과 죽음"이라는 몇 마디 말로 요약될 수 있을 소설 이야기의 저 너머에 있는, 쿤데라의 작품에서 늘 그렇듯, 그 이야기와는 별개인—중 하나다. 그러니까 그 중심 주제, 그것은 바로 시간, 시간이 우리의 인성에 미치는 효과라는 주제다.

화자인 야로밀은 젊은 만큼이나 바보 같다. 지적으로 그렇다는 얘기가 아니다. 오히려 그는 조숙하고 그림과 시에 재능을 타고났다. 하지만 자기 능력에 대한 의식이 지나치다! 자기애로 너무 부풀어 있다! "찬탄에 대한 강박적인 욕망" 때문에, 그는 쿤데라가 말하는 소위 "서정 시인"의 캐리커처 같은 존재, "시의 영사막에 포착된 자기 얼굴이 사랑받고 찬미받기를 바라며 세상에 자신의 자화상을 내보이는 자"[63)]다.

온통 자기라는 사람과, 자신이 곧 거머쥘 영광에만 신경쓰는 젊은이의 이 우스꽝스러운 태도는 쿤데라에게 몇몇 익살맞은 멋진 단락을 전개할 기회를 제공한다. 예를 들면 야로밀이—어느 잡지에 자신의 시들을 보내놓고서, 아직 게재일이 확정되지 않은 것에 놀라—직접 편집장의 사무실로 찾아가는 장면이 그렇다. 그런 뻔뻔한 태도 앞에서, 편집장은

---

63) 밀란 쿤데라, 《전집》, t. I, p. 655.

인내심을 잃는다.

(그는) 자리에서 일어나 야로밀의 팔을 잡고 커다란 서류 수납장으로 데려갔다. 그는 수납장을 열고 선반에 정리된 높은 종이 더미들을 그에게 보여주며 말했다. "친애하는 동지, 우리는 매일 평균 열두 명의 새로운 작가로부터 시를 받습니다. 1년이면 그게 얼마나 되겠어요?"

"머릿속으로 계산이 안 되네요." 야로밀은 편집자가 재차 묻자 당황해하며 그렇게 대답했다.

"시인이 되겠다는 사람이 연간 4.380명이라고요. 혹시 외국으로 나갈 마음도 있나요?"

"그럴 수도 있겠지요." 야로밀이 말했다.

"그러면 시를 계속 써요." 편집자가 말했다. "조만간 우리가 시인들을 수출하리라고 난 확신하거든요. 다른 나라는 조립공장이나 엔지니어, 밀이나 석탄을 수출하지만, 우리, 우리에게 넘쳐나는 주요 자원, 그건 서정 시인이니까요. 체코 시인들은 개발도상국들의 시를 창건하게 될 거예요. 우리 시인들을 보내고 그 대가로 우리는 코코넛과 바나나를 얻을 수 있을 거라고요."

《삶은 다른 곳에》, t. I, p. 656.

청춘의 천진함. 영광에 대한 터무니없는 꿈들. 샤토브리앙이 되거나 아무것도 아니거나 둘 중 하나다. 물론 야로밀만 그런 건 아니지만, 그를 통해 쿤데라가 우리에게 보여주는 건 다른 무엇이다. 이 인물의 머릿속에서, 시라는 건 사회주의나 여성 신체의 영광을 노래하는 찬가일 수밖에 없다. 그는 "청춘, 시, 혁명은 하나이자 같은 것이다!"[64]라고 외치며 자신에게 만족을 금치 못한다. 그리하여 이 모든 것이 그의 내면에서 하나의 절대로, 일종의 정치-시-사랑에서의 급진적 태도로 용해되어, 그를 강경하고 교조적이고 불요불굴의 열정에 찬 존재로 만든다. 한마디로 괴물로 만든다. 그는 시에서는, 특히 시가 그에게 비춰주는 그 자신의 낭만적 이미지를 사랑하는 괴물이다. 또한 그는 사회주의가 자신이 싫어하는 삼촌과 맞설 수 있게 해준다는 이유로 사회주의의 길을 선택하는 괴물이기도 하다. 그리고 사랑에서는, 감정의 폭군으로 행동하는 괴물이다. 즉 그는 자신의 빨강 머리 약혼녀의 쓸데없는 수다를 혐오하고, 그녀가 자기 가족 이야기를 꺼내면 짜증을 내고, 그녀에게 열렬히 배타적으로, 오로지 그에게만 속하도록 명한다. 죽을 때까지.

64) 앞의 책, p. 615.

《삶은 다른 곳에》 표지를 위한 밀란 쿤데라의 데생

해방으로서의 나이

오 미숙한 청춘이여! 오 위험한 청춘이여! 이미 우리는《농담》에서 이 주제와 마주친 적이 있다. 루드비크가 스물다섯 살 난 젊은 장교가 지휘하는 오스트라바 병영에 있을 때다.

> 평소에 중대장은 내 눈에 (…)교활한 쥐새끼같이만 보였다. 한데 오늘 나는 그를 무엇보다 한 젊은이로, 연기를 하는 한 사람으로 본다. 어쨌든 젊은이들이 연기를 하는 것은 그들 잘못이 아니다. 삶은 아직 미완인 그들을, 다 만들어진 사람으로 행동하기를 요구하는 완성된 세상 속에 턱 세워놓는다. 그

러니 그들은 허겁지겁 이런저런 형식과 모델 들, 당시 유행하는 것, 자신들에게 맞는 것, 마음에 드는 것 등을 자기 것으로 삼는다. 그리고 연기를 한다.

《농담》, t. I, p. 267.

젊은 장교 '꼬마'는 만화에 나오는 건장한 주인공의 가면을 선택했다. 그는 "호언장담 같은 건 하지 않고 오로지 냉정한 침착성, 정곡을 찌르는 간결한 유머, 자기 자신과 힘센 근육에 대한 확고한 믿음"을 이용하는, "강철 같은 완력을 지닌 젊은 수컷"이다. "어린애 같은 자신의 모습을 의식하면 할수록 그는 슈퍼맨이라는 자신의 역할을 더욱더 광적으로 수행했다."

우리는 모두 이런 '꼬마-중대장들'을 만나본 적 있다. 어느 조직에 굴러들어와 모든 것을 아는 체하며 모든 것을 재편성하려 드는 이제 막 학업을 마친 풋내기에서부터 왠지 모를 어떤 극단적이고 광적인 명분으로 과격화된 시골 젊은이까지, 그들은 모두 의미 없는 그 연기가 결국 재앙만 낳는, 자기 자신에 취한 그 '애송이들'을 닮았다.

청춘은 끔찍하다. 그것은 어린아이들이 (…)다양한 무대 의상을 차려입고 무슨 말인지도 잘 모르면서 광적으로 신봉하는

> 대사들을 외워 읊으며 누비고 다니는 그런 무대다. 그리고 역사, 미숙한 이들에게 너무도 자주 놀이터가 되어주는 이 역사 또한 끔찍하다. 네로라는 풋내기, 나폴레옹이라는 애송이, 흥분하여 날뛰는 수많은 아이의 놀이터가 된다. 그리고 이 아이들이 흉내 내는 열정이나 간단하게 맡아버린 역할들은 처참하도록 실제적인 현실들로 반영되어 나타난다.
>
> 《농담》, t. I, p. 268.

그리고 작가는 한 걸음 더 나아간다. "이런 생각을 하면 내 머릿속에서 모든 가치 체계가 흔들리고, 젊음이라는 것에 대해 엄청난 분노를 느끼게 된다."

삶은 다른 곳에 있다. 이 "미숙아들의 소란" 속에 있지 않다. 짧은 제목('정체성', '향수', '느림'…)을 좋아하는 쿤데라는 이 소설 제목을 '성숙'이라 할 수도 있었을 것이다. 야로밀의 퇴장. (작가는 그를 스무 살에 흔한 폐렴에 걸려 죽게 한다. 그토록 영광스러운 죽음을 꿈꾸었던 그가 애같이 엄마의 품에서 숨을 거둔다.) 야로밀은 퇴장하고, 그 직전에 '사십 대 남자'가 무대에 등장한다. 오직 이 별명으로만 알려진 인물이다. 그도 예전에는 그런 바보 같은 젊은이였을까? 그럴 수 있다. 그야 어쨌든, 우리는 그에게서 다른 존재 방식을 엿본다. 이 사십 대 남자는 미장센을 거부했다. 전시를 거부했다. 그가 구현하는 것은 부드러움, 선의, 지금 여기에서의 겸손한 진정성, 한 마디로 해방이다.

해방으로서의 나이. 쿤데라의 또 다른 한 주제. 천진하다고도 할 수 있을 만큼 단순한 진실 아닌가? 그러나 젊음을 찬양하고, 광적으로 젊음을 추구하는 이 시대를 생각하면 꼭 그렇다고 할 수만은 없다. 나이가 쇠락의 서막을 알리는 때에는 말이다. 쿤데라의 작품을 아주 잘 아는 알랭 핑켈크로트는《사랑이 지속한다면》에서 이렇게 적는다. "이제 더는 젊은 이들이 성인이 되어야 하는 것이 아니라, 성인이 삶의 격렬한 열정과 활력을 배워 젊어져야 하는 의무를 안게 되었다."[65] 하지만 쿤데라, 그는 "젊은 삶에서 빠져나오길" 권한다. 그것이 "행복한 삶의 길"로 가는 유일한 태도다.

쿤데라에게 진정한 '영웅'은 자기 자신을 떨쳐버릴 줄 아는 사람이다. 그런 그의 시선은, 거울에 구멍을 뚫어, 단지 타인에 대한 욕망과 호기심일 뿐, 다른 무엇도 아니게 된다. 에고의 속박에서 빠져나온 이 영웅은 단념하지 않는다. 그는 숨을 쉰다. 자신에게서 빠져나오는 데 성공한 그는 인류와 성숙과 문명의 길로 자유롭게 나아간다. 너무 단순하다고?

---

65) 알랭 핑켈크로트,《사랑이 지속한다면》, 스톡 출판사, 2011년.

그러면 어떤가. 쿤데라가 말하는 "소설의 지혜"에는 분명 겸손이라 할 만한 미덕이 있다. 한데, 나는 사실《삶은 다른 곳에》에 대한 다른 추억을 간직하고 있었다. 나는 특히 어머니의 치마폭이 하늘만큼이나 넓다고 생각한 어린 야로밀을 종종 떠올리곤 했다. 또한 돌진하는 기차처럼 여성과 세계 정복에 뛰어든 야로밀-라스티냑…. 나는 이 소설의 참맛을 내는 사십 대 남자라는 부주제를 잊고 있었다.

오늘, 프라하에서 그를 재발견한다. 저자에게 감사하고픈 마음이다. 그저 그가 '젊지 않은' 이들을 그들 나이와 화해시켜주어서만이 아니라, 신체적 능력의 숭배에서 멀어져, 지배적 사고의 광기와 어리석음에서 멀어져, 시간에 대한 또 다른 해석 틀을 제안해준 데 대한 고마움이다. 바깥, 크리스티아노바 거리에는 눈이 내리고 있다. 깃털처럼 가벼운 눈송이들이, 나무 발코니 위에서, 하나둘씩 녹는다.

"당신네 프랑스인들은 밀란 쿤데라를 너무 좋게만 읽는 것 같아요!"

2022년 2월. 프라하, 장식 예술의 명소 루체르나 갤러리에 말 한 마리가 거꾸로 매달려 있고, 기수는 말의 불룩한 배 위에 앉아 있다. 뒤집힌 세계. 지금도 여전히 계속되고 있는 체

프라하, 루체르나 궁에 전시된 다비트 체르니의 조각상 쿤('말')

코인들과 쿤데라의 관계를 생각할라치면, 내 머리에는 바로 이 조각상의 이미지가 떠오른다. 쿤데라는 '그들의' 위대한 국제적 국민 작가이거나, 적어도 그들의 자부심이라 할 만한 작가 아닌가. 그는 전 세계인의 이목을 체코의 문학과 상상 세계로 이끈 사람이자, 풍요로운 중부유럽 문화의 가치를 제대로 재평가받을 수 있게 한 사람이기도 하지 않은가.

"위대한 국민 작가, 쿤데라? 천만에요…. 그들은 그를 싫어합니다."

루체르나 카페에서 인터뷰한 프랑스 문화원의 한 젊은 여성에게서, 나는 그런 짧은 답변을 듣는다.

쿤데라를 싫어한다고? 물론 프라하에서 나는 그를 기리는 어떤 표지판도 기념물도 보지 못했다—아직 너무 이른 게 분명하다. 하지만 브르노에서는, 곧 그의 아버지의 이름이 붙어 개통될 광장을 보았다. 모라비아 국립 도서관에서는, 그가 남긴 문헌들과 그의 작품 연구자들을 수용할 특별공간을 방문하기도 했다. 또한 바로 그 도서관 관장 토마시 쿠비체크가 내게 해준 말들, 자신이 얼마나 밀란 쿤데라의 작품에 무한한 매력을 느끼는지를 피력하던 그 존경심 어린 말들이 지금도 내 귀에 생생하게 울리고 있다.

"하지만 쿠비체크는 외톨이랍니다. 프라하 지식인들은 그를 '쿤데라파'라고 불러요. 이 말은 그들의 입에서는 욕설이나 다름없죠."

뒤집힌 세계. 나의 대화 상대는 난처해하는 얼굴로 작은 종이 뭉치 하나를 내 앞에 내민다. 주고받은 편지들 묶음이다. 2021년에 그녀는 '프랑스 문화원'에 해당하는 '체코 문화센터'가 프라하에서 개최한 '문학의 밤Noc literatury' 행사의 하나로, 《무의미의 축제》 낭독회를 열고자 했다. 작가 한 명과 작품 한 편을 추천해달라는 부탁을 받고서였다. 그녀는 이렇게 말한다.

"한데, 반대 의사가 확고하더군요. 이런 얘길 들었죠(그녀가 내용을 번역해준다)—'작가 밀란 쿤데라는 우리의 맥락에서는 논란을 부르는, 양면적으로 인식되는 작가입니다. 체코 작가가 프랑스 작가로 거론된다는 사실은 더 말할 것도 없고요. (…)일부 체코 독자들에게, 이는 여전히 논란거리가 되고 있습니다. 쿤데라가 1950년대에 미국 첩보원으로 일한 한 체코인을 고발했다는 내용을 다룬 잡지 〈레스펙트〉 사건이 터지기 전부터, 그리고 얀 노박의 쿤데라 전기 사건이 터지기 전부터, 이미 쿤데라는 1989년 이후 추구한 출판 전략으로 인해 체코 독자들에게 여러 가지 복잡한 감정을 불러일으켰다는 사실을 귀하께 상기시켜드려야 할 것 같군요. 프랑스어로 출간된 책들의 체코어 번역판 출간을 주저한 그의 태도(초기작들에 대한 그의 자가 검열 역시)를 오만하다고 여긴 사람이 많았어요. 번역 상황은 점차 개선되었지만 밀란 쿤데라에 대한 양면적 인식은 여전합니다. 공식적으로 그를 프랑스 작가로 소개한다는 건 그런 원망에 다시 불을 지필 수 있습니다.'"

프랑스 문화원은 이 모든 이유가 문학 외적인 거라고, '문학의 밤'에서는 그저 작가의 산문을 들려주려는 것뿐이라고 이의를 제기한다. 그의 글을 큰 소리로 '읽는' 것, 그게 다라고. 하지만 그들은 그것조차 '부정적 함의'를 전하게 될 거라고 응수한다. 그러곤 그녀에게 토론 종료를 알린다. 쿤데라의 책을 내는 출판사 아틀란티스도 손을 써볼 여지가 전혀 없다. "이 행사는 거북한 분위기가 아니라 열띤 환영 속에서 이루어져야 해요. 우리는 그런 요청을 다시 또 할 마음은 없어요. 그게 우리의 최종 입장입니다."

왜?

놀라움, 실망. 프랑스 문화원은《무의미의 축제》를 번역한 안나 카레니나에게 허심탄회하게 속내를 털어놓는다.

"이곳 체코 공화국에서, 밀란 쿤데라의 책들을 어떻게 사람들에게 알릴 수 있을까요? 젊은 세대들, 대부분 그의 작품을 읽어본 적이 없거나… 아니면 그에 대해 온갖 증오를 투사하는 사람들을 통해서만 그를 알고 있는 체코 독자들에게, 어떻게 하면 그의 텍스트들을 공유시킬 수 있을까요? 저는—순진하게도—'문학의 밤'이 좋은 아이디어가 될 수 있다고 생각했죠. 그의 작품 읽기를 제안하는 아이디어 자체가 하나의 공격으로 여겨질 수도 있다는 생각은 하지 못했던 거예요. 제 말이 어쩌면 좀 과장되었는지도 모르겠어요. 하지만—문학적 측면에서는 저에게 아무 대답도 하지 않은—문학제 주최 측의 반응을 보면, 이건 정말 말도 안 되는 일이라는 생각이 들어요."

안나 카레니나는 안심시켜주려고 하지만, 그녀의 대답을 보면 그녀 역시, 체코 문화센터의 결정에 맞서지 말기를 권하는 것 같다. "걱정하지 마세요. 밀란 쿤데라는 많은 독자에게 읽히고 사랑받고 있어요. 젊은이들에게서도 말이죠. 하지만 '문학계'('문학 행군'이라고 하는 편이 나을지도 모르겠어요)의 '우두머리들'은 읽지를 않아요. 밀란 쿤데라도, 다른 대작가들도 말이에요. 그저 (행사의) 운영에만 신경 쓸 뿐이죠."

단어 선택 자체가 많은 걸 말해준다. "문학 행군"이라는 표현은 대열 속으로 들어가 스텝을 밟아야 할 필요성을 함축한다. "우두머리들"이란 표현에서는 대장의 지휘봉과 문학계의 연극적 측면을, 모두 같은 악보를 노래하는 합창단원들과 함께 떠올리게 된다. 요컨대, 이제 더는 1972년의 그 정치적 검열의 맥락 속에 있진 않지만, 50년이 지난 지금도 계속, 일종의 효율적인 통제가 쿤데라에 대해 보란 듯이 행해진다고 할 수 있다. 프라하에서는 쿤데라라는 이름이 언급되기만 해도 방패가 올라간다. 2021년 오늘 저녁에도 그는 1970년대처럼, 읽히지 않을 것이다.

어째서 쿤데라가 지금도 여전히 성가신 존재인지, 어떤 점에서 그가 여전히 '불온한' 작가인지 물어보면, 어김없이 다음 다섯 가지 대답 중 하나는 듣게 된다.

1. 다른 많은 이들은 고국에 남아 체코 역사의 그 검은 페이지를 용기 있게 견뎌냈으나, 그는 소련 치하 체코슬로바키아를 떠났다는 것.

2. 프랑스에 가서는 반체제 인사 행세—바츨라프 하벨이나 다른 이들과는 달리 그는 반체제 인사가 아니었음에도—를 하고자 했다는 것. 서구 독자층의 마음에 들기 위해 일종의 '마케팅 전략'을 펼쳤다는 것.

3. 그가 많은 여성을 상대로 냉소적 유혹자로 처신했다는 것(쿤데라 비방자 얀 노박이 원고 측 고소장 같은 2020년의 전기傳記에서 계속 재론하는 '도덕적' 비난).

4. 프랑스어로 쓴 자신의 작품들을 즉시 모국어로 번역하지 않음으로써 체코 국민을 경멸하는 태도를 보였다는 것.

5. 2008년에 잡지 〈레스펙트〉가 1950년대에 서방으로 넘어가 서구인들을 위해 첩보원으로 일한 한 체코 청년을 당시 고발한 장본인이 쿤데라라며 비난했을 때 그의 이미지가 실추된 것. 이 비난은 밀란 쿤데라에게 견디기 힘든 상처를 안겨주었고, 그는 줄곧 이를 단호히 부인했다.

이것이 시사하는 바는, 이 모든 기소 이유가 그의 작품과는 전혀 무관하다는 것이다. 더 넓게는 문학과도 무관하다. 밀란이 끊임없이 되풀이했던 말이 다시 생각난다. 전기傳記

는 독이라던 말. 작가는 살지 않은 사람이 되고자 해야 한다던 말. 혹은, 결국 같은 말이지만, 작가는 자신의 작품 뒤로 사라져버려야 한다던 말.《소설의 기술》의 이 문장이 떠오른다. "카프카가 요제프 K보다 더 사람들의 관심을 끌게 될 때, 카프카의 사후 죽음의 과정이 예고되는 것이다." 그런 때가 된 것일까? 양측이 주고받은 서신에서, 단 한 번도《무의미의 축제》가 문제가 되지는 않았던 것 같다. 문학은 시대의 소음 아래로, 그 무거운 무의미 아래로 모습을 감추어버렸다. 말들, 작품의 말들조차 자신을 방어할 수 없었다.

'왜?'라는 제목의 글에서, 체코 작가이자 대학 교수인 실비아 리히트로바는 이러한 '증오'의 뿌리를 탐색한다. 이 쿤데라 전문가에 의하면, "쿤데라가 해낸 모든 것에는 '공산주의자'라는 낙인 같은 딱지가 붙는다. 그가 자신의 책에서 '시장의 어리석음'에 대해 말하면, 그가 서구에 대해 조금이라도 비판적인 말을 하면, 그를 중상하는 이들은 곧바로 거기에서 또 하나의 증거를 보려고 들기 바쁘다"[66]라고 그녀는 적는다.

---

66) 실비아 리히트로바,《밀란 쿤데라를 둘러싼 체코 분쟁Český spor o Milana Kunderu》, 갈렌 출판사, 2021년, p. 217~228.

그가 하는 처신도 그들의 신경에 거슬린다. "대중적 인물이 되고 싶지 않아 하는 소설가의 뿌리 깊은 욕구"가 거슬린다. 1989년의 베를린 장벽 붕괴 이후에도, 그의 조국이 뒤집혀 자유로운 세계가 된 이후에도 모습을 드러내길 일체 중단해버린 것 말이다. 그녀가 생각하기에, 체코인들은 그런 그의 결심을, 그리고 그런 결심을 계속 견지한다는 사실을 용납하지 않았다. "보헤미아에서는 그런 그의 결심이 신랄한 비판의 대상이 되고, 어떤 이들은 그것에 대해 의혹마저 품고 있다. 그래서 그의 사생활은 갖가지 논란과 끊임없는 구구한 억측의 대상이 된다. 사생활 존중이 자유의 필요조건이라는 쿤데라의 거듭된 단호한 주장은 시대 정신과 완전히 배치된다. 시대 정신은 경찰이 하는 도청의 공표에 우선권을 준다."

또한 실비아 리히트로바는 사생활과 얀 노박의 증오 어린 전기를 문제 삼아 이렇게 강조한다. "(노박은) 정치 경찰 StB의 요원들과 같은 접근법으로 접근하여, 쿤데라가 자신의 사생활을 보호하기로 선택했기에, 그는 반드시 그렇게 '해야만' 한다는 절대적 동기에 따라 그 도청 내용을 공표한다. 나는 조만간 내가 공산주의 체제 때 행해진 그런 일을 직접 경험하게 되는 마지막 사람 중 하나가 될까 봐 두렵다. 그런 소행이 도덕이나 정의의 이름으로 되돌아오는 걸 본다는 건 역겨운 일이다."[67]

마지막으로 하나 덧붙이자면, 그가 세계 문학의 무대에서, 너무나 빨리, 그리고 너무나 화려하게 두각을 나타냈다는 사실도 있다.

언젠가 프라하에서, 누군가는 내게 이렇게 말했다. "당신네 프랑스인들은 말이오, 밀란 쿤데라의 작품을 너무 좋게만 읽는 것 같아요." 그때 나의 뇌리에는, 지난날 아이작 싱어의 노벨상 수상에 대해 이디시어 학자들이, 순수한 질투심에서, 내 귀에 속삭여준 이 문장이 떠올랐다. "싱어에게 노벨상을 수여한 건 유대 문학으로서는 그보다 더 나쁠 수 없는 최악의 재앙이었다오!"

노벨상에 대하여

실비아 리히트로바의 얘기를 좀 더 들어보자. 1980년대의 어느 날, 그녀는 《말과 이미지로 본 야로슬라프 사이페르트》라는 책의 이탈리아어판을 손에 넣었다. 사이페르트는 1984년에 노벨상을 받은 체코 시인 겸 작가다. 리히트로바

67) 앞의 책.

의 말에 따르면, 삽화가 들어간 이 소책자는 노벨상을 받으려면 외국에서 출간된 책이 필요하기에 만들어진 책이었다. "그 얼마 후, 나는 이 책의 저자와 마주쳤다. (…)그가 즐거운 표정으로, 두 손을 비비면서 내게 말했다. '자. 이제 쿤데라는 절대 노벨상을 받을 수 없을 거예요.' 나는 어디에서 그가 그런 확신을 얻게 되었는지 모른다. (…)하지만 어쨌든 그의 말이 맞았다."

그녀는 역시 80년대에, 정치인이자 작가 겸 저널리스트로 활동하는 프라하의 봄의 주역 중 한 명인 이리 펠리칸을 로마에서 만나 나눈 대화 내용을 들려주며 얘기를 계속 엮어나간다.

"가장 심했던 건 분명 이리 펠리칸이 몹시 난처한 표정으로 내게 내밀던 바츨라프 하벨의 편지였다.[68] 그것은《참을 수 없는 존재의 가벼움》에 대한 독서 카드 같은 것으로, 맨 마지막에 '이 친구는 정말 모든 일에 신경을 꺼버렸군'이라는 소견이 적혀 있었다. 아마도 그것은 일종의 통문通文이었던 듯한데, 펠리칸 외에 다른 사람들도 그것을 받았는지 어떤지는 알지 못한다. 하벨은 늘 자신을 밀란의 친구로 소개

68) 베라 쿤데라의 말에 따르면, 이탈리아에 있는 사회당 문서 보관실에 이 편지가 있을 거라고 한다.

했다. 한편 펠리칸은, 그 편지 앞에서, 쿤데라의 노벨상 수상 반대 캠페인이 진행되고 있다는 걸 알지 못한 채 고개를 끄덕거렸다."[69)]

밀란 쿤데라가 여성 등장인물을 "학대"한다고?

"쿤데라에 관해 연구해?" 하고 한 여자 친구가 내게 묻는다. "그가 아주 대단한 작가라는 건 나도 인정해. 하지만 그의 소설들이 여자들에 대해 말하는 방식만큼은 영 마음에 들지 않았어…." 나는 그녀의 생각을 좀 더 분명하게 듣고자 한다. 그녀가 보기에, 그의 남성 '주인공들'은 여성들을 "차갑고 냉소적인" 태도로 대하고, 여성 등장인물들은 "결코 자신들의 장점을 드러내는 것 같지 않다"는 것이다. 그녀는 쿤데라가 그녀들을 "학대"한다는 생각까지 한다.

이 표현이 내게 충격을 준다. 그렇다면 소설가가 자신의 등장인물들을 '상냥하게' 대해야만 한단 말인가? 화가나 조각가가 자신들의 모델을 그리거나 조각할 때 친절하고 예의바르게 그들을 표상해야 한단 말인가? 피카소가 아비뇽의 아가씨들을 칼질하고 해체하고 '입체화'했다며 그를 비난해

---

69) 실비아 리히트로바, 앞의 책.

여성혐오자 쿤데라?

야 한단 말인가? 엘비르, 마튀린, 샤를로트와 그밖에 또 다른 많은 여자에게 '차갑고 냉소적'이었던 동 쥐앙을 창조했다며 몰리에르를 비난해야 한단 말인가?

"그렇다는 건 아냐" 하고 친구가 말한다. "하지만 그는 이따금 선을 넘는 것 같아. 《향수》에서, 밀라다가 어느 가게의 진열창에 비친 자기 모습에 취하는 장면을 한번 떠올려봐. 그녀는 창에 비친 자신의 아름다움을 보고 싶어 하지. 한데 쿤데라가 그녀에게 보여주는 건 그녀의 얼굴만이 아니라, 푸줏간의 진열창도 그 얼굴 옆에 병치시켜 보여주잖아—

(…)매달린 고깃덩어리, 절단된 넓적다리, 애처롭고 친근한

주둥이가 달린 돼지머리, 그리고 좀 더 멀리, 가게 안쪽에 있는 털 뽑힌 닭 몸뚱이, 그 닭들의 치켜 들린, 무기력하게, 사람처럼 치켜 들린 발들, 문득 공포가 그녀를 엄습한다.

《향수》, t. II, p. 547.

이 대목을 읽을 때면, 나는 바로 이게 쿤데라가 여자들을 보는 방식이라는 느낌이 들어. 사람처럼 다리를 치켜세운 암탉들. 나는 어떤 저자가 나를 고깃덩이라고 말하는 걸 바라진 않아."

실존의 알려지지 않은 면을 드러내기

쿤데라 이전에도 다른 많은 이가 열심히 거듭해서 외쳤다—소설은 심판하지 않는다, 메시지를 주지 않는다, 소설은 보여주고, 묘사하고, 드러낼 뿐이다, 그게 다다. 한데 내 친구의 지적은 한 가지 흥미로운 사실을 부각한다. 쿤데라의 작품에서, 여성들은 종종 임상적인 방식으로, 담담하게 묘사된다. 애정도 낭만적 감상도 없이 말이다. 이 점이 내 친구를 불편하게 하는 걸까?

나는 이에 대해 다른 한 친구와 이야기해본다. 이 친구는 내게, 그런 문학적 "대우"가 어쩌면 공산주의 체제의 무의식적 결과일 수 있다고 지적한다. 공산주의 체제는 실용주의로 인해, 다른 체제보다 덜 성차별적이니까 말이다. "그 체제에서는 성보다는 이념을 신봉하는 것이 더 중요해. 열성 여성 동지는 남자 못지않게 유능하지. 그래서, 만약 네가 소설가이고 그런 환경에서 성장했다면, 너의 여성 등장인물들을 남성 캐릭터처럼 잡을 거야. 굳이 남자보다 여자를 더 좋게 보려고 할 필요 없이 말이야."

내가 보기에 쿤데라는 그가 늘 요구했던 최상의 자유를 바탕으로 그저 명백하고 평범한 현실을 그릴 뿐이다. 그가 여성 등장인물들을 좀 더 잘 대우해야 했을까? 사실 이 물음은 새로운 게 아니다. 쿤데라 자신이 《커튼》에서 이 문제를 우리에게 강조한 바 있다. 이미 생트뵈브는 《보바리 부인》에 대한 비판에서, "(이 작품에는) 선善이 너무 없다"라며 플로베르를 비난한 바 있다. 조르주 상드는 한술 더 떴다 — 왜 플로베르는 자신의 등장인물에 대한 자기 자신의 감정을 숨겼는가? 독자들을 "비탄에 잠기게" 하는 대신 왜 "위로하지" 않는가? 이에 대해 플로베르는 위로한다거나 비탄에 잠기게 하는 게 문제가 아니라고 대답한다. 문제는 "사물들의 영혼 속으로 나아가는 것"이다. 한데 "사물들의 영혼 속으로" 나아가는 것과, "친절하게 대하고" 위로하고 위안을 주는 것, 이

둘은 양립 불가능한 두 목표다.

쿤데라에게, "사물들의 영혼" 속으로 나아가는 것이란 곧 그때까지 그에게 보이지 않았던 인간의 일면을 드러내는 것이다. 바로 그것이 소설의 유일한 도덕이다. 내 친구(첫 번째 친구)는 문학에서 화자와 저자를 혼동하지 않을 수 있을 만큼 충분히 세련된 사람이다. 하지만 다른 많은 이들은 그런 구분을 경시하고서, 성급히 단순한 결론에 이르곤 한다. 화자가 여성 혐오적인 사람이면, 저자도 그런 사람이라고 말이다.

"동정, 최고의 감정"

쿤데라는 여성 혐오자일까? 나는 이 상투적인 말을 하도 많이 들어서 결국 그 증거를 찾아보기 위해 그의 소설들을 다시 읽어보기로 한다. 정말 그가 일관되게 모든 여성을 부정적인 인물로 제시하고 있는가? 그들이 단지 여성이라는 이유로 경멸받고 적대감이 들게 하는가? 그런 것 같지는 않다. 내가 느끼기엔 지나치게 섣부른 독서만이 그런 오해로 이어질 수 있을 것 같다.

《농담》에서, 루드비크가 헬레나의 몸을 도구로 이용해야겠다는 끔찍한 계획을 세운 건 사실이다. (그녀를 그는 그녀의 남편에 대한 개인적 복수—그녀가 전혀 모르는—도구로 이용하면서, 그녀에게는 자신이 그녀를 원하는 것처럼 믿게 한다.) 하지만 이 소설에는 헬레나의 형상과 대위를 이루는 다른 한 여성의 형상이 드리워져 있다. 바로 루치에의 형상이다. 루치에가 튀어나오면 루드비크는 당황하여 어쩔 줄 모른다. 그들의 관계는 성적인 것도 관능적인 것도 아니다—"우리는 키스 없이, 신체 접촉 없이 헤어졌다."[70] 하지만 그 순간 이후 이 청년은 변한다.

> 그날 저녁부터 내 안의 모든 것이 변했다. 내 안에 다시 누군가가 살게 되었다. 돌연 나의 내면이 마치 방처럼 말끔히 청소되고, 어떤 사람이 거기에 살게 된 것이다.
>
> 《농담》, t. I, p. 251.

그는 루치에에게 '고마움'을 느낀다. "그때 이후, (그가) 한 여자에게 그토록 많은 생각을 바치고, 그토록 많이 소리 없는 주의를 기울인 적은 없었다." 루치에는 그의 '내면의 눈물'을 '마법'처럼 가라앉혀주는 여자였다. 그녀 앞에 서면, 코미디를 연기하던 자가 마침내 '진지'해진다.

《삶은 다른 곳에》에서, 야로밀이 자신의 빨강 머리 약혼

70) 밀란 쿤데라, 《전집》, t. I, p. 251.

녀에게 야비하게 구는 건 사실이지만, 다른 남자, 사십 대 남자는 그 젊은 여자를 따뜻하게 맞이해주며, 이 장은 다음과 같은 은총의 순간으로 닫힌다. "육체적 욕망은 사라졌으나 지치지 않는 깊은 연민은 여전히 그대로 있었다(…). 사십 대 남자는 머리맡의 작은 전등을 켜고 아가씨를 바라보았다. (…)그녀에게 무슨 짓을 한 걸까? 때린 걸까? 협박을 한 걸까? 고문을 한 걸까? (…)그는 그녀의 머리카락을, 이마를, 얼굴을 쓰다듬어주었다. 그녀의 눈에서 공포가 사라질 때까지 그녀를 쓰다듬어주었다." 쿤데라는 이 단락을 "낯선 남자가 선의의 램프를 켠 조용한 휴식"[71] 같은 것이라고 정의한다.

이 선의의 램프, 그것은《참을 수 없는 존재의 가벼움》에서 토마시가 테레자를 위해 켜는 바로 그 램프이기도 하다. 여성 정복 수집가인 그가—그는 애인들에게 "감정이 배제된 관계만이 양쪽 모두에게 행복을 가져다줄 수 있다"라고 말한다—난데없이 등장한 이 연약한 젊은 여성에게 문득 "뭐라 설명할 수 없는 사랑"을 느낀다. 그녀가 "마치 송진으로 방수된 바구니에 넣어져 강물에 버려졌다가 그의 침대 머리맡으로 거둬진"[72] 어린아이처럼 보인다. 이 냉정한 유혹자가 느

71) 앞의 책, p. 718~719.

72) 앞의 책, p. 1144.

끼기 시작하는 게 무엇인가? 바로 동정이다. '동同-정情' 즉, 타인과 함께 느낀다는 뜻에서의 동정이다. 토마시는 이 동정—"최고도의 정서적 상상 능력과 감정의 텔레파시 기술을 가리키는"—이야말로 "감정들의 서열"에서 "최상위의 감정"[73]을 나타낸다는 사실을 발견하는 것이다!

이런 예는 이 밖에도 많다. 어느 순간 문득 인간미의 빛이 쿤데라의 주인공을 관통하는 건 언제나 어떤 여성 덕분이다. 이 빛이 그의 세계를 찢어 둘로 나눈다. 한쪽은 유희이고, 다른 쪽은 사랑이다. 쿤데라가 남성 등장인물들의 감정을 묘사하기 위해 쓰는 용어들이 이 분열을 말해준다. 한쪽에는 자유, 방종, 부정, 성애, 모험, 유희… 등이 있다. (미라보나 쇼데를로 드 라클로의 전통을 따르는, 가벼운 측면). 다른 한쪽에는 진중함, 말하자면 동정, 공감, 감정이입, 선의, 다정함 혹은 이해가 있다.

특히 흥미로운 점은 쿤데라의 남성 등장인물들에서는 이 두 갈망이 공존한다는 사실이다. 그를 매료시키는 것은 바로 이 혼란스러운 공존이다.

그것은 바로 그가 자신의 첫사랑, 즉 야나체크의 음악에서 좋아하는 것이기도 하다.

---

73) 앞의 책, p. 1156.

> 구슬픈 향수를 담은 레가토 모티프가 불안한 다른 모티프, 점점 더 공격적으로 여러 번 반복되다가 빠른 세 음정으로 끝나는 스타카토 모티프와 부딪힌다.
>
> 《만남》, t. II, p. 1220.

레스토랑 그르누이예르에서 우리에게 얘기해준 '자신의' 〈꾀바른 어린 여우〉에 대해, 그는 이렇게 적는다. 야나체크의 작품에서와 마찬가지로, 그의 눈에도 세계는 이런 회전목마 같다.

> 감정들이 일고, 교체되고, 서로 충돌하고, 또한 양립 불가능한 것들이 종종 동시에 공명하는 회전목마.
>
> 《만남》, t. II, p. 1220.

이 동시성은 쿤데라 소설 특유의 흉내 낼 수 없는 긴장을 만들어낸다. 그것은 그의 모든 페이지에 깃들어 있으며 독자에게도 전파된다.

하지만 인정할 건 인정하자. 일부 남성 등장인물의 무례한 태도 앞에서, 여자라면 당연히 짜증을 낼 만한 때도 있다. 예컨대, 테레자가 침대에 누운 토마시의 머리카락에서 다른 여자 성기 냄새가 나는 것을 알아차렸을 때, 그럴 때는 절로 이런 생각이 들 것 같다. 아무리 에고이스트라고 해도, 사랑하는 '반려자'를 생각해서, 적어도 머리카락을 씻는 수고는 좀 할 수도 있지 않았을까.

1971~1972년. 루드비크와 작별하다.

나는 이 시기의 밀란을 상상해본다. 잘생기고 날씬한. 신랄한. 넉살맞고 재미난. "신경을 꺼버렸어"라던 시기…. 아무도 아닌 사람이 된 데서 맛보는 즐거움. 1980년대의 대 은퇴 전주곡 같은 지워짐의 기쁨. 나는 그를 《웃음과 망각의 책》에 등장하는 미레크처럼 상상한다. 비밀경찰을 조롱하는. 혹은 그를 미행하는 회색 옷차림의 두 남자 앞을 당당하게 지나가며 "거리낌 없이 무례하게" 그들의 두 눈을 똑바로 꼬나보려 하는.

하지만 그건 어디까지나 초기의 행복일 뿐이다. 그게 얼마나 갈까? 그 흥분 뒤에, 공허에 대한 예감이 있다. 쿤데라도 그것을 안다. 미레크에 대해 그는, "파멸을 향해 가는 그의 발걸음마저 그에겐 고귀하고 아름다워 보였다"[74]라고 쓴

74) 앞의 책, p. 939.

다. 그렇다, 고귀하고 아름답지만, 어쨌든 파멸을 향해 가는 발걸음이다…. 재앙을 예고하는 징후 중 하나로, 루드비크 쿤데라의 죽음이 있다. 1971년의 일이다. 밀란에게는 너무나 큰 슬픔이다. 그의 사랑하는 아버지, 피아니스트 루드비크는 오랫동안 사경을 헤매다 임종을 맞는다.

밀란은 그 모든 것을 다시 본다. 다섯 살 때, 아버지의 무릎에 앉아, 작은 두 발로 건반 아래에서 박자를 맞추며 손가락으로 건반들을 꾹꾹 누르던 자신의 모습. 어린 그에게 음정과 음계와 "작은 왕궁"을 설명해주던 아버지의 모습. 열심히 아버지를 따라다녔던 콘서트들. 미학적 아방가르드에 대해, 디아벨리 변주곡에 대해 주고받은 둘만의 대화들….

리토스트, 리토스트.

훗날 나는 쿤데라에게서, 1971년 어느 봄날, 브르노에서, 아버지의 장례를 치르던 날의 슬픔에 대해 듣게 된다. 그의 아내인 밀라다와 베라와 쿤데라를 제외하면, 장례식에 참석한 친구는 손가락으로 꼽을 정도다. 묘지에서조차 사람들은 밀란 쿤데라 편에 서길 두려워했다. 그리고 경찰은 시간을 허비하지 않았다. 루드비크가 사망하자마자 그의 음반들은 몰수되었고, 녹음 원본들도 파기되었다.

거의 같은 시기에 밀란 쿤데라는 '점성가' 노릇을 그만둘 수밖에 없게 되고, 따라서 그 일로 벌던 그 보잘것없는 수입 마저 포기할 수밖에 없게 된다. 자체로는 별 중대한 사건이 아니지만, 그 모험이 매듭지어진 방식이 그를 깊은 혼란에 빠트린다.

《웃음과 망각의 책》을 다시 펼쳐보자. 물론 미레크는 밀란이 아니다. 하지만 그의 등장인물들은 모두 작가 자신이 "실험적 자아"라고 부르는 존재다. 그러므로 이 인물의 느낌을 통해서 우리는 비밀이 발각되었을 때 쿤데라가 어떤 혼란을 느꼈을지 알 수 있다.

진실이 드러나는 것은 3부 '천사들'에서다. 편집장은 처음에는 부인하지만, 겁에 질려 결국 실토하고 만다. 그렇다, 그 점성가는 분명 '인민의 적'이다. 경찰들이 의심하고 있던 미레크다. 다음 날, 그녀는 해고되었고, 다시 경찰에 불려갈 준비를 한다. 그녀가 미레크를 만나보려고 하는 때가 바로 이때다. 그도 심문을 받게 될 경우, 둘의 진술이 일치하는 편이 좋기 때문이다. 그녀는 몹시 불안해하며 말한다.

> "당신 생각엔(…) 당신이 별점을 봐주고 천 코루나를 받은 사실을 그들이 알고 있을 것 같나요?"
>
> "걱정하지 말아요. 모스크바에서 3년 동안 마르크스-레닌 사상을 공부한 사람이라면 감히 별점을 봐달라고 부탁했다는

얘긴 털어놓지 못할 겁니다."

그녀는 웃는다. 그래봤자, 미레크는 난처하기만 하다.

> 그때 나는 내가 불행의 메신저가 되었으며, 내가 사랑하는 사람들에게 해를 끼치지 않으려면 내가 그들 가운데서 계속 살아서는 안 되고, 내 나라를 떠나는 수밖에 없다는 것을 확실하게 깨달았다.
>
> 《웃음과 망각의 책》, t. I, p. 993.

R.과 푸주한의 칼

이 얘기는 여기서 잠시 중단하고, 여성들—혹은 우리가 R.이라는 머리글자로 알고 있는 그 여자—의 '대우' 문제로 돌아가 보자. 사실 이 부분에는 오늘날의 우리에게 충격을 줄 수도 있을 내용이 나온다. 미레크는 곧 다시 경찰에 불려가게 될 그 편집장을 마주하고 있다. 그는 자기네 잡지에 글을 써달라는 제안을 하고 경찰에 불려가서는 최선을 다해 대답하는 등, 그녀가 지금까지 그에게 보여준 용기를 칭찬해 마지않는다. 그러고는 얼마나 그가 늘 그녀의 "빛나는 지성", 그녀의 외모, 그녀의 겸손을 높이 평가했는지 설명한다. 그는 그녀를 "많이 사랑"했지만, "가장 성적이지 않은, 가장 순수한 방식으로" 사랑했다고 설명해준다.

한데, 돌연, 섹스가 뒤섞인다. 뭔가가 파열한다. 바로 그 순간, 편집장의 얼굴에 불안이 드리워지고 장에 탈이 나서 복통 설사를 할 때, 미레크는 처음으로 그녀의 내부를 들여다보는 듯한 느낌이 든다.

> 돌연, 공포가 푸주한의 칼처럼 그녀의 배를 갈랐다. 나는 내 눈앞에서, 마치 푸줏간 갈고리에 걸린 암송아지의 잘린 고깃덩이처럼, 배가 갈라진 그녀를 보는 느낌이었다.
>
> 《웃음과 망각의 책》, t. I, p. 998.

고기 조각에 대한 환상의 재등장. 우리는 한 문장에서 다른 한 문장으로 넘어가면서, 마치 야나체크의 작품에서처럼, 리토스트의 레가토에서 불협화음의 스타카토로 넘어간다. 수틴이 그린 가죽 벗겨진 황소처럼, 혹은 베이컨의 피 섞인 살갗처럼 격렬한 문장.

> (…)화장실에서 물 내려가는 소리가 들려왔고, 나는 갑자기 그녀와 정사를 나누고 싶다는 광적 욕망을 느꼈다. 더 정확하게 말하면 그녀를 강간하고 싶은 광적인 욕망이었다. 그녀에

게 달려들어 대번에 그녀를 와락 끌어안고 싶었다. 그녀의 완벽한 옷차림과 반란을 일으킨 그녀의 장腸, 그녀의 이성과 두려움, 그녀의 자부심과 수치심까지, 참을 수 없을 정도로 자극적인 그녀의 그 모든 모순과 함께 말이다. 내게는 그 모순들에 그녀의 본질이, 보물이, 금덩이가, 그녀의 내면 깊은 곳에 묻힌 다이아몬드가 감춰져 있는 것 같았다. 나는 그녀에게 달려들어 그것을 빼앗고 싶었다. 그녀의 똥과 그녀의 형언할 수 없는 영혼까지 모두 갖고 싶었다.

《웃음과 망각의 책》, t. I, p. 998.

여기서 우리는 견디기 힘든 격렬한 환상 속으로 빨려든다. 그 환상을 미레크는 끝내 억제해버리고 만다. 그 후 그들은 헤어진다. R.은 아무것도 눈치채지 못했다. 하지만 미레크는 거리에서 그 순간들을 다시 떠올리지 않을 수 없다. 그는 문득 그를 사로잡았던 "그의 친절한 여자 친구를 범해버리고 싶은" "그 거대한 욕망"을 되새김질한다. 맑은 정신의 그가 "터무니없고, 어리석고, 추악하며, 이해할 수 없고 실현 불가능한" 욕망이라며 비난하는 욕망이다. 하지만 그러면서도 그는 그것이 그의 내부에 "자루 속에 갇혀 있다가 이따금 깨어나 날갯짓을 하는 새처럼 갇힌 채"[75] 남아 있었다고 말한다.

“베이컨의 그림처럼 난폭한”

그의 여러 소설에서, 우리는 이 강간의 욕망이 다소 암시적이고 베일에 가린 채 다시 나타나는 것을 본다. 물론 쿤데라는 소설가로서 뭐든 마음대로 할 권리가 있다. 그래서 미레크는 느긋하게 자신의 환상들을 곱씹어본다. 여자를 갈고리에 걸린 고기 조각과 비교해보기도 한다. 여자를 환상적 강간 대상으로 삼기도 한다. R.이 내장의 통제를 상실했을 때 그를 사로잡은 기이한 흥분을 시인하기도 한다.

쿤데라의 산문은 우리가 난폭하게 열어젖히는 커튼 같다. 그 뒤에서 우리는 예기치 못한 뭔가를 엿보게 된다. 문득 나는, 독자로서, 푸주한의 칼에 찢긴 남성의 뇌가 내 앞에 놓인 듯한 느낌에 사로잡힌다. 그 뇌의 가장 어두운, 가장 야만적인 구석까지 살펴보는 듯한 느낌. 여기서 문학은 쿤데라가 문학에 할당한 역할을 전적으로 수행하고 있다. 인식의 도구라는 역할.[76]

R.과 이 상상의 강간 이야기는《만남》에 실린 프랜시스 베

---

75) 앞의 책, p, 998.

76) 또한 이러한 점은 쿤데라가 서문을 쓰게 되는 필립 로스의 에로티시즘과 환상의 개설서인《욕망의 교수》—더욱이 이 소설은 쿤데라가《웃음과 망각의 책》을 시작한 해인 1977년에 발표된다—와 착상이 같다.

이컨에 관한 멋진 텍스트에 다시 등장한다. 쿤데라는 이 텍스트를 자신이 예찬해 마지않는 베이컨의 그림에 대한 분석의 서문으로 쓴다.

> 나는 돌연 그녀를 강간하고 싶은 욕망을 느꼈다. 나는 내가 무슨 말을 하는지 잘 안다. 그녀를 강간하고 싶은 욕망이지, 그녀와 사랑을 나누고 싶은 욕망이 아니다. 나는 그녀의 애정을 바라지 않았다. 나는 그녀의 얼굴에 내 손을 난폭하게 대고, 견딜 수 없도록 자극적인 그녀의 그 모순들 전부와 함께, 단숨에 그녀를 송두리째 취하고 싶었다.

그러고는 이렇게 덧붙인다.

> 부적절하고 용납할 수 없는 욕망이지만, 그렇다고 해서 그것이 그만큼 비현실적인 욕망인 건 아니다. 나는 그것을 부정할 수 없을 것이다—그리고 프랜시스 베이컨의 그 3부작 초상화를 바라보자니, 마치 그때의 기억이 되살아나는 것 같다. 화가의 시선은 마치 그녀의 정수를, 내면 깊은 곳에 감추어진 그 다이아몬드를 탈취하려는 난폭한 손처럼 얼굴에 놓여 있다. (…)우리 모두에게는 이런 난폭한 몸짓, 타인의 얼굴을 마구 구겨버리는 이런 손의 움직임이 있다.

《만남》, t. II, p. 1132.

한편 미레크는—그 자신조차 경악하게 하는—이 충동을 어떤 더 깊은 불행의 징후로 여긴다. 어떤 공허의 현기증이, 체코슬로바키아에서 더는 살 수 없을 것 같은 예감과 결합한다.

> R.을 범하고 싶었던 그 터무니없는 욕망은 단지 추락하는 도중에 무언가를 붙잡으려는 절망적 노력 같은 것이었는지도 모른다. 그들이 나를 원무에서 축출한 뒤로 나는 계속해서 추락해왔고, 지금도 추락하고 있기 때문이다. 그리고 그들은 내가 더 멀리, 더 깊이 떨어지도록 나를 다시 한번 떼밀었다. 내가 내 나라에서 점점 더 멀어져, 나의 모든 말을 뒤덮는 천사들의 끔찍한 웃음소리가 울려 퍼지는 세계의 황량한 공간 속으로 떨어지도록 말이다.
>
> 《웃음과 망각의 책》, t. I, p. 998.

노벨상에 대하여 II

이는 알랭 핑켈크로트의 가설이다. 아무리 소설이 허구라고 해도, 오늘날 우리가 "정치적으로 부적절"하다고 하는 표현이나 사람들이 가정하는 밀란 쿤데라의 여성혐오가 노벨상의 걸림돌이 되었으리라는 것이다. 물론 핑켈크로트도 그것이 "오해"요 "엉터리 소송"이라고 말한다. "사실 그가 불쾌하게 여기는 어떤 페이소스스랄지 여성적 히스테리 같은 게 있기는 하죠" 하고 그가 설명한다. "하지만 그는 그것을 일반화하는 걸 경계합니다, 더구나 그의 가장 감동적이고 가장 매력적이고 가장 긍정적인 등장인물들은 여성들이잖아요. 《참을 수 없는 존재의 가벼움》의 사비나, 《불멸》의 아녜스, 《농담》의 루치에 등 말입니다. 하지만 일부 페미니스트들은 그가 몇몇 여성들을 대상으로 그린 풍자화를 용서하지 않았죠. 그녀들은 일종의 페미니스트 판版 사회주의적 사실주의를 원하니까요. 그녀들에 의하면 모든 여성이 긍정적인 등장인물이어야 하는데, 쿤데라의 작품은 그렇지 않죠. 그래서 그는, 필립 로스가 그렇듯이, 노벨상의 영원한 낙제생인 겁니다."[77]

2022년. 여행 수첩 - 프라하

프라하의 내 동네 지즈코프에서의 아침 식사. 햇살에 잠긴

---

77) 장-도미니크 브리에르, 《밀란 쿤데라, 작가의 일생》(에크리튀르 출판사, 2019년)에서 인용. p. 211~212.

방에서 깨어남. 순수한 푸른빛 겨울. 고요. 관능. 《이별의 왈츠》에서 주운 한 문장.

> 이 나라에선 이제 사람들이 아침을 소중히 여기지 않아요. 도끼질하듯 난폭하게 아침잠을 깨뜨리는 자명종 소리에 깨어나선 곧바로 끔찍하게 부산을 떨어대죠. 그런 폭력적인 행위로 시작된 하루가 어떤 하루가 될 것 같으세요? 매일 잠에서 깨는 일이 하나의 작은 전기쇼크 같은 사람들에게 무슨 좋은 일이 일어날 수 있을까요? 매일매일 폭력에 익숙해지고 매일매일 기쁨을 잊게 되죠. 정말이지 한 인간의 성격을 결정짓는 건 어떤 아침을 보내느냐에 달린 것 같아요.

《이별의 왈츠》, t. I, p. 758.

2021년. 여행 수첩 – 마리앙바드

이곳 도시들은 오늘날 러시아인들이 즐겨 찾는 여행지로, 그들은 도시 주요 부분들을 통째 사들이고 있다. 하지만 관광객들의 침범에도 불구하고, 보헤미아 지방의 이 온천 도시들은 여전히 매력적이다. 그중 가장 잘 알려진 도시인 카를로비 바리 혹은 마리안스케 라즈네는 예전에는 카를스바트와 마리앙바드로 불렸다. 예전이란 오스트리아-헝가리 제국 때를 말한다. 사람들은 온갖 병을 치료하러 이곳을 찾아 왔다. 저녁이 되면 궁전들에 모습을 드러냈고, 연주회에 참석하려고 외출하곤 했다. 오늘날에도 사람들은 계속 이곳 온천들을 '점거'하지만, 요즘은 음료를 마지막 한 방울까지 빨아 마실 수 있게 해주는 빨대가 꽂힌 이상한 잔과 함께다. 유황 냄새랄지 썩은 달걀 냄새를 풍기는 기적의 음료! 사람들은 괴테와 쇼팽의 유령이 어른거리는 유명 주랑柱廊 아래에서 이 온천 저 온천을 떠돈다. 어떤 유럽이 이곳에 자신의 마지막 불꽃을 던져놓았다. 마리앙바드. 그 이름만 들어도, 추억의 애수에 잠기게 된다.

쿤데라가 《이별의 왈츠》의 배경으로 삼은 곳이 바로 여기, 이 온천 도시들 가운데 하나다. 그의 왈츠는 다음과 같은 메모로 시작된다.

> 가을이 시작되어 나무들이 노란색, 붉은색, 갈색으로 물들고 있다. 그래서 아름다운 골짜기에 자리한 작은 온천 마을은 마치 화염에 휩싸인 듯하다. 온천장 아치형 통로 아래로 여자들이 왔다 갔다 하며 온천물 쪽으로 몸을 기울이기도 한다. 아이를 갖지 못한 여성들인데, 온천 요법으로 자식을 얻길 기대한다.

《이별의 왈츠》, t. I, p. 743.

1972년. 이별의 왈츠.

종말의 예감

《이별의 왈츠》는 치료 기간인 닷새에 걸쳐 펼쳐지는 소설이다. 사랑과 우연의 유희에 관한 또 한 편의 변주—《우스운 사랑들》에 실린 단편 〈심포지엄〉을 상기시키는 면이 없지 않다—라 할 수 있으나, 어조가 보드빌 풍이다. 외도하는 남자들, 복수를 고심하는 질투하는 아내들, 실수로 임신한 애인들, 종교에 깊이 빠진 성자 전문가, 그리고 특히, 환자들 몰래, 하지만 그들의 큰 행복을 위해 자신의 정액으로 환자들을 임신시키는 돌팔이 산부인과 의사도 한 명 등장하는데, 그래서 이 지역에 작은 산부인과들이 넘쳐난다.

속임수, 사기, 조종 등, 이 코미디 전체가 이러한 주제를 중심으로 돌아가며, 인간의 삶과 생식이라는 주제도 다뤄진다. 그 모든 이야기가 그로테스크하기도 하고 진지하기도 한 노련한 농담조로 펼쳐진다. 야쿠프의 입을 통해 뱉어지는, 인간이라는 족속과 인류의 생식이라는 끔찍한 드라마에 대한 익살맞은 몇몇 단락은 새삼 음미해볼 만하다.

> "제가 어머니의 수를 늘리는 걸 원치 않는 또 하나의 이유…" 하고 야쿠프는 약간 당황해하며 말했다. "저는 여인의 육체를 좋아하는데, 사랑하는 여인의 젖가슴이 우유 가방으로 바뀌

는 걸 생각하면 구역질이 나기 때문이죠."

《이별의 왈츠》, t. I, p. 819.

다른 이유는?

"정말 역겨워요. 아이에 열광하는 다른 수많은 이들과 함께, 나도 바보같이 실실거리며 요람을 들여다보게 될 수도 있다는 걸 생각하면 등골이 오싹합니다."

《이별의 왈츠》, t. I, p. 820.

다른 이유는?

"물론 내 자식을 어떤 세계로 내보내게 되는지 자문해봐야 하는 거죠. 학교는 지체하지 않고 애들을 데려가서 그들 머릿속을 진리와 반대되는 것들로 가득 채우려 할 겁니다. 내가 헛되이 평생을 두고 싸웠던 바로 그것들로 말입니다. 내 자식이 내 눈앞에서 바보 같은 순응주의자가 되는 걸 지켜보기만 해야 할까요? 그렇지 않으면 내 생각을 아이에게 주입해 그 아이도 나와 똑같은 갈등 속으로 끌려들어 가는 걸 보며 괴로워해야 할까요?"

《이별의 왈츠》, t. I, p. 820.

마지막 이유?

"아이를 갖는다는 건 인간과의 절대적 합의를 의미해요. 내가 아이를 갖는다는 건, 나는 태어나서 인생을 맛보았고 인생이 너무나 좋기에 되풀이할 만하다고 얘기하는 것과 같죠."

"그러니까 당신은 삶이 좋게 생각되지 않는다는 건가요?" 하고 베르틀레프가 물었다.

야쿠프는 자기 생각이 명확히 전달되기를 바랐다. 그래서 신중하게 얘기했다. "제가 아는 건 단 한 가지, 즉 '인간은 멋진 존재다. 그래서 나는 인간을 재생산하고 싶다'라는 말을 결코 전적으로 확신하고서 할 수는 없다는 거죠."

《이별의 왈츠》, t. I, p. 820~821.

(이 대목에서 하나 지적해둘 것은, 이 출산 반대 철학이 쿤데라의 작품에서 남성 등장인물들의 전유물이 아니라는 사실이다. 소설 《정체성》에서 샹탈은, "한 아이는 유모차에 태우고 다른 두 아이는 등과 배에 짊어지고 가는" 젊은 아빠들을 지켜보다가, 가지마다 자손들을 매단 "아이 나무들" 같다며 그 남자들을 가볍게 조롱한다.[78])

---

78) 밀란 쿤데라, 《전집》, t. II, p. 375.

《이별의 왈츠》 표지를 위한 쿤데라의 데생

우리는《이별의 왈츠》를 읽으며 웃음을 참지 못한다. 의도적이고 해방적인 과격한 언사와 끊임없이 마주치게 된다. 하지만 책 제목이 암시하듯이, 이 모든 것은 종말에 관한 생각으로 귀착한다. 가을의 마지막 불꽃, 일대를 '에워싸는' 화염으로 시작하는 도입부의 풍경에 이미 종말이 어른거린다. 불확실한 미래를 나타내는 여러 측면의 하나에 다름 아닌 불임不姙이라는 주제도 마찬가지다. 왈츠는 등장인물들을 도취시킨다. 하지만 그들이 춤을 추는 동안 배는 가라앉는다. 출판이 금지된 쿤데라는《이별의 왈츠》가 자신의 마지막 책이라고 확신했다. 그 자신이 글쓰기에 작별을 고하는 것이라고. 그래서 그는 한때 이 책에 '에필로그'라는 제목을 달았다.

외양이 이토록 가벼우면서도 이만큼이나 '속이 꽉 찬' 소설은 드물다. 애수가 다양한 형태로 소설 곳곳에 분산되어 있다. 독자 없는 작가에 대한, 버림받은 사람에 대한, 프라하의 봄의 싹에 대한, 이 세상을 떠난 아버지에 대한 애수. 조국을 떠날 결심을 할 수밖에 없는 사람에 대한 애수도 있는 것 같다.

야쿠프라는 등장인물 역시 미래를 예견할 줄 아는 사람 같아서 하는 말이다. 소설 중반, 그가 어느 외국 대학의 초청을 받아 떠난다는 사실을 통지하러 왔을 때가 그렇다. 그는 제안받은 자리를 받아들이고 외국으로 살러 떠난다. 이때가 1972년이다. 그 3년 뒤 쿤데라가 프라하를 떠난다는 사실을 아는 사람이라면, 이를 그의 미래에 대한 전조로 해석하지 않겠는가?

하지만 《이별의 왈츠》의 체코어판 작가 노트에서, 소설가가 하는 말은 정반대다. 그는 야쿠프를 자신의 분신으로 삼을 생각이 추호도 없었다. "나는 외국으로 이민 간다는 생각은 꿈에도 하지 않았던 시기에 이 소설을 썼다. 그 시기 나는 내가 조국을 떠나서는 살 수 없는 사람들에 속한다고 굳게 확신했다."

하지만 굳이 점성술을 믿지 않더라도, 우리는 야쿠프의 선견지명이 장차 실현될 예언 하나를 이 책에 밝혀놓았음을 확인할 수 있다. 간혹 작가들은 상상력의 힘에 기대 시간을 앞질러 가기도 한다. 그들의 등장인물이 그들을 위해 결정을 내린다. 1975년 8월, 자신의 작은 자동차를 몰고 체코슬로바키아를 영원히 떠날 때, 다른 누구보다 쿤데라 자신이 작품과의 이 유사성에 놀라게 될 것이다.

1973년. 체코어를 쓰는 프랑스 작가

"체코어를 쓰는 프랑스 작가." 1970년대 초에 밀란 쿤데라는 자신을 그렇게 규정한다. 당연하다. 그는 고국에서는 출간을 금지당했지만 프랑스에서 두각을 나타내기 시작한다. 지식인들이 그에게 관심을 기울인다. 이미 1964년에, 훗날 단편 소설집《우스운 사랑들》에 실리게 될 단편〈아무도 웃지 않을 것이다〉가 장 폴 사르트르가 이끄는〈현대〉지에 발표된 바 있다. 1968년에는《농담》의 프랑스어판이 루이 아라공의 서문을 달고 출간되고, 쿤데라는 소설 홍보차 프랑스를 방문한다. 이 소설의 수용은 오해를 낳지만—소련군이 프라하를 침공한 해인 1968년에 출간된 탓에, 프랑스인들은 절대적으로 《농담》을 '반체제' 작가의 소설로 여긴다—, 프랑스와의 관계가 맺어진다. 영원히 지속될 관계다. 이후 그 관계는 날이 갈수록 점점 더 강화된다. 1970년에는 《우스운 사랑들》의 프랑스어판이 출간된다. 1973년에는 《삶은 다른 곳에》가 메디치 외국문학상을 수상한다. 1974년에는 아미앵 문화회관에서 처음으로 무대에 올랐던 희곡 《열쇠의 주인들》이 '동東 파리' 극장에서 재상연된다. 요컨대, 5년 사이에 쿤데라가 프랑스에서만큼 많은 작품을 출간한 적은 없다. 이는 클로드 갈리마르라는 사람 덕분이다. 또한 쿤데라가 "우연들의 공모"라고 부르는 것 덕분이기도 하다.

클로드 갈리마르, "유럽 문화계의 거물"

"우연들의 공모", 혹은 일련의 우발사건? 밀란 쿤데라는 이 모든 것이 어떻게 나쁘게 시작되었는지를 즐겨 이야기하곤 했다.[79] 1967년, 《농담》을 출간한 체코 출판사가 저자에게 알리지 않은 채 그의 책을 프랑스의 갈리마르 출판사로 보낸다. 갈리마르의 편집자는 책을 파리의 체코인 검토부원

---

79) 〈르 누벨 옵세르바퇴르〉(2011년 2월 8일)에 실린 밀란 쿤데라의 글 〈우연들의 공모〉를 참고할 것.

에게 맡겼고, 이 검토부원은 똑 부러지게, "형편없는 소설"(쿤데라가 한 말이다)이라고 말한다. 그러자 프라하 출신 지식인 안토닌 리엠이 책을 집어 루이 아라공에게 가져간다. 시집 《엘자에 미친 남자》의 저자 아라공은 체코어를 읽지 못하나 리엠을 믿고 쿤데라의 책을 클로드 갈리마르에게 주면서, 그 소설을 번역 출간하면 자신이 서문을 써주겠다고 약속한다.

"그리고 우연들의 공모는 계속됩니다"라고 쿤데라가 말한다. "아라공은 번역 원고를 1968년 8월에 받아보는데, 러시아 장갑차들이 체코슬로바키아를 침공할 때였어요. 아, 그 장갑차들, 참 대단한 홍보였죠! 《농담》은 세계 곳곳에서, 파렴치하게, 허둥지둥 번역(오역)되었습니다. 금방 잊히게 될 반공 팸플릿처럼 말이죠."

한데, 늘 그렇듯, 바로 이 지점에서 편집자의 역할이 중요해진다. 클로드 갈리마르의 주의력과 직감이 빛을 발한다. 러시아 점령기 때는 국경이 완전히 폐쇄되지는 않았다. 서구의 일부 작가들, 예컨대 클로드 루아 같은 작가는 엄중 감시하에, 체코 동지들을 만나러 프라하에 갈 수 있었다. 대체로, 편집자가 거기에 가는 일은 없었다. "단 한 사람만 예외였죠" 하고 쿤데라가 얘기를 계속한다. 그 예외가 바로 클로드 갈리마르였다. "그는 여러 차례 방문했습니다." 2011년 〈르 누벨 옵세르바퇴르〉 지에, 쿤데라는 클로드 갈리마르가 "베스트 셀러를 좇는 사업가로서가 아니라, 사경에 처한 한 문화를 후원하고자 애쓰는 유럽 문화계의 거물로서" 프라하를 방문했다는 사실을 강조한다.

동구 방문이라는 위험을 무릅쓸 때, 클로드 갈리마르는 실제로 감시를 받긴 했지만, 프랑스를 대표하는 공산주의자 시인 루이 아라공의 책을 펴내는 편집자였기에 StB의 눈에 프랑스 공산당과 친한 인사로 여겨진다. 대개 그는 잘 알고 지내던 프라하 초현실주의 화가 아돌프 호프마이스터의 집에 머문다. 그러곤 극비리에, 밀란에게 저작권료를 전달한다. 이 돈이 없었다면 부부는 아마 생계가 곤란했을 것이다. 그리고 역시 극비리에, 쿤데라의 원고를 가방에 담아 귀국한다. 그런 식으로 쿤데라의 책 두 권이 국경을 넘는다. 《삶은 다른 곳에》와 《이별의 왈츠》다. 클로드 갈리마르와 밀란 쿤데라는 흐르는 세월과 더불어 우정과 예찬이 바탕이 된 깊은 상호 신뢰 관계를 구축한다. 밀란은 누차 말했다. 클로드 갈리마르가 없었다면, "나는 결코 체코슬로바키아를 떠나지 않았을 것이다. 아마 글쓰기를 그만두었을 것이다"라고.

자화상이 담긴 편지

1991년, 클로드 갈리마르가 사망했을 때, 밀란 쿤데라는

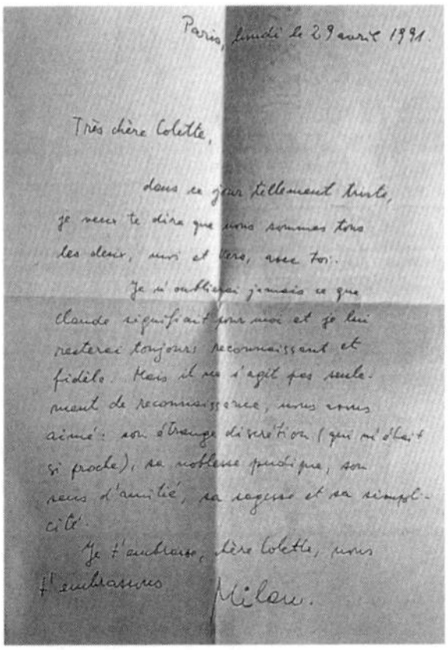

Paris, lundi le 29 avril 1991.

Très chère Colette,

dans ce jour tellement triste, je veux te dire que nous sommes tous les deux, moi et Vera, avec toi.

Je n'oublierai jamais ce que Claude signifiait pour moi et je lui resterai toujours reconnaissant et fidèle. Mais il ne s'agit pas seulement de reconnaissance, nous avons aimé: son étrange discrétion (qui m'était si proche), sa noblesse pudique, son sens d'amitié, sa sagesse et sa simplicité.

Je t'embrasse, chère Colette, nous t'embrassons

Milan.

1991년, 클로드 갈리마르가 사망했을 때,
그의 두 번째 부인 콜레트 뒤아멜에게 쓴 밀란 쿤데라의 편지

그의 두 번째 부인 콜레트 뒤아멜에게 편지를 쓴다. 한쪽에 불과한 짧은 편지로, 그 절제와 간결함이 나를 놀라게 한다. 내 눈에는 그의 충실한 친구 클로드의 초상화 뒤로 그의 자화상 스케치가 비춰 보이는 것 같다. 나더러 쿤데라의 뚜렷한 특징을 다섯 가지만 꼽으라고 한다면? 아마도 나는 그가 이 편지에서 언급하는 다섯 가지 특징을 그대로 다시 취할 것이다—유난스러운 신중함, 조심스러운 고상함, 남다른 우정 감각, 지혜로움, 소박함. 여기에 여섯 번째 특징을 하나 덧붙일 수 있을 것이다. 이 역시 우리 시대에 역행하는 것으로, 프랑스어로는 어떻게 표현해야 할지 아직 잘 모

르겠다. 앵글로색슨 사람들은 판단하지 않는 사람을 "non judgemental"이라고 한다. 그리고 의심의 여지 없는 일곱 번째 특징, 그것은 바로 유머다. 그의 말을 빌려 말하면, "인간사의 상대성에 대한 도취요, 확실한 것은 없다는 확신에서 오는 기이한 즐거움"이다.

1975년. 삶은 다른 곳, 렌에…

밀란과 베라를 체코슬로바키아 밖으로 빼내기 위해 클로드와 콜레트 갈리마르가 손을 쓴다. 그녀의 아들 질이 내게 보여주는 콜레트의 편지가 그것을 증명한다. (그 편지 원본을 내 손으로 직접 쥐어보니 감격스럽다. 나는 1975년 2월의 어느 차가운 날 푸르키뇨바 가의 작은 집에 당도한 이 편지를 상상해본다. 기쁨과 두려움이 뒤섞인 열띤 마음으로 편지를 개봉하는 밀란의 모습이 보인다. 《농담》의 한 문장—"머리를 아래로 향한 채, 삶 전체가 곤두박질쳤다."[80]—이 절로 떠오른다.)

그렇다, 분명 그는 렌 대학에 교수로 임용되었다. 비교문학 담당 교수다. 일 년 전, 렌 제2대학 이탈리아어 교수 도미니크 페르낭데즈가 그의 이름을 제안했고 그 제안이 받아들

80) 밀란 쿤데라, 《전집》, t. I, p. 313.

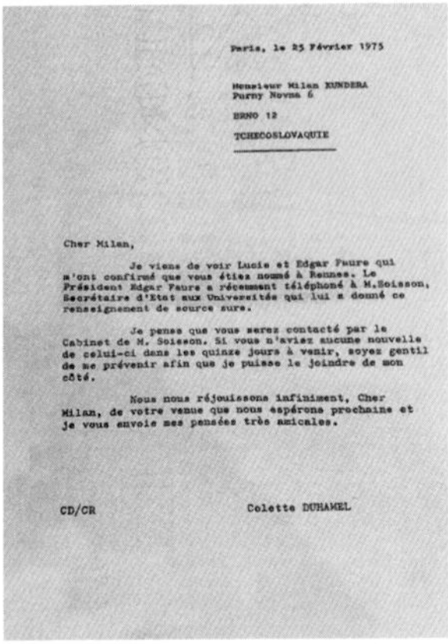

Paris, le 25 Février 1975

Monsieur Milan KUNDERA
Purny Novna 6

BRNO 12

TCHECOSLOVAQUIE

Cher Milan,

Je viens de voir Lucie et Edgar Faure qui m'ont confirmé que vous étiez nommé à Rennes. Le Président Edgar Faure a récemment téléphoné à M.Soisson, Secrétaire d'Etat aux Universités qui lui a donné ce renseignement de source sure.

Je pense que vous serez contacté par le Cabinet de M. Soisson. Si vous n'aviez aucune nouvelle de celui-ci dans les quinze jours à venir, soyez gentil de me prévenir afin que je puisse le joindre de mon côté.

Nous nous réjouissons infiniment, Cher Milan, de votre venue que nous espérons prochaine et je vous envoie mes pensées très amicales.

CD/CR Colette DUHAMEL

1975년 2월 25일 콜레트 뒤아멜이 밀란 쿤데라에게 보낸 편지

여겼다. 길이 열리고 공식 허가가 떨어진다. 밀란은 규정에 맞게 떠나고 싶어 했다. 여권이 준비된다. 그로부터 5개월 후인 1975년 7월 20일, 쿤데라 부부는 체코슬로바키아를 영영 떠난다.

1975년. 프라하여 안녕. 한 반생半生의 끝

영영 떠난다고? "천만에, 전혀 그렇지 않아요" 하고 쿤데라가 내 말을 수정한다. 그날, 나는 그들이 사는 레카미에 가 아파트의 같은 층계참에 있는 그의 작은 사무실에서 그와 함께 있다. 얼마 전에 우리는, 베라와 함께, 〈프랑스 퀼튀르

France Culture〉 방송이 내게 의뢰한 라디오 방송 계획에 대해 상의했다. 밀란이 자신의 작품을 요약하는 일련의 핵심어들을 방송에서 낭송하는 것이다. 그의 유명한 '주제어들'. 우리는 그가 방송에서 읽을 그 글을 합의해서 선별해야 했다. "텍스트만 읽는 겁니다"라고 밀란은 내게 세 번이나 다짐을 받았다. "질문도 해설도 없는 거예요." 그럼요, 밀란, 그럼요.

그날, 우리는 어느 친구가 그에게 선물한 꿀물을 함께 마셨다. 수년 후 내가 체코 도시 체스키 크룸로프의 어느 작은 중세풍 레스토랑에서 마시게 되는 것도 이 음료다. 그의 단골 레스토랑 '라 그르누이에르'에서도 이 음료를 만든다…. 대화 중에 내가 그에게 1975년 7월 20일 프라하를 떠날 당시의 얘기를 좀 들려달라고 부탁한다. 밀란이 웃으며 말한다. "우리는 그저 몇 년 동안만 떠나 있을 거라고 확신했어요…. 몇 년간 렌 대학에서 부교수로 일하는 게 다라고 말이죠. 체코슬로바키아로 되돌아갈 수 있다는 생각이 나에게는 대단히 중요했어요."

그가 거듭 말한다. "대단히 중요했어요."

오늘에야 나는 이 "대단히 중요했다"가 진짜 대단히 중요했음을 조금은 헤아린다. 바로 이 지점이 두 사람이 겪게 될 드라마의 핵심이다. 그들의 삶 전체를 짓누르게 될 고통과 후회의 원천이다.

"작은 전갈, 너는 보헤미아에서 죽지 않을 거야"

베라는 종종 내게 그 장면 얘기를 들려주었다. 푸른색의 작은 '르노 5' 자동차를 몰고 프라하를 떠나는 두 사람. 나는 눈을 감고 그들의 뒷모습을 본다. 마르탱과 내가 파-드-칼레의 도로 위에서 두 사람을 자동차로 뒤쫓아가던 날처럼 우아한 두 사람의 실루엣. 베라가 나의 몽상을 중단시킨다. "거의 아무것도 가져가지 않았어. 책을 담은 종이 상자 몇 개와 옷 몇 벌이 다였지. 되돌아온다고 확신했으니까."

하지만 점괘를 믿는 사람들이라면 신호로 여길 만한 것이 있긴 했다. 출발하기 전, 베라는 M. 레자니나라는 점쟁이를 찾아가 운세를 보았다. "그 사람은 아주 딱 잘라 말했어. '작은 전갈, 너는 보헤미아에서 죽지 않을 거야'라고."

침묵의 눈부심

그들은 떠난다. 바이에른주를 가로질러 가서 알프스에서 멈춰 선다. 자유다!

때는 1975년 7월 20일.

《웃음과 망각의 책》에는 타미나와 그녀의 남편이 '서방'으로 작은 자동차를 몰고 가며 프라하에서 보낸 최근 몇 해를 돌이켜보는 장면이 나온다. 그는 직장에서 쫓겨나, 갈수록 더 굴욕적인 하급 일자리들을 전전하며 중상과 고발과 비난에 시달리지만, 어떤 사람도, 심지어 친구들마저도 그를 옹호해주지 않는다…. 그렇게 그들은 그들 자신의 나라에서 유배당한 채, 애써 자신들의 존재를 감추며, 마치 '두 문둥병 환자'처럼 삶 같지 않은 삶을 산다.

그렇다, 서방으로의 이 여행은 되찾을 가벼움에 대한 약속이다. 역설적이지만, 표현의 자유가 보장된 나라에서, 쿤데라가 먼저 맛보는 건 침묵의 맛이다. 아주 오래전부터 그들 뜻에 반해 그들을 '오염시켜온', 사람을 지치게 하는, 독성이 있는, 귀에 거슬리는 소음을 대체하는 침묵.

> 탈출 후 첫째 날 밤, 어느 알프스 마을의 작은 호텔에서 잠이 깼을 때, 그들은 자신들이 이제까지 살아온 세상으로부터 단절된 채 혼자라는 사실을 깨달았다. (타미나)는 해방과 안도의 감정을 느꼈다. 그들은 멋지게 둘이서만 산속에 있었다. 그들 주위로 믿기 힘든 침묵이 흘렀다. 타미나는 그 침묵을 뜻밖의 선물로 받아들이면서, 남편은 박해를 피해 조국을 떠났고 자신은 이런 침묵을 찾아 떠났다고 생각했다. 남편과 그녀를 위한 침묵. 사랑을 위한 침묵을 찾아.

《웃음과 망각의 책》, t. I, p. 1015~1016.

렌, 브르노 로路에서

이 침묵, 이 평화, 그들은 여행 도중에 들른 성당들에서 그것들을 다시 발견한다. 뭐에 홀리기라도 한 듯, 그들은 그 성당들을 하나도 빼먹지 않고 들른다. 스트라스부르, 랭스, 아미앵…. "모든 것이 너무나 아름다웠다. 장엄했다"라고 쿤데라는 기억한다. "그렇게 해서 우리는 그 여정에서 유일하게 추한 도시 렌에 도착했다. 나는 브르노가 세상에서 가장 추한 도시라고 생각했는데…."

몇 년 후 베라 — 그녀는 렌과 브르타뉴 지방을 좋아한다 — 는 이렇게 덧붙인다. "제일 재미있었던 건, 이 도시로 들어올 때 표지판을 올려다보는데 뭐가 눈에 띈 줄 알아? 브르노 로路가 보이는 거야! 또 하나의 신호랄까, 우리로선 정말 믿을 수가 없었지. 나중에야 나는 두 도시가 자매결연을 맺었다는 사실을 알게 되었어. 그러니까 브르노에도 렌 가街가 있는데, 나는 한 번도 보지 못했던 거야."

또 하나의 신호일까? 렌에서 그들은 건축이 별로 마음에 들지 않는 탑처럼 높은 아파트의 맨 꼭대기 층인 30층에 입주한다. 첫날 저녁에는 실망을 금치 못했으나, 쿤데라는 《웃음과 망각의 책》의 화자의 입을 빌려 이렇게 말한다. "이튿날 아침, 햇살에 잠이 깼을 때, 나는 그 커다란 창문이 동쪽

"이튿날 아침, 햇살에 잠이 깼을 때, 나는 그 커다란 창문이 동쪽으로, 프라하 쪽으로 나 있다는 걸 깨달았다."

으로, 프라하 쪽으로 나 있다는 걸 깨달았다."[81]

현실에 자신의 이전 세계를 투사하는 건 이민자의 반사적 반응 같다. 아이작 싱어도 고국 폴란드를 떠났을 때, 뉴욕의 고급 주택단지 어퍼웨스트사이드의 아파트를 거처로 선택했다. 그곳의 뜰이 바르샤바의 주택단지 뜰을 상기시켰기 때문이다.

81) 앞의 책, p. 1043.

망명의 행복

기쁨과 리토스트의 대결에서, 현재로선 기쁨이 우세하다.

밀란은 대학에서 가르치는 일의 즐거움을 되찾는다. 더는 문학과 영화를 가르치지 않고 카프카와 중부유럽 소설에 관한 강의를 하지만, 렌 대학 학생들은 프라하 영화 아카데미 청년들 못지않게 열성적이다. 그때와 하나 달라진 것이 있다면, 루제나 오스트라 부인—브르노 시절의 옛 프랑스 문학 선생—의 프랑스어 수업이 그에게 프랑스어의 탄탄한 기초를 다져주긴 했지만, 세미나 준비에 많은 시간을 들여야만 한다는 것이다.

루테시아 호텔에서 내가 그에게 묻는다.

"어렸을 때 이미 프랑스어를 배우지 않으셨나요?"

그가 어깨를 으쓱하며 대답한다.

"맞아요, 10살 때부터, 부모님의 체코인 친구분과 결혼한 자이타멜 부인이라는 프랑스 여성에게서 배웠죠. 하지만 당시에는 별 관심도 없었고, 그저 부모님을 기쁘게 해드리려고 배운 거예요. 프랑스 문학에 심취한 건 나중의 일이고요. 1974년, 떠나는 게 가능해졌음을 느끼고서야 본격적으로 프랑스어를 공부하기 시작했죠. 집중 회화 공부를 말입니다!"

난생처음 시도하는 프랑스어 강의에 스트레스가 따르지 않을 리 없다. 베라는 이렇게 말한다. "우리가 렌에 도착했을 때만 해도 밀란의 머리카락은 여전히 갈색이었어. 한데 몇 달이 채 지나지 않아 완전히 하얗게 돼버리더라고."

도착 당시 베라는 영어, 독일어, 러시아어, 체코어는 해도 프랑스어는 하지 못했다. "내가 입을 열면 모두 다 웃었어…. 자원봉사 어릿광대였달까! 내가 가게에 가서 레포르(서양고추냉이)를 달라고 하면 로크포르(프랑스의 유명 치즈)를 주는 식이었지…."

하지만 그녀의 프랑스어 실력은 빠르게 발전한다. "렌 대학에서 3년 동안 배웠는데, 이젠 체코에서 프랑스 문학을 강의할 수 있을 정도야" 하고 그녀가 약간은 자부심 어린 어조로 덧붙인다.

"우리의 프랑스살이에서 가장 좋았던 4년"

그러니까 그들의 프랑스살이는 특정한 행복감으로 시작되는 셈이다. 문학 창작의 고통스러운 짐을 잠시나마 내려놓은 행복. 더는 개인으로서의 사생활 이외의 것에 대해 생각하지 않아도 되는 행복. 《자크와 그의 주인》에 나오는 이 말을 잊지 말자— "나는 극도로 정치화된 세계의 덫에 걸린 쾌락주의자였다."

브르타뉴에서, 이 행복이 절정에 이르는 때는 여름, 밀란과 베라가 벨-일 섬에서 여름 휴가를 보내는 때다.

"첫해에는 이 섬 맨 끄트머리에 있는 '아포티케르리'에서 보냈어. 이 장소가 너무나 마음에 들어 이듬해에도 이곳에 머물 집을 물색했지. 그러다 우리를 매료시킨 물레방아를 세놓는다는 광고를 보게 된 거야. 인적이 드문 오지 한가운데에 있는 그 물레방아는 정말 경이로움 그 자체였어. 아침에는 둘이 같이 산책을 하고, 밀란은 오후에 글을 썼어. 내가 타자기를 가져갔는데, 그가 《웃음과 망각의 책》을 구술해주었지."

"그러니까 밀란은 오후에 글을 썼군요? 반대로 침대에서 막 일어나 아이디어가 활기차게 솟는 아침나절에 글을 쓰는 작가들이 많을 것 같은데요."

베라가 어깨를 으쓱하며 대답한다.

"그는 때와 장소를 가리지 않았어…. 좀 걷고 나서 모든 걸 구술해주곤 했지. 메모 같은 것도 전혀 없이…."

오지의 물레방아에서 지내는 두 사람, 돈키호테를 좋아하고 고독을 사랑하는 쾌락주의자인 그에게 참 잘 어울리는 풍경이다. 이때가 1976년 여름, 혹서로 유명했던 여름이다. 그들은 수영복 차림으로, 정원에서 지낸다.

"마시고, 웃고 떠들고 그랬지, 그때가 우리의 프랑스살이

"물레방아 아래, 일광욕용 의자에 앉아 있는 남자들이 보인다.
포르만은 제작 중인 영화나 어떤 책에 대해 논의하는 듯,
손에 종이를 든 모습이다."

에서 가장 좋았던 4년이었어."

로크마리아의 이 부르의 물레방아—쿤데라와 잘 어울리는 아이러니한 이름이다—에, 밀란과 베라만 있는 건 아니다. 작가이자 비평가인 클로드 루아 같은 오랜 프랑스 친구라든가, 역사가 피에르 노라 같은 새 친구가 될 사람들이 두 사람을 찾아온다. 한 해 전에 유명한 영화 〈뻐꾸기 둥지 위로 날아간 새〉를 발표한 밀로시 포르만 같은 옛 체코 친구도

있다. 그해 여름 포르만은 여배우 오로르 클레망과 함께 방문했다. 이 사진들에는 물레방아 아래, 일광욕용 의자에 앉아 있는 남자들이 보인다. 포르만은 제작 중인 영화나 어떤 책에 대해 논의하는 듯, 손에 종이를 든 모습이다.

이해 여름, 밀란과 베라는 '마민카', 즉 밀란의 어머니 밀라다도 벨-일 섬으로 초대했다. "여기 계시잖아, 카르낙에서 찍은 이 사진에 말이야"라고 베라가 설명해준다. "어머니께 카르낙과 파리 구경을 시켜줬어. 그리고 여기, 오른쪽의 흰 옷 입은 사람은 내 아버지셔. 드라베크 숙부님과 함께 오셨지." 아래위로 하얗게 차려입고 바다 앞에서 지팡이를 짚고 선 늘씬한 남자의 우아한 실루엣. "하지만 당시 몹시 피로한 상태였어." 베라는 아버지가 수년 전에 프라하에서 체포당한 얘기를 다시 한번 들려준다.

"우리 아파트 일부를 어느 프랑스 여자에게 세주었는데 그녀가 아버지를 경찰에 넘겼어. 그 여자가 누구인지, 그 시절에 그녀가 체코슬로바키아에서 뭘 했는지—좀 이상하긴 해—는 묻지 마. 내가 아는 건 그녀가 고양이를 한 마리 길렀고 내 아버지를 고발했다는 것뿐이야. 아버지가 여자 친구와 함께 호주로 이주할 계획을 꾸몄다고 주장했지. 그것 때문에 아버지는 감옥에서 5년을 보냈어. 돌아왔을 때 보니, 심

베라의 숙부 드라베크와 아버지

혈관 장애를 일으켜 반신불수가 되었더라고. 사진 왼쪽은 아버지 사촌인 드라베크 숙부님이야. 검사였는데 프랑크를 사형시킬 수 있었던 건 이 숙부님 덕분이야. 내겐 참 자랑스러운 분이지." 베라가 언급한 인물은 2차 세계대전 때 하인리히 히믈러의 측근이자 보헤미아-모라비아 보호령 치안 총책으로 일하며 막강한 권력을 휘두른 SS 장군 카를 헤르만 프랑크다.

그는 1945년에 교수형에 처해졌다.

베라는 한숨을 쉬고 나서 다시 한번 사진을 찬찬히 살펴본다. "숙부님과 아버지는 서로 만나고 싶어 했어. 서로 작별

베라, 밀라다, 밀란. 1976년 여름, 카르낙에서

인사를 하고 싶었던 거야. 그래서 내가 두 분을 마지막으로 함께 벨-일 섬으로 초대한 거지."

베라가 내게 이런 얘기를 들려줄 때, 우리는 레스토랑 '레 카미에'의 야외 테이블에 앉아 있었다. 본의 아니게 길어진 대담 끝에, 그녀가 자리에서 일어나다가 남은 커피를 나의 메모철 위에 엎질렀다. 푸른 잉크가 갈색 물에 섞여 흐려진다. 말들이 지워지고 문장들이 흐릿해진다. 우리는 서로 마주 바라보다가 이 사고가 너무도 의미심장한 것 같아 폭소를 터뜨린다. 엎질러진 커피, 사라지는 삶. 웃음과 망각. 그 순간, 내게는 베라가 쿤데라의 소설에 등장하는 사람 같다. 사랑하는 남편이 하는 이 세계에 대한 매우 아이러니한 해석을 실행하기 위해, 이 지상에, 이곳 레카미에 가에 내려온 어떤 등장인물의 화신 같다.

망각을 망각하기

필생의 계획으로서의 웃기와 잊기. 프라하를, 브르노를 잊기. 괴로움을 줄 수 있는 모든 것을 잊기. 잊기와 웃기. 그런 의미에서, 쿤데라의 망각은 의도된 행위다. 내가 뒤에 남겨두고 온 것을 잊겠다는 것. 슬픈 추억이 되지 않을 만큼 충분히 멀리 떼어놓겠다는 것.

한데 쿤데라에게는 또 다른 유형의 망각이 있다. 바로《농담》에 나오는 망각이다. 모든 것이 너무나 빨리 기억의 지평에서 사라져 결국에는 모든 게 희석되고 증발해버린다는 가슴 시린 생각. 이 생각은 정신의 위기에 대한 발레리의 생각과 결합한다. 문명도 죽고, 문화도 죽는다, 큰 이야기(역사)와 작은 이야기들도 죽는다.

"내 이야기라니, 무슨 이야기?" 하고 쿤데라가 생의 끝자

락에 이르러 묻는다. "내가 책을 썼다고? 그럴지도 모르지. 기억이 안 나."

최근 들어서는 망각을 초월해 있는 것 같다.

쿤데라는 자신이 글을 썼다는 사실을 잊기만 한 게 아니다. 자신이 잊었다는 사실을 잊어버렸다.

망각을 잊는다는 것, 그것은《웃음과 망각의 책》에서 '청바지 입은 청년'이 권하는 바로 그것이다. 잊어간다고 느낄 때(예를 들면 죽은 누군가의 얼굴을), 우리는 잊는 자신을 보면서 자책한다. 그럴 때 망각은 양심의 가책이 된다. 무겁게 우리를 짓누른다. 청바지 입은 청년이 "자신의 망각을 절대 용서하지 않는" 타미나에게 설명해주는 게 바로 그것이다.

> "내가 어떻게 해야 하죠?" 하고 타미나가 묻는다.
>
> "당신의 망각을 잊으세요" 하고 청년이 말한다.
>
> 타미나는 씁쓸하게 웃으며 말한다. "어떻게 해야 하는지 설명해주세요."
>
> "당신은 떠나고 싶었던 적이 한 번도 없나요?"
>
> "있죠" 하고 타미나가 시인한다. "너무도 떠나고 싶어요. 하지만 어디로 가죠?"
>
> "사물이 산들바람처럼 가벼운 곳. 사물이 무게를 잃어버린 곳. 후회가 없는 곳으로요."

"그래요" 하고 타미나가 꿈꾸듯이 말한다. "사물이 아무 무게도 없는 어딘가로 떠나야죠."

《웃음과 망각의 책》, t. I, p. 1076.

이따금 나는 밀란을 볼 때 허공을 향한 그의 시선에 주목한다. 그럴 때는 그가 사물들이 아무 무게도 없는 어딘가로 떠나버린—도착한?—듯한 생각이 든다.

여행 수첩 –
야블로네츠와 보헤미아의 진주

2021년 여름, 체코슬로바키아. 마르탱은 선조들의 자취를 찾아, 옛날에 가블론스로 불렸던 야블로네츠에 방문하고 싶어 한다. 천국 같은 보헤미아의 경이로운 산들에서 그리 멀지 않은 곳이다. 그의 선조들, 보헤미아의 이름난 가계인 '예이텔레스' 선조들은 오스트리아-헝가리 제국 시절에 거기에서 진주를 만들었다. 가블론스, 파리, 베니스 등지에서. 부인용 드레스와 모자 핀에 들어가는 유리 비즈들을 제작했다.

야블로네츠에 있는 '유리 박물관' 진열창에서, 우리는 당시의 아름다운 견본품을 몇 개 발견한다. 그 후 한 가게에서 다른 진주들, 덜 아름다운 현대식 진주들을 사서 마르탱이 그것들로 긴 목걸이 하나를 만든다. 베라에게 줄 선물이다.

그로부터 일 년 후, 베라가 말한다. "마르탱, 당신이 선물한 그 목걸이, 내가 자주 메고 다니던 그 목걸이가 끊어져 버렸어. 진주들이 아파트 구석구석으로 흩어졌지. 가사 도우미와 함께 구슬들을 찾는데 이런 생각이 들더라고. '마르탱에게 무슨 일이 있으려나?' 아니나 다를까, 다음날 라디오 방송에서, 당신도 탈이 나 정부에 사직서를 냈다는 소식이 들리더라고."

남편 가문 사람들에게 그 유리 비즈들은 많은 걸 상징했다. 선조들은 가블론스를 떠나 파리로 올 때, 그것들을 여러 개의 가방에 담아 가져왔다. 그래서 그 진주들은 세브르에 있는 사저私邸, 그들이 수용소로 끌려가기 전에 생을 마감한 그곳까지 그들을 따라오게 되었다. 그들이 체포되었을 때, 진주 상자들은 나치들에게 도둑맞았다. 그 후 우리가 살게 된 그 집에서, 마르탱과 나는 우리의 어린 딸들과 함께, 어쩌다가 우연히, 마루판 틈새에 숨어있는 진주알을 하나 발견했다. 모두에게 잊혔던 유리구슬이 과거의 그 끊어진 목걸이에서 뽑혀 나와 반짝이고 있었다.

《웃음과 망각의 책》-
소설을 구성하는 새로운 방식

렌 도착 당시 밀란은 자신의 작가 인생이 끝났다고 생각한다. 하지만 글이 그를 다시 붙잡는다. 그의 편집자 클로드 갈리마르가 그를 채근한다. 그래서 베라는 남편 몰래 타자기를 벨-일 섬으로 가져갔다. 밀란은 처음에는 별 열정 없이, 한 편의 단편 소설이 될 듯한 이야기를 불러준다. 약간은 《우스운 사랑들》과 결이 비슷한 작품. 이어 또 한 편이 구술된다. 그렇게 해서, 향후 쿤데라식 소설 기법이 될 글쓰기 방식이 다듬어진다.

> 1975년에 프랑스로 이주한 후, 나는 새로운 단편집 집필에 착수했으나, (…)두 번째 단편을 끝내고 보니, 내가 쓰려고 한 것이 구성의 단일성으로 연결된 한 권의 책이라는 사실을 깨달았다. 모든 부가 독립적이지만, (…)그 각각이 이전 부들에 새로운 빛을 비추어, 오직 마지막 부만이 전체적인 의미를 부여하게 될 한 권의 책 말이다.[82)]

82) 《우스운 사랑들》의 체코어 초판을 위한 저자 주 참조. 프랑수아 리카르에 의해 《전집》, t. I, p. 1452에 재수록 됨.

오르페우스. 밀란 쿤데라의 데생

이를 쿤데라는 다른 글에서, 좀 더 분명하게 밝힌다. 《웃음과 망각의 책》은 단순히 변주 형식의 소설이기만 한 게 아니다. "여러 부가 한 주제의 내부로, 한 생각의 내부로, 단 하나의 유일한 상황—나로서는 그 의미가 막막해서 이해할 수 없는—의 내부로 나아가는 여행의 단계들이다."[83)]

제목에 명시된 두 가지 중대 실존 문제(웃음과 망각)를 조명하기 위해서, 그는 접근법과 장르를 다양화하여, 몽환적인 이야기(〈아이들의 섬의 타미나〉), 우화, 토막 수필 혹은 개인적

83) 밀란 쿤데라, 《전집》, t. I, p. 1453.

추억(아버지의 죽음) 등을 뒤섞는다. 책을 구성하는 모든 조각이 그렇게 놓였을 뿐, 어떤 조각도 지배적이지 않으며, 모두가 다 함께 울린다. 이 같은 서술 원칙에 대해, 쿤데라는《소설의 기술》에서 이렇게 말한다. "나는《웃음과 망각의 책》 3부 '천사들'을 탈고한 날을 기억한다. 고백하건대, 나는 소설을 구성하는 새로운 방식을 발견했다고 확신했고, 그런 내가 너무도 자랑스러웠다."[84]

부자父子 방아꾼

소설 기법은 때로는 요리법처럼 우연들에 의해 진화하기도 한다. 쿤데라는 더는 글을 쓰고 싶지 않았으나, 프랑스에 와서 구상한 이 첫 작품, "열정 없이" 시작한 이 첫 책으로 그는 새로운 요리법을 발견한다. 타탱 자매가 실수로 파이를 뒤집어 자기들만의 유명한 파이를 탄생시켰듯이 말이다. 만약 밀란이 글을 더는 쓰지 않을 것 같은 자신의 예감을 따랐다면 어떻게 되었을까? 베라가 휴가용 짐에 타자기를 숨겨 가지 않았다면? 클로드 갈리마르가 뒤에서 자신의 저자를 부단히 압박하지 않았다면?

84) 앞의 책, p. 1453.

장 코는《기억의 크로키》라는 책에서, 클로드의 아버지 가스통 갈리마르를 방아꾼에 비유한다. "나는 그를 긴 장화에 헐렁한 블라우스 차림으로 맷돌 돌아가는 걸 조용히 지켜보는 사람으로 상상하곤 했다. 물론 방아꾼이지만 아주 부자 방아꾼이다. 사람들은 그에게 곡물을 가져다주곤 했다. 그 곡물은 가스통이라는 장인 덕에, 흰 표지 껍질에 덮인 좋은 빵이 되고, 책 케이크가 되었다."

갈리마르 출판사에서는 부자父子가 모두 방아꾼이다. 클로드도 제대로 보았다. 그는 그곳 부르익 물레방아에서 범상치 않은 밀가루가 나오리라는 걸 알았다. 머지않아《불멸》같은 걸작이, 그에 앞서《참을 수 없는 존재의 가벼움》같은 걸작이 그 밀가루로 만들어지리라는 것을.

리토스트

하지만 다시 브르타뉴로 돌아가 보자. 여름 휴가가 끝났다. 곧 수업이 시작된다. 물레방아와 헤어져 이제는 현실로, 렌으로 돌아갈 시간이다. 프랑스살이 초기에는 모든 것이 쿤데라 부부의 궁금증을 자아냈다. 모든 것이 그들을 매료시키거나 재미나게 했다. 의례처럼 긴 식사 관습, 수십 가지나 되는 겨자 종류, 베라가 모르핀이나 마약 취급받는 양귀비 씨

앗 넣은 요리를 내오자 손님들이 기절초풍하던 일 등.

하지만, 차츰 거리가 생겨난다. 그들은 이 시골 프랑스를 저 먼 천랑성天狼星에서 바라보듯 보게 된다. 물론 밀란은 애정 어린 눈으로 바라보지만, 여러 결점이나 우스꽝스러운 점이 그의 눈에 띄지 않을 리 없다. 대학의 동료 교수들에게도 그는 즐겁게 해주기가 쉽지 않은 사람이다. 으레 그렇듯, 그는 말이 거의 없다. 물론 그렇다고 생각도 하지 않는 건 아니지만.

대학 바깥에서는 사람들에게서 이런 질문을 받는 일이 드물지 않다. "쿤데라 씨는 어디에서 오셨지요? 체코슬로바키아? 아, 티토…"! 아니면 그에게, 카프카가 체코어로 글을 썼다고 바락바락 우기는 이들도 있다!

문단 풍경 역시, 그의 눈에 종종 공허하게 비친다. 그가 《웃음과 망각의 책》에 묘사한, 문학 방송에 관한 익살맞은 에피소드가 그 증거다. 여기서 쿤데라가 꼬집는 한 작가는 텔레비전에 나와 자기 '작품'을 해설하게 된 데 대해 몹시 만족하여 흥분을 감추지 못한다.

> TV 화면에서, 그 작가가 말했다.
>
> "그건 대단히 중요합니다. 아주 중요해요. 제 책에 그걸 설명해 두었지요."
>
> -뭐가 그리 대단히 중요하다는 거지? 하고 비비가 물었다.

-그가 루루라는 마을에서 어린 시절을 보냈다는 사실이 그런가 봐요. 하고 타미나가 설명했다.

루루라는 마을에서 어린 시절을 보낸 작자는 코가 어찌나 긴지 그 무게 때문에 고개가 점점 더 아래로 수그러져 곧 화면 밖으로 나와 거실로 떨어질 것만 같았다. 긴 코 때문에 무거워진 그 얼굴은 말할 때 극도로 흥분해 있었다.

"그걸 제 책에 설명해 두었지요. 제 글 전체가 루루라는 작은 마을과 연관되어 있어서, 그걸 이해하지 못하는 사람은 제 작품을 조금도 이해할 수 없어요. 제가 첫 시를 쓴 곳도 바로 거기란 말이에요. 네, 그래요. 제가 보기에, 이건 대단히 중요해요."

《웃음과 망각의 책》, t. I, p. 1017.

하지만 사람들이 모두 들은 체 마는 체하는 데다 주주라는 인물이 자신의 오르가슴에 관한 얘기를 늘어놓자, 그가 점점 더 흥분해서 얘기를 계속한다.

"제가 처음으로 자전거를 탄 곳도 루루라는 걸(…) 잊지 마세요. 네, 제 책에 이런 걸 자세히 얘기해 두었어요. 제 작품에서 자전거가 뭘 의미하는지 여러분 모두가 잘 아실 거예요. 그건 상징입니다. 제게 자전거는 인류가 가부장적인 세계 바깥으로 나와 문명 세계 속으로 진입하는 첫걸음입니다. 문명과의 풋사랑이죠. 아직 첫 키스를 하지 않은 처녀의 풋사랑 말입니다. 아직 처녀지만 이미 원죄를 범한 상태죠."

《웃음과 망각의 책》, t. I, p. 1018.

반 페이지에 하나의 세계가 개괄되어 있다. 물론 쿤데라는 재미로 하는 얘기지만 어떤 실망이 묻어나는 것도 사실이다. 오늘날의 프랑스 문학이란 것이 고작 이런 거란 말인가? 나중에 그는 종종 내게 자신의 그러한 의혹을 토로했다. 생-제르맹-데-프레에 대해서, '그 세계'에 대해서, 그리고 비평에 대해서도. "당신은 진정한 문학 비평이 아직 존재한다고 생각해요?" 그 대답은 질문 속에 있었다.

《웃음과 망각의 책》의 이 페이지를 다시 읽으니 시인 랭보가 떠오른다. 랭보는 아덴으로 달아날 결심을 하고서, 파리 문단 전체를 향해 이 짧은 한 문장을 날렸다. "이 새들은 이제 너무 지겨워!"

인간이라는 묘한 새들

묘한 새들

인간이라는 묘한 새들, 예전부터 밀란은 늘 그들을 스케치하는 걸 좋아했다. 다른 어느 때보다도 브르타뉴에 있을 때, 그는 다시 데생과 그림을 그리기 시작한다. 장난삼아, 특히 베라를 웃겨주고 싶어서다. 또한 렌에 도착하고 나서, 그들이 사는 아파트의 벽이 끔찍하게 헐벗고 우울해 보였기 때문이기도 하다.

아래 사진에서 우리는 다음 그림이 그의 등 뒤에 걸려 있는 것을 볼 수 있다.

1977년 렌에 있는 그들의 첫 번째 프랑스 아파트에 살 때의 베라와 밀란.
그들의 머리 위에, 고국에 두고 온 이들의 사진이 진열된 "친구들의 벽"이 있다.

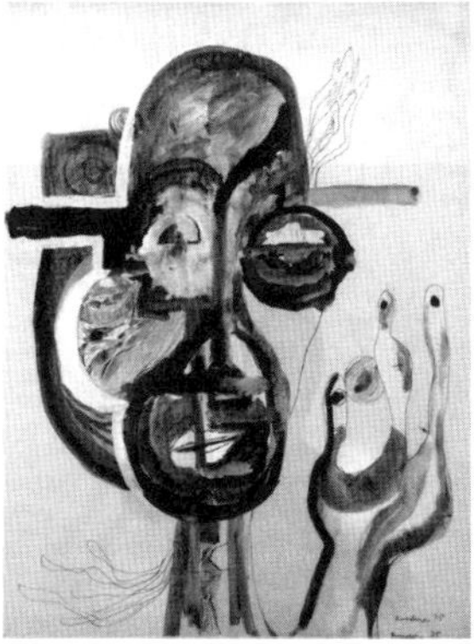

엄지와 검지 사이에 있는 그의 눈동자

한 남자가 자기 눈을 뽑는다. 말하자면 자기 자신의 눈으로—자기 자신의 눈동자로—평소에는 절대 보지 못하는 것, 즉 자기 자신을 보기 위해서다. 그는 그 눈알을 자기 앞, 엄지와 검지 사이에 단단히 쥐고 있다. 누가 누구를 보는가? 어느 눈동자가 다른 눈동자를 통해 자기 자신을 보는가?

이는 밀란 쿤데라의 데생에 자주 등장하는 모티프다. 아마 문학 전체에 대한 하나의 은유일 것이다. 즉 자신의 눈동자를 원거리에 두는 것. 웃는 얼굴로.

유머 –"이 세계의 도덕적 모호성을 드러내는, 그리고 인간이 얼마나 다른 사람을 심판할 수 없는 존재인지를 드러내는

베라를 위해 렌에서 그린 첫 작품

신성한 빛."[85)]

"마치 희극이 별도의 영역을 나타낸다는 듯이"

체코 연출가 얀 스반크마예르의 초현실주의 영화 〈더 플랫The Flat〉(1968년)에서, 한 남자가 거울을 통해 자기 모습을 보려고 필사적으로 노력한다. 거울에서는 그의 뒷모습이나 옆모습만 보일 뿐이다. 자신을 정면으로 볼 수가 없다. 런던에서 열린 '초현실주의 — 한계를 넘어서'라는 전시회(테이트 모던, 2022년)에서 본 영화로, 분명 카프카의 소설 《소송》의 도입부를 연상시킨다. 내 옆자리의 어린 소년이 배꼽을 잡고

85) 밀란 쿤데라, 《전집》, t. II, p. 836.

베라와 밀란. 렌의 아파트에서

웃는다. 쿤데라는 늘 내게 프랑스 사람들은 카프카도 이오네스코도 잘 이해하지 못했다고 말했다. 희극이 얼마나 비극 속에 깊이 박혀 있는지, 그 희극의 존재가 얼마나 비극을 더 무겁게 하는지 보지 못해서 말이다.

"이곳 사람들은 한쪽에 희극이 있고 다른 한쪽에 비극이 있는 그런 이원성 속에서 사는 것 같아요. 마치 희극이 별도의 영역을 나타낸다는 듯이." 사실은 "그것이 우리의 그림자처럼 우리를 따라다니는데도 말이오."

그림자 하나 짐 하나

"나는 희극이 비극보다 훨씬 더 끔찍하다고 생각해요. 비극은 그래도 위대함에 대한, 혹은 고귀함에 대한 환상 같은 걸 내포하고 있어요. 만약 어떤 사람이 죽음에 이르러, '내 인생은 비극적이었다'라고 확인할 수 있다면, 그건 만족스러운 확인이죠. 하지만 만약 당신이, '내 인생은 덧없고, 코믹했어'라고 중얼거리게 된다면, 그건 비극이죠. 비극이 비극이 아니고, 희극이 비극인 겁니다.

프란츠 카프카를 보세요. 그는 늘 진지한 작가로 여겨졌는데, 그건 오류예요. 카프카가 《소송》의 첫 장을 처음으로 자기 친구들에게 읽어주었을 때, 모두가 웃음을 터뜨렸어요. 카프카는 눈물 때문에 더는 책을 읽을 수 없을 지경이었는데, 그건 우스워서 흘린 눈물이었죠. 그들은 그 장을 코믹하게 여겼어요. 한데 그건 비극적 상황을 누그러뜨리려 하지 않는 코믹, 농담으로 비극의 무게를 지우려 하지 않는 코믹이에요. 정반대죠. 카프카의 코믹은 이야기의 공포를 더 강화합니다. 그의 이야기는, 코믹함에도 불구하고 끔찍한 게 아니라, 코믹해서 끔찍한 겁니다.

저는 코믹이 우리의 그림자나 짐처럼 우리를 따라다닌다고 생각합니다. 늘 나와 함께 있죠. 이 순간에도 우리와 함께 있고요. 비비안, 나는 어떤 관점에서는(그가 창밖에 숨어있는 관찰자를 가리키며 말한다), 지금 우리가 대단히 코믹하다고 확신해요."[86)]

쿤데라와 초현실주의

이리 흐날리카와의 대화. 이 체코 문화센터 책임자는 초현실주의가 1968년까지 프라하와 브르노에서 중요한 역할을 한 사실—서구에는 잘 알려지지 않은—을 강조한다. "사람들은 초현실주의가 쿤데라에게 큰 영향을 준 사실을 거의 언급하지 않아요. 문학보다는(그의 소설 작품에서도 꿈과 무의식이 중요한 역할을 하기는 하지만) 그의 데생과 그림에 말이에요." 그가 한 말을 나는 런던에서 깨닫는다.[87] 루마니아인 빅토르 브라우너나, 쿤데라의 쿠바인 친구 위프레도 람이 그린 그림

초현실주의는 밀란 쿤데라에게 깊은 영향을 주었다

86) 1976년 11월 9일, 비비안 포레스터와의 인터뷰. INA 자료실 소장.

87) 전시회, 〈초현실주의—한계를 넘어서〉, 런던, 테이트 모던 미술관, 2022년.

위프레도 람이 그린 앙드레 브르통의 《파타 모르가나》 삽화

위프레도 람이 그린 애메 세제르의 《비둘기와 멘프닐》 삽화

들의 디테일은 마치 쿤데라의 상상 속 풍경에서 가져온 것 같다. 끝없이 긴 팔이며, 허공에 걸린 우는 듯 웃는 듯한 감시하는 눈동자, 추잉검처럼 늘어진, 뒤틀린 인물들.

바르바로사 작전

1977년. 체코슬로바키아에 일이 터진다. '정상화' 과정에 반대하는 반체제 지식인 2백여 명이 77헌장에 서명한다. 극작가이자 수필가인 바츨라프 하벨—그는 1989년 베를린 장벽 붕괴 후 체코와 슬로바키아 연방공화국의 대통령이 된다—도 그들 중 한 명이다. 청원인들은 구스타프 후사크가 이끄는 공산당 정부의 억압적 태도에 항의한다. 그들이 원하는 것은 표현의 자유와 시민권의 복권이다.

하지만 그걸 얻기까지 그로부터 20년 세월을 더 기다려야 한다.

그럼에도 불구하고, 렌에서는 계속 쿤데라의 텍스트들을 체코슬로바키아에서 빼내오기 위해 상상력을 발휘한다. 콜레트의 아들, 당시 인턴 예비 과정으로 통근 조수 생활을 하던 질 뒤아멜이 세밀하게 준비한 '바르바로사 작전'이 그 증거다.

질은 어떻게 자신이 로라와 레일라라는 두 친구의 여행에 끼어들 생각을 했는지 내게 이야기해준다. 당시 이 두 친구는 러시아어를 배워 모스크바까지 자동차 여행을 하기로 계획했었다.

"그 참에 쿤데라의 원고들을 회수해올 생각이었던 거죠. 결국 저는 여행을 떠나지 못했어요. 그해에 부친(전 문화부 장관 자크 뒤아멜)이 돌아가셨거든요. 병원 인턴 과정도 확정되고…. 그래서 사람들 만나는 일이 중요해졌고요…. 어쨌든 이 편지는 당시까지도 밀란 쿤데라가 여전히 뭔가 비밀공작이 필요한, 아주 곤란한 입장이었음을 말해주죠. 렌에서도 그는 계속 납의 덮개에 짓눌려 있었던 거예요."

사실이 그렇다. 프랑스에서도 밀란 쿤데라는 여전히 감시당하는 처지였다. 비밀경찰은 렌 대학의 두 외국인 강사를 통해 계속 그를 감시하는 방법을 찾아냈다. 그가 교육이라는 방패막이 뒤에서, 조국을 비방한다거나 체코슬로바키아 집권 세력에 대한 비판적 언사를 하지는 않는지, 여전히 그가 정치적 활동을 하지는 않는지 알고 싶어 했다. 프라하에서는 "아주 더러운 게임"까지 궁리해 내, 그와 연락하고 지내는 모든 이를 소환하기도 한다. 체코 역사학자 페트르 지데크는 이렇게 설명한다. "경찰은 쿤데라가 제국주의자 요원들과 첩보 활동을 벌였다고 말하며 그들을 윽박질렀습니다. 사실 그

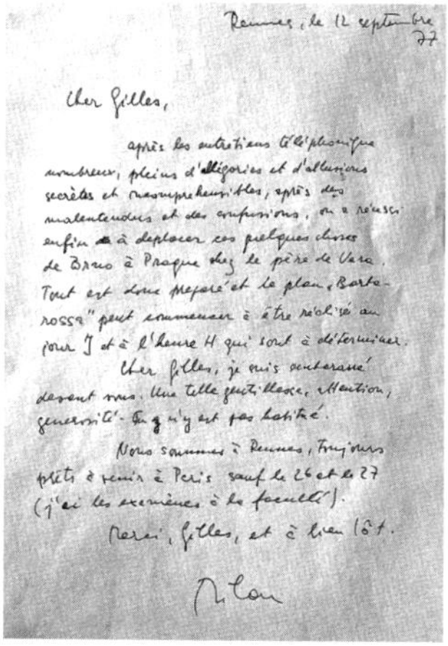

Rennes, le 12 septembre 77

Cher Gilles,

après les entretiens téléphoniques nombreux, pleins d'allégories et d'allusions secrètes et incompréhensibles, après des malentendus et des confusions, on a réussi enfin à déplacer ces quelques choses de Brno à Prague chez le père de Vera. Tout est donc préparé et le plan „Barbarossa" peut commencer à être réalisé au jour J et à l'heure H qui sont à déterminer.

Cher Gilles, je suis embarrassé devant vous. Une telle gentillesse, attention, générosité – on n'y est pas habitué.

Nous sommes à Rennes, toujours prêts à venir à Paris sauf le 26 et le 27 (j'ai les examens à la faculté).

Merci, Gilles, et à bientôt.

Milan

1977년 9월 12일 질 뒤아멜에게 보낸 밀란 쿤데라의 편지

건 쿤데라를 겁주는 하나의 방식이기도 했습니다. 만약 그가 귀국한다면, 그런 날조된 활동으로 재판을 받을 수도 있다고 말이지요."[88]

질 뒤아멜의 말 - "얼마나 순진했으면 그런 계획을 다 세웠나 싶어요. 우리에게 그건 소설 같은 일이었던 거죠. 한데 그런 모험의 흥분은 동구에서의 삶에 대한 우리의 몰이해를 일깨워줍니다. 이 몰이해는 오늘날까지도 이어져 유럽의 연

88) 아리안 슈맹, 《밀란 쿤데라를 찾아서》(에디시옹 뒤 수-솔 출판사, 2021년)에서 인용.

대성을 해치고 있죠. 쿤데라 덕에 많이 줄어들기는 했지만요. 당시만 해도 저는 한쪽에 무관심이 있고 다른 한쪽에 비극이 있는 거라고, 우리 서구인들은 '진실 속에' 있는 거라고 확신하고 있었죠. 밀란 쿤데라의 글을 읽으며 그의 생각은 그렇지 않다는 걸 알게 되었어요. 저에게 그의 작품은 하늘을 다르게 볼 수 있게 해준 열린 창 같았어요."[89)]

"저는 저 자신을 중부유럽 사람으로 느낍니다"

"저는 체코슬로바키아에 있을 때 제가 아주 세계주의적인 사람이라고 느꼈습니다. 프랑스에서 사는 지금은 반대로, 체코슬로바키아인이 아니라 미틀에우로파이슈mitteleuropäisch, 즉 중부유럽 사람으로 느낍니다. 저는 우리가 상투적인 관념들의 세계 속에서 살고 있다는 생각에 짜증이 날 때가 많습니다. 상투적인 관념들에 학대당하며 아주 멍청한 많은 상투적 관념들에 맞서 우리를 옹호해야 하니까요. 그중 하나가 바로 동유럽이라는 개념입니다. 저는 이 개념을 아주 싫어합니다. 물론 정치적인 관점에서는 1945년 이후 하나의 의미를 갖게 되긴 했죠. 하지만 문화적 관점에서는 아무런 내용

89) 질 뒤아멜과의 인터뷰, 2021년 2월 4일.

도 없는 개념입니다. 저는 모차르트나 베토벤이 동유럽 작곡가라고 생각하지 않고, 마찬가지로 카프카를 동유럽 작가라고 생각하지 않습니다. 그들은 중부유럽 작가들입니다. 다시 말해 빈 고전주의에서부터 쇤베르크 학파, 바르톡에 이르기까지 유럽의 모든 음악을 탄생시킨, 특히 어쩌면 유럽 문학에 가장 중요하다고 할 수 있는 위대한 작가 세대를 탄생시킨 아주 특수한 전통의 상속자들이죠. 그 세대는 바로 프란츠 카프카 세대입니다. 제가 이 동유럽이라는 개념을 좋아하지 않는 또 하나의 이유는 제가 쓴 책들에 정치적 해석을 끌어들이는 정치적 분할 때문입니다. 저는 저의 책을 정치적 자료로 보려고 하거나 그것을 정치적 의미로 축소하고자 하는 이들을 저의 적으로 간주합니다."[90]

기획된 망각

1948년 2월, 공산당 당수 클레멘트 고트발트는 프라하의 구도심 광장에 모여든 수십만 명의 군중에게 연설하기 위해 바로크 양식의 궁전 발코니에 섰다. 보헤미아 역사의 거대한 전

90) 1976년 11월 9일, 비비안 포레스터와의 인터뷰.

환점이었다. 숙명적인 순간이었다.

고트발트는 동지들을 거느리고 있었고, 바로 곁에 클레멘티스가 서 있었다. 눈이 내리고 있었고 추웠으나, 고트발트는 모자도 쓰지 않았다. 클레멘티스가 잔뜩 걱정하는 얼굴로 털모자를 벗어 고트발트의 머리에 씌워주었다.

선전부는 털모자를 쓰고 동지들에 둘러싸인 채 군중에게 연설하는 고트발트의 사진을 수십만 장 복제했다. 바로 이 발코니에서 보헤미아 공산당의 역사가 시작된 것이다. 그 사진은 벽보나 홍보 책자나 박물관 등에 붙여져 어린아이들까지도 누구나 알게 되었다.

4년 뒤, 클레멘티스는 반역죄로 단죄받고 교수형을 당했다. 그 즉시 선전부는 그를 역사에서 지웠으며, 물론 모든 사진에서도 그를 지워버렸다. 그 후부터 고트발트는 그 발코니에 홀로 서 있다. 클레멘티스가 있던 자리에는 궁전의 빈 벽뿐이다. 클레멘티스로부터 남은 것은 고트발트 머리에 씌워진 털모자뿐이었다.

《웃음과 망각의 책》, t. I, p. 931.

불가능한 귀향

《웃음과 망각의 책》은 "클레멘티스의 모자"라는 이 유명

《웃음과 망각의 책》을 위한 밀란 쿤데라의 데생

한 에피소드로 시작된다. 장 다니엘의 권유로, 이 책의 내용 상당 부분이 출간 전에 〈르 누벨 옵세르바퇴르〉지에 게재된다. 위 인용문의 좀 더 뒤에 가서, 쿤데라는 위험하다는 것을 잘 알면서도 이렇게 강조한다. "권력에 대한 인간의 투쟁은 망각에 대한 기억의 투쟁이다."[91)]

체코슬로바키아에서 크게 노하고, 곧 그 응보가 뒤따른다. 쿤데라의 국적이 박탈된다. 언제라도 되돌아갈 수 있다는 확신을 품고 고국을 떠나왔던 그다! 이제 그는 귀향이 금지된,

---

91) 밀란 쿤데라, 《전집》, t. I, p. 932

여권 없는 무국적자 신세가 되었다.

동포들과 접촉하는 것도 불가능하다. 그들을 위험에 빠뜨릴 수 있기 때문이다. 그 몇 년 뒤, 아들 없이 홀로 세상을 떠난 어머니 밀라다의 장례식에조차 갈 수 없다.

밀란에게 이 1979년은 렌 대학과의 계약이 끝나는 해이기도 하다.

어떻게 해야 할까? 쿤데라 부부는 파리 쪽으로 눈을 돌린다. 때마침, 밀란에게 파리의 사회과학 고등연구원에서 세미나를 해달라는 제안이 온다. 부부는 예의 그 작은 자동차를 몰고 다시 길을 나선다. 그들이 이사하는 파리의 리트레 가 10번지, 이곳에서 그들은 삶의 새로운 장을 쓰게 된다.

새로 쓰는 그 페이지들에는 큰 사건들이 적지 않다. 문학에서는 세계적 성공을 거두고, 새 국적을 취득한다. 베를린 장벽이 무너지고, 그의 언어에 변화가 생긴다…. 새로운 세계가 그려진다. 아마 베라의 추조차도 이런 큰 변화는 전혀 예견하지 못했을 것이다.

2022년 가을. 뉴욕주

이해 8월 12일, 살만 루슈디는 스물네 살 난 시아파 광신

회교도의 칼에 10여 군데 공격을 받았다. 아야툴라 호메이니가 1989년에 공포한 파트와를 30년 세월이 흘렀음에도 실행하기로 맹세한 마타르(에스파냐어로 '죽이다'를 뜻하는 운명적인 이름이다)라는 청년의 소행이었다. 파트와 공포 당시, 쿤데라는 즉각 루슈디와 표현의 자유를 옹호하기 위한 국제 위원회에 합세했다. 새뮤엘 베케트, 솔 벨로, 나탈리아 긴츠부르그, 그레이엄 그린, 도리스 레싱, 수전 손태그 등, 20세기 문학의 여러 위인이 결집한 위원회였다.

루슈디는 늘 자신 역시 소설가일 뿐 다른 무엇도 아니라고 주장했다. 이 점에서는 두 사람에게 공통점이 있다. 루슈디는 《진실의 언어》에 이렇게 쓴다. "문학은 모순을 즐긴다. 우리는 소설과 시를 통해 인간의 복잡성을 노래하며, 조금도 불편해하는 일 없이, 예인 동시에 아니오, 이것인 동시에 저것이 될 수 있는 우리의 능력을 노래한다. 단순화만 지향하는 이 시대에는, 이 복잡성이 다른 어느 때보다도 더 중요해졌다."[92)]

《소설의 기술》에서 쿤데라— "쿤데라 씨, 당신은 공산주의자인가요?—아닙니다, 저는 소설가입니다.—당신은 반체제 파인가요?—아닙니다, 저는 소설가입니다.—당신은 좌파인가요, 우파인가요?—어느 쪽도 아닙니다, 저는 소설가

---

92) 살만 루슈디, 《진실의 언어》, 악트 쉬드 출판사, 2022년.

입니다."[93]

루슈디 — "사람들은 우리를 점점 더 좁게 규정하고, 우리의 다차원적인 인격을 유일한 정체성의 코르셋 속에 압축해 넣으라고 명합니다. 그것이 국가적 정체성이든, 아니면 윤리적, 부족적, 혹은 종교적 정체성이든 말입니다. 그래서 저는 어쩌면 바로 이 악에서 우리 시대의 모든 악이 흘러나오는 거라는 생각을 하게 되었습니다. 우리가 그런 축소에 굴복하면(…), 타자를 적으로 보기가 훨씬 더 쉬워지니까요."[94]

밀란 쿤데라는 이 축소된 세계를 너무나 잘 알았고, 그것이 온 세상 사람들 앞에 모습을 드러내는 걸 본다. 그가 이를 경계하는 건 1980년대부터다. 그에 의하면 한 가지 치유책이 있다. 그것은 소위 '문학'이라는, 강력한 인간 인식 도구다. '소설의 지혜'를 마시고, 음미하고, 그것이 작용하게 하고, 그것이 여러분 속에 쌓이는 걸 느껴라.

또 한 사람의 위대한 중부유럽인 클라우디오 마그리스가 이렇게 외치는 것 역시 그런 의미다. "민주주의는 분명 예술이나 창조적 영감과 무관하지 않다. 그것은 자신을 타인의 입장에, 이를테면 안나 카레니나의 입장에 둘 수 있는 능력이다."[95]

---

93) 밀란 쿤데라, 《전집》, t. II, p. 919.

94) 살만 루슈디, 《진실의 언어》.

쿤데라의 번역자 카레니나가 아니라, "진짜 안나 카레니나" 얘기라고 명시하고 싶다. 하지만 문득, 나로선 어느 쪽이 더 '진짜'인지 더는 알 수가 없다.

2021년 8월. čtenářský průkaz(독자 카드)

나는 모라비아 국립 도서관 회원증을 다시 찾아낸다—Moravska zemska knihovna v Brne(브르노의 모라비아 국립 도서관).

그것을 나의 지갑 속에 밀어 넣는다. 그것을 쓰지 못하게 될까 봐 늘 신경이 쓰인다. 모든 사람이 모라비아 도서관 회원증을 가진 건 아니잖은가. 카드에는 00459568440999라는 번호가 박혀 있다.

세계의 축소에 맞서 싸우기

2011년에 〈르몽드〉지를 위해 함께 구상한 '작품 인터뷰'에서, 나는 밀란 쿤데라에게 이 단순한 질문을 제기했다. "소

95) 클라우디오 마그리스·마리오 바르가스 요사 공저, 《문학은 나의 복수. 대담》, 갈리마르 출판사, 2021년.

설가가 된다는 게 당신에겐 뭘 의미하나요?"

그 대답은 이렇다.

> 그것은 하나의 태도요, 지혜요, 입장이었다. 그 어떤 정치, 그 어떤 종교, 그 어떤 이념, 그 어떤 도덕, 그 어떤 집단성에의 동화도 철저히 배격하는 하나의 입장이었다. (그것은) 탈출이나 수동성이 아니라, 저항, 대결, 반항으로서의 의식적이고, 집요하고, 격렬한 비非동화였다.
>
> 《배신당한 유언들》, t. II, p. 919.

쿤데라의 모든 작품은 루슈디가 환기한 이 세계의 축소와 그것이 초래하는 결과들, 역전시키기가 너무나 힘든 그 결과들에 대한 경계다. 그는 반세기가 넘도록 서구에 이렇게 외쳤다. "그런 일은 여러분들에게 일어날 수 있다. 지금 진행 중이다."

프랑스에 도착하자마자 그가, 프랑스에서, 서구에서, 그토록 빨리 시대 정신을 포착하고 진화시켜나가는 그 방식에 나는 경악을 금치 못한다. 외국인이 갖는 시선의 예리함일까? 중부유럽인의? 그의 눈구멍에서 튀어나온 그 눈동자 덕분일까? 그가 엄지와 검지 사이에 집어 들고서 이 세상 곳곳을 산책시키는 그 동공?

“맞아, 루슈디와는 서로 아끼고 예찬하는 사이였지”라고 베라가 확인해준다. “그와의 마지막 추억은 돔에서 밀란, 루슈디, 나, 그렇게 셋이서 함께 점심을 먹은 거야. 바로 옆 테이블에 경호원이 세 명 있었고, 레스토랑 입구에도 두 명이 있었지.”

“‘그것’에 대한 얘기도 나누었나요?”

“무슨 얘기?”

“공포 말이에요. 끊임없이 생명의 위협을 받으며 사는 공포. 낙원에 대한 꿈에 싹으로 내포된 지옥의 공포 말이에요. 광신도들의 낙원이 죽음과 파괴를 가져오듯, 공산주의자들의 낙원도 전체주의로 귀결하잖아요?”

“물론 그런 얘긴 하지 않았어. 그냥 웃었지. 그의 끔찍한 상황에 관한 얘기는 한마디도 하지 않았어. 친구들끼리 하는 점심 식사였을 뿐이야. 열심히 씹어먹는 세 공범이랄까…. 마지막에 그를 경찰차 안으로 밀어 넣으며 또 웃었고. ‘곧… 다른 데서…’라고 주고받으며 헤어졌지. 그게 몇 년도였더라…? 1989년? 1990년? 어이구. 전에는 늘 수첩을 가지고 다니며, 하루하루, 모든 걸 적어두었었는데…. 전부 다 없애버려서 이 모양이야….”

2022년. "소설이라는 상대성의 세계에 증오를 위한 자리는 없다"

루슈디의 소설이 아직 프랑스어로 번역되지 않았을 때—하지만 그는 이미 회교도들에게서 사형을 선고받았다—, 신문기자들이 "그런 선고가 나오게 된 동기를 알리기 위해" 아직 출간도 되지 않은 그 소설 내용을 간추려 소개한 일을 쿤데라는 종종 지적한 바 있다. "지극히 정상적인 행태라지만, 이는 소설 작품에는 치명적이다. 그저 범죄처럼 보이는 부분들만 소개함으로써, 한 편의 예술작품을 애초부터 단순한 범죄구성사실로 탈바꿈시켜버렸기 때문이다." 달리 말하면, 언론은 루슈디를 옹호한다고 생각하며 그를 파멸시키는 데 일조했다. 언론은 소설이 심판의 장이 아니라는 사실을 망각했다. 소설은 듣고, 보고, 의심하고, 상상하고, 스스로 모순되는 말을 하고, 독자도 그렇게 하게 만드는 살아있는 생명체다. 요컨대, 생각하고 느끼는 기계이지, 증오하는 기계가 아니다. 그는 "소설이라는 상대성의 세계에 증오를 위한 자리는 없다"[96]라고 주장한다. 문학, 특히 소설이 살아있는 게 중요한 이유는 그래서다.

---

96) 〈르몽드〉 2001년 7월 2일 자 문학 증보판 〈책들의 세계〉("자료실").

1980년. "온갖 인간적 확신의 어리석은 소란"에 반대함

밀란 쿤데라는 이 같은 소설 예술 개념을 1980년대부터 명확히 밝힌다. 그런 기회를 그에게 가장 먼저 제공한 이들 중 한 명은 바로 미국 작가 필립 로스다. 쿤데라와 로스는 서로 잘 아는 사이이다. 그들은 로스가 동유럽 작가 선집을 발간하던 시기에 프라하에서 만났었다. 그 후 그들은 런던에서, 그리고 뉴욕주에 있는 로스의 집에서 또 만나게 되며, 서로 친구가 된다. 첫 만남 때부터 두 사람은 유머, 아이러니, 의심, 도덕적 판단이 중지된 땅으로서의 소설 등에 대해, 서로 같은 주파수를 확인해왔기 때문이다. 둘이 얘기를 나누는 건 "머리를 왼쪽, 오른쪽으로 번갈아 돌리며" 통역을 맡아준 베라 덕분이다. 1980년, 《웃음과 망각의 책》 영어 번역본을 원

필립 로스와 함께

고 상태로 읽은 필립 로스는 그의 열정적인 대담집《일 얘기를 합시다》에서 쿤데라를 길게 인터뷰한다.

쿤데라의 소설은 어떻게 만들어지는가? 소설은 무엇에 "쓰이는가"? 쿤데라의 대답은 이렇다. "소설이란 꾸며낸 등장인물로 하는 게임에 기반한 긴 종합적 산문입니다. 여기서 '종합적'이라는 말의 의미는 소설가가 자신의 주제를 가능한 한 완전하게, 모든 각도에서 포착하는 것을 말합니다. 아이러니한 수필, 진짜 소설 이야기, 자전적 단장, 역사적 사실, 환상 등, 소설의 종합하는 힘은 이 모든 것을 마치 다성 음악의 목소리들처럼 하나 된 전체로 만들죠."[97]

나중에 다른 책에서, 쿤데라는 이처럼 문학의 모든 장르를 이용하는 산문 구성을 가리키기 위해 "원소설"이라는 말을 쓰게 된다. 요컨대 그에게, 서로 대립하고, 서로 조명하고, 서로 보완하거나 서로 모순되는 말을 하는 목소리들의 이러한 다양성은 하나의 목소리만이 공인되고 지배하고 들리는—전체주의적인—'축소된' 세계의 정반대다. 또한 그것은 내적 평정의 원천, 즉 '불확실성의 지혜'이기도 하다.

왜냐하면 "인간의 어리석음은 자신이 모든 것에 대해 답을

---

97) 필립 로스,《일 얘기를 합시다》에서 인용.

1980년대, 코네티컷주. 베로니카 장과 필립 로스와 함께

필립 로스와 함께

갖고 있다는 생각에서 비롯되기" 때문이다. "소설의 지혜는 모든 것에 대해 의문을 품는 것입니다. 돈키호테가 집을 나와 세상과 대면할 때, 그에게 세계는 미스터리로 보였죠. 유럽의 이 첫 소설이 뒤이은 유럽 소설의 역사에 남긴 유산은 바로 그것입니다. 소설가는 독자에게 세계를 질문으로 이해하도록

가르쳐줍니다. 그런 태도에는 지혜와 관용이 있습니다. 신성시되는 확신들 위에 구축된 세계에서는 소설이 살 수 없습니다. 마르크스나 이슬람, 혹은 다른 무엇이든 그런 확신을 바탕으로 하는 전체주의 세계는 의문이 아니라 대답의 세계죠. 거기에 소설의 자리는 없습니다. 어쨌든 요즘 세상에서는 사람들이 이해보다는 판단을, 의문보다는 대답을 더 좋아하는 것 같고, 그래서 소설이 온갖 인간적 확신의 어리석은 소란 속에서 제 목소리를 내기가 힘든 것 같습니다."[98]

1984년. "부조리不條理로 가볍고, 재미있고, 아름다운 것을 만들자."

《웃음과 망각의 책》은 쿤데라가 고국을 떠나서 쓴 첫 책이었다. 이 작품은 특히 미국에서 큰 성공을 거두었다. 하지만 그 모든 것은 다음 책《참을 수 없는 존재의 가벼움》에 비하면 아무것도 아니다. 1980년에 집필이 시작되어 1984년 갈리마르 출판사에서 출간된 이 책은 프랑수아 리카르가 플레이아드《전집》본에 적은 표현을 빌리면, "서구 문학 세계를 거대한 조수처럼 휩쓸어버린 책"이다.

---

98) 앞의 책.

《참을 수 없는 존재의 가벼움》의 표지를 위한 밀란 쿤데라의 데생

제목이 이례적이고, 추상적이고, 의아스러웠다. 편집자는 제목이 모호해서 독자가 읽어볼 엄두를 내지 않을 거라고 판단했다. 하지만 쿤데라는 이 제목을 관철하기 위해 싸웠다. 곧 그것이 신문 타이틀에서부터 온갖 홍보 문구에 이르기까지, 끊임없이 복제되고 복사되어 양념처럼 쓰이게 될 줄은 쿤데라 자신도 짐작하지 못했을 것이다.

형식의 관점에서 보면, 《참을 수 없는 존재의 가벼움》은 '쿤데라 기법'의 절정을 구현한다. 긴 철학적 여담(책은 영원 회

귀에 관한 니체의 성찰로 시작된다), 순수한 내레이션 조각들, 이야기의 짜임 속으로 끼어드는 밀란의 명상적 개입 등…, 이 모든 것이 여러 잡다한 조각으로 만들어진 어릿광대의 망토처럼 한데 꿰매져 있다. 이 책은 전 세계의 젊은 작가 세대 전체에 큰 영향을 주게 되는데, 애덤 설웰 같은 작가는 이렇게 생각한다. "아, 그렇군! 책을 이렇게 쓸 수도 있단 말이지!"

"유쾌함과 따뜻함을 배제하지 않는 화려한 회의론"

나는 〈르몽드〉 신문사 자료실을 뒤져 베르트랑 푸아로-델페슈가 이 398쪽의 85프랑짜리 책에 대해 1984년 1월 27일자 〈르몽드〉 문학 증보판(〈책들의 세계〉)에 실은 기사를 찾아낸다. 베레니스 클리브가 스라소니 눈처럼 눈매가 날카로운 쿤데라의 모습을 삽화로 그려 넣었다. 디드로에 대한 경의의 표현으로서, 기사에는 '운명론자 밀란'이라는 제목이 붙었다. 문득, 누렇게 변색한 그 페이지가 신문의 전형적인 작은 글자체와 함께, 나를 다른 시대 속으로 던져 넣는다. 당시, 팔기에르 가街의 문학 증보판 담당 부서에서, 사람들은 이렇게 말하곤 했다. "아, 푸아로가 납셨군!" 푸른 눈동자에 신랄한 입담을 가진 우리의 이 문예란 담당 기자는 언제나 재미난 일화를 한아름 안고서, 손에 헬멧을 든 채 오토바이에서 내리곤 했다. 그날 푸아로는 이렇게 썼다. "그저 한 번뿐인 일이라면, 어떤 행동 규칙도 그 도덕성이나 유효성이 입증될 수 없다면(Einmal ist Keinmal), 우리 개개인의 운명이나 집단의 운명에 대해(…) 우리가 무엇을 할 수 있는가? 그것이 마르크스주의를 포함한 이데올로기들의 몰락 앞에서 이 책이 던지는 중심 문제다. 회귀도 법칙도 없는 이 세계에서(…), 삶은 완성된 그림 없는 스케치 같은 것이다. 제멋대로인 이런 삶의 여건 앞에서, 무거움을 특별히 더 중시할 이유가 무엇이란 말인가? 무거움보다 가벼움을 더 긍정적으로 생각한 파르메니데스의 생각을 따르지 말아야 할 이유가 무엇이란 말인가?"

좀 더 뒤에 가서는 이렇게 말한다. "무엇이 우리 삶에 의미를 주는지는 지금도 여전히 알 수가 없다. 우리가 기껏 할 수 있는 건 우리를 지배하는 우연들을 우연의 일치와 미의 후광으로 치장하는 것뿐이다. 쿤데라의 교훈은 이렇게 요약된다—부조리로, 가볍고 재미있고 아름다운 것을 만들자!"

그러고 나서 내리는 결론은 이렇다. "인간에 대해서나 역사에 대한 믿음들이 깨끗이 씻긴 20세기 말의 유럽에서, 이제는 우리의 삶을 유쾌함과 따뜻함을 배제하지 않는 밀란 쿤데라의 화려한 회의론과 함께 생각해보아야 할 것 같다."[99]

필립 로스, 이오네스코, 푸엔테스, 그밖에 또 다른 사람들

유쾌함과 따뜻함. 밀란 쿤데라는 그런 걸 많이 가진 사람이었다. 특히 자신의 많은 친구에게 그랬다. 사실 그는 사교생활을 싫어하지만, 우정, 진정한 우정은 다른 누구보다도 너그럽고 충실하게 가꾸는 사람이다.

"남자들끼리는 내밀한 것, 마음의 일을 잘 주고받지 않지만, 다소 아이러니한 방식으로 친구에게 자신을 드러낼 수는 있다. 아이러니는 수줍음의 한 형태다. 우정은 일종의 무조건적 공감이요, 연대의 약속이며, 어떤 복잡한 행위에 대해는 늘 명예로운 해명을 찾으려 드는 의지이기도 하다. 몇몇 사람의 우정은 다른 많은 이들의 적의로부터 나를 보호해주었다."[100]

이 문장들은 밀란 쿤데라의 붓끝에서도 찾아볼 수 있을 것 같다. 국적을 떠나 그와 가장 친했던 작가로는 미국인 필립 로스라든가, "정치 얘기는 조금 하고 소설 얘기를 많이"

---

99) 베르트랑 푸아로-델페슈, "참을 수 없는 존재의 가벼움—장엄한 운명론", 〈르몽드〉, 1984년 1월 27일.

100) 조르주 키즈만과 바네사 슈나이더 공저, 《사랑받고 싶었던 남자》, 그라세 출판사, 2021년.

장 다니엘과 함께.
베라-"저 두 수탉 좀 봐. 서로 자기가 옳다고 우기고 있지.
언제나 장이 좀 올바르게 생각하는 편이야. 밀란은 아주 그렇진 않고."

나누는 프랑스 주재 멕시코 대사 카를로스 푸엔테스, 그리고 영화감독 밀로시 포르만 같은 이가 있다. 파리에는 《사자死者들의 백과사전》의 저자인 세르비아인 다닐로 키스, 철학자이자 수필가인 알랭 핑켈크로트, 작가이자 비평가인 마르크 퓌마롤리, 작가 겸 수필가이자 이탈리아 전문가인 도미니크 페르낭데즈(쿤데라가 렌 대학 강단에 선 것은 그 덕분이다), 그리스 출신 철학자 코르넬레우스 카스토리아디스, 작가 라키스 프로가이디스… 등이 있다. 늘 충실한 친구 클로드 루아, 기자인 장 다니엘, 역사가인 피에르 노라 등, 빼놓을 수 없는 다른 많은 이들이 또 있다.

카를로스 푸엔테스와 그의 아내 실비아 레무스와 함께

《만남》에서 우리는 쿤데라가 우정이라는 감정의 깊고도 '우월한' 본성에 대해 성찰하는 멋진 글을 읽게 된다.

스탈린식 대 재판들이 횡행하던 시절 내게 가장 충격적이었던 것은 공산주의 국가 정치가들이 자기 친구들의 사형을 받아들이던 그 냉정한 동의였다. 그들은 모두 친구 사이, 다시 말해 서로 내밀한 것까지 잘 알던 사람들, 이주, 박해, 오랜 정치 투쟁 등, 힘든 순간들을 함께 겪은 사람들이었기 때문이다. 자신들의 우정을 어떻게 그렇게 으스스할 만큼 단호하게 희생시킬 수 있었을까?

《만남》, t. II, p. 1204.

대답은 이렇다. 그 우정은 진짜 우정이 아니기 때문이다. 그것은 '동지 간의 우정', 즉 확신들과 분리할 수 없는 감정이다. 한데 진짜 우정은 확신들과는 아무 상관이 없다.

> 우리가 주장하는 견해가, 필경 불완전하고 아마도 일시적일 하나의 선호하는 가설에 불과하다는 것, 그것을 확신이나 진실로 여기는 건 정신이 아주 편협한 사람들이나 하는 짓이라는 걸 이해할 수 있으려면 아주 성숙한 태도가 필요하다. 어떤 확신에 대한 유치한 충실과는 달리, 친구에게 충실한 것은 어쩌면 유일한, 최후의 미덕인지도 모른다.
>
> 《만남》, t. II, p. 1204.

나는 열혈 청년 공산주의자 쿤데라가 걸어온 길을 돌이켜본다. 나는 성숙한 나이에는 인간적 가치가 다른 모든 가치의 상위에 있어야 한다는 생각을 좋아한다.

또한 우리가 갖는 사이비 확신들에 관한 위 문장도 생각해본다. 당시의 내 견해가 정말 내가 '선호한 가설'과 다른 무엇이었을까?

1968년. "《농담》의 번역자는 내 소설을 재창작했다"

이즈음의 밀란 쿤데라는 자신의 책들을 프랑스어로 번역하거나 혹은 재번역하는 작업에 많은 시간을 바친다. 그에게 무슨 일이 있었던 걸까?

어느 일요일 오후, 우연히 밀란 쿤데라의 집에서 마주친 알랭 핑켈크로트가 나의 의문을 해소해준다. 그가 밀란을 인터뷰할 때, 쿤데라의 글이 《농담》의 "화려"한 문체와 달라졌다는 얘기를 꺼낸다.

화려하다고? 쿤데라는 그의 말을 이해하지 못한다. 그의 문체는 예나 지금이나 한결같다. 정제된 단순함 그 자체다. 핑켈크로트의 말 때문에 쿤데라는 번역을 자세히 살펴보고는 그 피해 규모를 확인한다. "번역자는 내 소설을 거의 재창작하다시피 했다!" "푸른 하늘"이 번역본에서는 "시월이 자신의 화려한 깃발을 치켜세우고 있는" "보랏빛을 띤 푸르스름한 하늘"로 되어 있었다. 쿤데라의 정신과는 상반되게, 내용이 온통 화려한 장식과 은유로 "아름답게 꾸며져" 있었다!

우리가 '진짜 쿤데라'의 소설을 프랑스어로 읽을 수 있게 된 건 프랑수아 이르슈, 필명 프랑수아 캐럴 덕분이다. 그는 그사이에 쿤데라가 애착하는 역자—《우스운 사랑들》에서부터 쿤데라가 프랑스어로 글을 쓰기 시작할 때까지—가 되

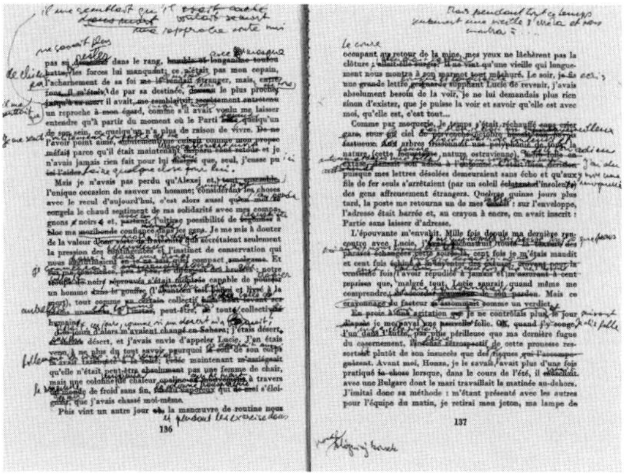

밀란 쿤데라가 수정한 《농담》 초판 136쪽과 137쪽

어, 쿤데라와 함께 이 거장의 필치—언제나 면도날처럼 예리한, 정확하면서도 심오하고 투명한 산문—를 번역본에 되살리기 위한 작업에 매진하게 된다.

프랑수아 이르슈는 최근에, 내가 이 책을 쓰고 있을 때 사망했다. 추도문을 쓰기 위해 그의 삶을 살펴보다가, 그가 1942년에 루아르 지방의 샹봉-쉬르-리뇽이란 마을로 피신했다는 사실을 알게 되었다. 트로크메 신부와 주변 봉사자들이 많은 유대인의 목숨을 구한 '의인들'의 마을이다. 하지만 이르슈는 결국 퓌-앙-블레에서 독일 비밀경찰에게 체포되었고, 기적적으로 방면되어 가까스로 목숨을 구한다. 그 후 그는 공산주의 운동에 가담하여 1960년대 초까지 이 운동에 충실히 참여하며, 그리하여 루이 아라공 및 엘자 트리올레와 교분을 나누게 된다. 쿤데라와는 전적으로 충실한 공모 관계로 협력했다. 감동적인 세부 사실 하나를 덧붙이자면, 프랑수아 이르슈는 임종 직전인 아흔다섯 살에, 밀란 쿤데라가 좋아했던 시인 네즈발의 시 번역을 마무리했다.

"저자가 정정한 텍스트만이 체코어 원전과 같은 가치를 갖는다"

《농담》의 이 재앙 같은 첫 번역에 뜨끔해진 쿤데라는 자신

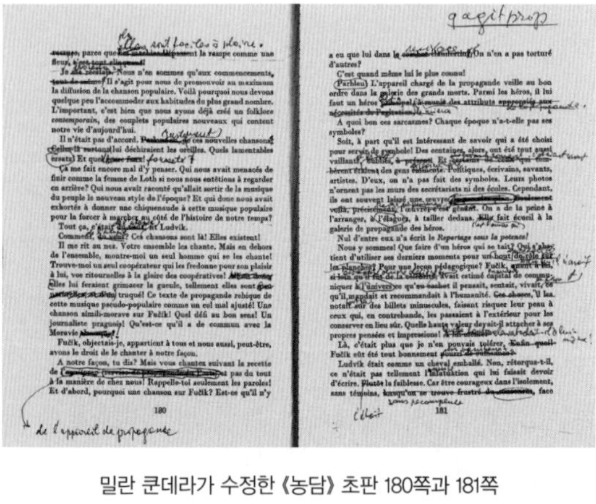
[illegible], parce que [illegible]nt la rampe comme une fleur, [illegible]

Je [illegible]. Nous n'en sommes qu'aux commencements, [illegible] Il s'agit pour nous de promouvoir au maximum la diffusion de la chanson populaire. Voilà pourquoi nous devons quelque peu l'accommoder aux habitudes du plus grand nombre. L'important, c'est bien que nous ayons déjà *créé* un folklore *contemporain*, des couplets populaires nouveaux qui content notre vie d'aujourd'hui.

Il n'était pas d'accord. [illegible] ces nouvelles chansons [illegible] lui déchiraient les oreilles. Quels lamentables ersatz! Et que [illegible]!

Ça me fait encore mal d'y penser. Qui nous avait menacés de finir comme la femme de Loth si nous nous entêtions à regarder en arrière? Qui nous avait raconté qu'allait sortir de la musique du peuple le nouveau style de l'époque? Et qui donc nous avait exhortés à donner une chiquenaude à cette musique populaire pour la forcer à marcher au côté de l'histoire de notre temps?

Tout ça, c'était [illegible], fit Ludvík.

Comment, [illegible]? Ces chansons sont là! Elles existent!

Il me rit au nez. Votre ensemble les chante. Mais en dehors de l'ensemble, montre-moi un seul homme qui se les chante! Trouve-moi un seul coopérateur qui les fredonne pour son plaisir à lui, vos ritournelles à la gloire des coopératives! [illegible] elles lui feraient grimacer la gueule, tellement elles sont [illegible] truqué! Ce texte de propagande rebique de cette musique pseudo-populaire comme un col mal ajusté! Une chanson simili-morave sur Fučík! Quel défi au bon sens! Un journaliste praguois! Qu'est-ce qu'il a de commun avec la Moravie [illegible]!

Fučík, objectais-je, appartient à tous et nous aussi, peut-être, avons le droit de le chanter à notre façon.

A notre façon, tu dis? Mais vous chantez suivant la recette de [illegible] et pas du tout à la manière de chez nous! Rappelle-toi seulement les paroles! Et d'abord, pourquoi une chanson sur Fučík? Est-ce qu'il n'y

180

a eu que lui dans le [illegible]? On n'en a pas torturé d'autres?

C'est quand même lui le plus connu!

Parbleu! L'appareil chargé de la propagande veille au bon ordre dans la galerie des grands morts. Parmi les héros, il lui faut un héros [illegible] des attributs [illegible]

A quoi bon ces sarcasmes? Chaque époque n'a-t-elle pas ses symboles?

Soit, à part qu'il est intéressant de savoir qui a été choisi pour servir de symbole! Des centaines, alors, ont été tout aussi vaillants, [illegible] des gens [illegible]. Politiques, écrivains, savants, artistes. D'eux, on n'a pas fait des symboles. Leurs photos n'ornent pas les murs des secrétariats ni des écoles. Cependant, ils ont souvent laissé une œuvre [illegible], précisément, l'œuvre [illegible]. On a de la peine à l'arranger, à l'élaguer, à tailler dedans. [illegible] fait écueil à la galerie de propagande des héros.

Nul d'entre eux n'a écrit le *Reportage sous la potence!*

Nous y sommes! Que faire d'un héros qui se tait? Qui s'abstient d'utiliser ses derniers moments pour un bout de rôle sur les planches? Pour une leçon pédagogique? Fučík, [illegible] avait estimé capital de communiquer à l'univers ce qu'[illegible] il pensait, sentait, vivait, ce qu'il mandait et recommandait à l'humanité. [illegible] Il les notait sur des billets minuscules, faisant risquer leur peau à ceux qui, en contrebande, les passaient à l'extérieur pour les conserver en lieu sûr. Quelle haute valeur devait-il attacher à ses propres pensées et impressions! [illegible]

Là, c'était plus que je n'en pouvais tolérer. [illegible] Fučík eût été tout bonnement [illegible]

Ludvík était comme un cheval emballé. Non, rétorqua-t-il, ce n'était pas tellement l'infatuation qui lui faisait devoir d'écrire. [illegible] la faiblesse. Car être courageux dans l'isolement, sans témoins, [illegible], face

181

밀란 쿤데라가 수정한 《농담》 초판 180쪽과 181쪽

의 모든 텍스트를 한 단어 한 단어 재검토하기로 한다. 거의 광적일 만큼 꼼꼼하게 검토하며 자기 책들의 프랑스어 '결정판'을 그 자신이 결정한다. 그러곤 마치 포도주에 원산지 명칭을 붙이듯, "오직 저자가 정정한 텍스트만이 체코어 원전과 같은 가치를 갖는다"라고 명기한다.

사실 쿤데라에게 책은 영원히 종결되지 않는 무엇이다. 책은 살고, 변화하고, 형태를 바꾸기도 한다. 주머니에 붓을 넣고 미술관들을 돌아다니며 자신의 그림들 이곳저곳에 다시 붓을 댔다는 보나르처럼, 쿤데라 역시 늘 문장을 수정하고 표현을 단순화시키고자 했다. '끝'이라는 말이 무색한, 붓을 든 시시포스처럼.

1984년. "이 새들은 이제 너무 지겨워"(II)

1980년대 중반, 《참을 수 없는 존재의 가벼움》 출간 이후, 쿤데라는 작가로서 영광의 절정에 이른다. 전 세계 곳곳에서 읽히고, 젊은 세대에게 사랑받고, 끊임없이 미디어로부터 출연 제의를 받는다. 그는 이 엄청난 성공 앞에서 어떻게 처신할까? 자신의 성공에 만족하여 그것을 즐길까? 그건 그를 잘 몰라서 하는 생각이다. 그가 냉철함을 유지하는 건 그 무엇에도 쉽게 속지 않기 때문이다("우리는 결코 우리가 믿는 그대로

가 아니다.") 성공한 작가라는 새로운 이미지? 그는 이를 오히려 거북하게 느낀다.

또한 그를 둘러싼 그 모든 소음을 그는 몹시도 싫어한다….

몇 차례의 끔찍한 인터뷰 이후(미국 기자들이 그가 하지 않은 말을 그가 한 것으로 만든 인터뷰 얘기다. 이 일로 그는 '다시 쓰기 rewriting'라는 말을 끔찍이도 증오하게 된다), 그는 결정을 내린다. 그는 뒤로 멀찍이 물러나서, 창작에 필요한 내면의 침묵을 되찾고자 한다. 1984년에 출연한 텔레비전 방송이 마지막이다. 베르나르 피보가 진행한 〈아포스트로프〉라는 방송이다. 이 방송 출연 이후, 더는 방송에 일절 모습을 나타내지 않는다. 고의로, 본의로, 계획적으로, 자신을 구원하듯, 완전히 모습을 감춘다.

"이 새들은 이제 너무 지겨워!"

1990년. 《불멸》 혹은 "쿤데라 방식"의 극치

사회적 코미디여, 안녕! 고독자 쿤데라는 다시 작업에 착수한다. 1988년, 그는 《불멸》을 탈고하여 2년 뒤에 출간한다.

체코어로 쓴 마지막 소설이자, 프랑스를 배경으로 한 첫 소설이다.

야심에 찬, 대단히 복잡하고 대담한 작품— 쿤데라는《불멸》과 더불어 백열白熱의 지점에 도달한다. 프라하 영화 아카데미 교수 시절, 학생들에게 절대 영화로 만들 수 없는 방식으로 소설을 쓰라고 충고하던 그가 떠오른다.《불멸》이 바로 그런 소설이다. 일견하기에, 이 소설은 두 이야기를 교차시킨다. 한편에 아네스의 이야기가 있고, 다른 한편에 괴테와 베티나 폰 아르님의 이야기가 있다. 하지만 사실 이러한 서사 라인 각각은 여러 갈래로 나뉘고, 나뉜 것이 또다시 나뉘면서, 여러 주제와 모티프와 이야기들로 짜인 레이스를 형성한다. 하찮아 보이지만 사실은 그렇지 않은 하부 주제들, 아네스나 로라의 선글라스라든가, 저자가 비몽사몽 간에 듣는 아침 라디오 방송 같은 사소한 주제들도 이따금 나타난다…. 그래서 이 소설은 이야기할 수 없는 소설이 된다. 우리가 확인하는 것은 오직 그 모든 서사 라인을 소설의 중심 주제—불멸과 그 역, 즉 소멸이라는 우리의 운명—와 연결해주는 정밀한 구성, 장인의 세공 작업뿐이다.

모든 것이 찢길 것이다, 모든 것이 사라질 것이다

이 소설에는 여러 번 되풀이되는 장면이 하나 있다— 아네스의 아버지가, 생의 마지막에 이르러, "거실 탁자 앞에 앉아, 찢어진 사진 더미를 내려다보고 있는"[101] 장면. 그는 가족사진을 전부 찢어버린다. 최근 들어 자신의 책과 다른 사람들의 책을 낱낱이 찢고 있는 쿤데라처럼.

> "우리 뒤에 뭘 남긴다고?" 하고 아네스가 놀란, 회의적인 어조로 자문한다.[102]

"누구도 숨을 곳을 찾을 수 없는", 또한 "만인이 만인의 처분에 맡겨진" 시대

하지만《불멸》에서 우리를 더욱더 놀라게 하는 것은 바로 쿤데라의 예지력이다. 1987년, 그러니까 아직 '셀피'니 '버즈'니 하는 말들이 존재하지 않던 때, 이미 그는 그런 소음과 추함이 곳곳에 널린 세계를 서술하고 있다. 소련식 '우리'의 유

---

101) 밀란 쿤데라,《전집》, t. II, p. 10.

102) 앞의 책, p. 80.

토피아가 죽고, '자아'의 광적 숭배가 그것을 대체한 시대. 그가 보기에는 이데올로기가 이마골로기, 즉 이미지와 커뮤니케이션 강박으로 대체되어버린 시대다. 일상에 만연한 무분별, 몰염치, 사생활 엿보기 등이 침묵과 고독과 내밀함을 희귀한 사치로 만들어버린 시대이기도 하다. 지금 우리는 "누구도 숨을 곳을 찾을 수 없는", "만인이 만인의 처분에 맡겨진" 세계 속에서 살고 있다.

소설 첫 부분에서 잡지를 뒤적이는 아녜스를 떠올려보자. 그녀가 뒤적거리는 건 항공 박람회 중에 일어난 재난 사고를 다룬 르포르타주다. 이미지들이 겁에 질려 사방으로 내달리는 사람들과 불타는 옷가지들을 보여준다. "아녜스는 그 장면들에서 눈을 떼지 못하다가, 사고를 목격한 사진사를 생각해보았다. 계속되는 지루한 광경에 따분해하던 중, 문득 불타는 비행기의 형태로 하늘에서 떨어지는 행복을 목격한 사진사의 광적인 즐거움을 말이다."[103]

좀 더 뒤에 가서는, 같은 잡지에서, 해변에 벌거벗고 있는 사람들을 본다. 휴가 중인 영국 왕실 가족을 몰래 찍은 사진들이다. 설명문은 한 사진사가 거기에 있었다고 명시한다. "곳곳에 사진사가 있다. 수풀 뒤에 숨은 사진사. 절름발이 걸

103) 앞의 책, p. 29.

인으로 변장한 사진사. 말하자면 곳곳에 눈이 있다. 곳곳에 렌즈가 있다."[104]

오늘날이라면 사진을 몰래 찍어 포스팅하기 위해 스마트폰을 클릭하는 손가락이 곳곳에 있다고 말할 것이다. 이는 하나의 상투화에 지나지 않을지도 모른다. 하지만 당시에 이미 쿤데라는 이 상투화를 넘어 아주 멀리까지 나아간다. 바로 그 장면에서, 아녜스는 어린 시절의 추억을 떠올린다. 그녀는 "하느님이 그녀를 보고 있고 잠시도 쉬지 않고 보고 있다는 생각에 매혹"[105]되었던 일을 떠올린다.

> 아마 그때 처음으로 그런 이상한 관능을 느꼈던 것 같다. 남이 나를 본다는 데서 느끼는, 마지못해 남에게 보여준다는 데서 느끼는, 내밀한 순간들을 보여준다는 데서 느끼는, 그렇게 시각視覺으로 범해지는 데서 느끼는 기이한 쾌감. 신자였던 어머니는 그녀가 거짓말을 하고, 손톱을 깨물고, 콧구멍을 후비는 습관들을 버릴 것으로 기대하여, 입버릇처럼 그녀에게 "하느님이 너를 보고 계시다"고 말했으나, 일은 항상 어머니의 기대와는 정반대로 일어났다. 아녜스가 하느님을 생각하

---

104) 앞의 책.

105) 앞의 책.

고 그에게 자신의 소행을 보여준 건, 언제나 그녀가 나쁜 습관에 몰입 중이거나 부끄러운 순간들이었다.

《불멸》, t. II, p. 29~30.

자신의 유한성에 동의하기

불멸에 대한 욕망에 사로잡혀 부단히 자신의 자아를 전시하기 위해 자아를 조각하는 여동생 로라와는 달리, 아녜스는 자신에게는 빠져나갈 구멍이 단 하나뿐이라는 사실을 깨닫는다. 외부로부터, 다른 사람들로부터, 곳곳에서 모든 걸 보는 '눈'으로부터 자신을 보호하는 것. 요컨대, 어떻게 해서든 자아의 횡포를 삼가는 것, 자신의 에고를 가꾸기 위해 자기 자신에게 하는 모든 사소한 거짓말을 거부하는 것.

"삶에서 견딜 수 없는 건 존재하는 것이 아니라, 자신의 자아로 존재하는 것"[106]이라고 그녀는 생각한다.

그녀는 이 논리를 끝까지 밀고 나가, 점차 자신을 지워버리는 것을 꿈꾸게 된다. 흔적 없이 사라져버리는 것. 그것은 가족사진을 찢던, 시선들에서 벗어나서 죽고자 했던 아버지가 추구한 것이었다.

---

106) 앞의 책, t. II, p. 215.

《불멸》 표지를 위한 밀란 쿤데라의 데생

"성급한 독서들이 이따금 내리는 결론과는 달리, 아녜스는 자살하는 게 아니다. 치명적 사고가 닥쳤을 때, 그녀는 다만 자기 자신의 죽음을 인정하고 받아들일 뿐이다."[107] 프랑수아 리카르의 지적은 옳다.

> 산다는 것, 거기에는 어떤 행복도 없다. 산다는 것, 그것은 이 세상에서 자신의 고통스러운 자아를 나르는 일일 뿐이다.
>
> 하지만 존재, 존재한다는 것은 행복이다. 존재한다는 것, 그

107) 프랑수아 리카르, 《유린의 소설, 밀란 쿤데라의 작품에 관한 변주》, 갈리마르 출판사, '아르카드' 총서, 2020년.

것은 자신을 샘으로, 온 우주가 따뜻한 비가 되어 내려와 들어가는 돌 수반으로 변모시키는 것이다.

《불멸》, t. II, p. 215~216.

"세상을 장난감처럼 갖고 놀기"

요컨대, 불멸은 공상이요 신은 존재하지 않는다.

이는 아주 유감스러운 일이라고 시오랑은 말했다. "신은 (인간의 절망에 대한) 하나의 해결책이었고 절대 우리는 이보다 더 만족스러운 해결책을 찾아내지 못할 게 분명"[108]하기 때문이라는 것이다.

그러니까 루마니아인 시오랑에게, 인간의 비극은 그 명철함 때문이다. 인간은 형이상학적 공허와 모든 것의 부질 없음을 자각하고서, 부조리한 죽음을 기다리며 무의미한 세계에서 홀로 사는 데 동의해야만 한다.

하지만 체코인 쿤데라는 정반대로 생각한다. 그런 의식과 명철함은 우리를 해방해준다. 그것은 모든 진지함, 모든 무게를 없애준다. 쟁점enjeu이 그저 유희jeu가 되게 해준다.

---

108) 시오랑, 《태어났음의 불편에 대하여》, 갈리마르 출판사, 'NRF 에세이', 1973년.

밀란 쿤데라가 플로랑스 누아빌과
그녀의 남편 마르탱 이르슈에게 헌정한 데생

그러다 문득, 나는 아베나리우스를 이해했다. 스스로 중요하다고 자신하는 어떤 세계에 대해 만약 우리가 그 중요성에 동의하길 거부한다면, 그리고 그 세계에서 우리 웃음의 어떤 메아리도 발견하지 못한다면, 우리에게 남는 해결책은 하나뿐이다. 아예 그 세계를 통째로 유희의 대상으로, 하나의 장난감으로 삼아버리는 것이다.

《불멸》, t. II, p. 283~284.

1989년. 베를린 장벽 붕괴에서…

쿤데라가 《불멸》을 쓰는 동안 베를린 장벽에 금이 간다. 그가 소설을 끝냈을 때인 1988년 12월에는 붕괴 직전에 이르러, 그로부터 1년도 채 버티지 못한다.

이 장벽이 처음으로 파괴되고, 수많은 동베를린 주민들이 인발리덴스트라스의 검문소를 넘어가, 1961년부터 30년이 넘도록 출입이 금지된 베를린시 서부로 퍼져나가게 된다는 걸 쿤데라는 아직 상상하지 못한다. 그 포클레인들이며, 1989년 11월 11일 로스트로포비치가 체크포인트 찰리에서 '바흐 모음곡'을 즉흥 연주하게 되리라고는 더더욱 상상하지 못한다.

하지만 누구보다도 시대 분위기를 잘 감지하는 그는 이미 오래전부터 한 세계—그의 세계—가 사라지고 있음을 깨닫고 있었다. '동구권', 특히 체코슬로바키아의 경제가 최악의 상태이며, 체제는 숨이 넘어가기 직전이요, 사람들이 불만에 차 있음을 그는 알고 있다. 1988년 12월, 페레스트로이카의 아버지 고르바초프가 유엔 총회 연설에서, 무력 사용이 "더는 대외 정책 수단이 될 수 없으며", 바르샤바 조약 회원국 내의 소련군 주둔을 축소할 거라고 선언하는 말도 들었다. 또한 폴란드에서 '연대Solidarnosc'가 법제화되고, 헝가리에 공화국이 수립되는 것도 지켜보았다. 동독에서, 시위가 잦아지고 '프라이하이트', 즉 자유라는 말이 모든 사람의 입에 오르내리게 된 이상, 이제 이 과정은 불가피하다는 게 분명해진다.

…비단 혁명으로

그로부터 일주일이 채 지나지 않아, 프라하의 벤세슬라스 광장에서, '스보보다', 즉 자유와 '데모크라시'를 부르짖는 사람들의 외침이 터진다. 소위 비단 혁명이 시작된다. 프라하의 봄의 옛 리더들, "인간의 얼굴을 한 사회주의의 아버지" 알렉산데르 둡체크, 극작가 바츨라프 하벨 등이 일선에 나선다. 일이 아주 빠르게 진행된다. 일주일이 채 지나지 않아, 거의 피 한 방울 흘리지 않고, 소련권의 가장 전제적인 국가 하나가 붕괴한다. 1989년 11월 27일, 공산주의자들은 권력을 포기한다. 민주주의가 선언된다.

빠진 고리

이 시점의 퍼즐 조각이 하나 빠져 있다. 1989년은 쿤데라 부부가 고국을 떠난 지 14년째 되는 해다. 그들은 이런 사건들을 어떻게 지켜보았고 어떻게 느꼈을까? 미스터리다. 둘

중 누구도 내게 이에 관해 단 한 번도 말한 적이 없다. 언젠가 내가 베라에게 자꾸 캐묻자, 그녀는 "내 대답이 좀 이상하게 느껴질 텐데"하고 짧게 대답했다. 그러곤 "그 이상한 비밀"은 "혼자 간직하는" 편이 낫겠다고 덧붙였다.

불가능한 귀향

쿤데라는 귀향 가능성—영구 귀국 가능성—을 묻는 이들에게 이미 한 번 이주했으니만큼 또다시 이주하는 일은 없을 거라고 대답한다. 그는 파리 생활이 아주 편하다고 강조하는데, 이는 사실이기도 하다. 하지만 그가 말하지 않는 것, 그건 그가 귀향하고 싶어도 그럴 수 없다는 것이다. 쿤데라는 바츨라프 하벨이 대통령으로 있는 이 새로운 공화국에서 그의 귀국을 기다리는 이는 없다는 것을 안다.

1989년. "하벨 같은 사람들은 그가 고국을 떠났다고 원망합니다"

하벨! "서로 친구였지, 처음에는" 하고 베라가 확인해준다. "그러니까, 진짜로 친구였다기보단 지인이었던 거지. 하벨은 밀란에게 갈리마르 출판사 측에 얘기를 좀 해달라고 졸랐어.

자신의 연극 작품들을 프랑스어로 번역 출간하고 싶어 했거든. 밀란은 거절할 수 없었지. 그래서 클로드 루아에게 얘기했는데, 그는 그리 내켜 하지 않았어. 그 얼마 후, 물론 하벨의 요청에 따라 밀란이 다시 또 부탁하자, 루아가 받아들였지. '하지만 한 가지 조건이 있어. 내가 그것들을 출간하게 되면, 네가 서문을 써야 해'라고 밀란에게 말하면서 말이야. 그렇게 해서 책이 나온 거야."

베라가 한숨을 쉰다. 쓸데없는 짓을 한 거야! 하벨에게 기껏 그런 식으로 감사받으려고…. 그런 말을 하지는 않았지만, 그녀의 한숨에서 나는 그런 말을 듣는다. 지금 우리는 세브르 가의 카페 '오 소비뇽'에 있다. 예전에 베라와 밀란이 저녁 시간에 한잔하러 자주 들르던 곳이다. 아니면 겨울에 갓 수확한 첫 굴을 맛보러 가거나.

"언젠가 너에게 다 얘기해 줄 거야, 지금 말고." 그녀의 얼굴에 괴로움과 씁쓸함이 그려진다.

사실 밀란과 바츨라프 사이의 우정은 뒤끝이 좋지 않았다. 그것은 하벨 편의 노골적인 적대 관계로 변해버리기까지 했다.

왜? "하벨 같은 사람들은 그가 고국을 떠났다고 원망합니다" 하고 변호사인 조르주 키즈만이 설명해준다. "그리고 밀란은 체코슬로바키아와의 관계가 복잡했어요. 긍정적일 때도 있었고 부정적일 때도 있었죠. 그는 고국에 무척 애착을 느끼고 있었지만, 자신을 원망한다고 원망하기도 했죠. 언젠가 내가 어느 정도는 공식적인 업무로 프라하를 방문한 적이 있어요. 바츨라프 하벨 대통령을 만났죠. 그에게 저를 밀란 쿤데라의 친구로 소개하면 좀 특별 대우를 받으리라고 생각했어요. 하지만 곧바로 전혀 그렇지 않다는 걸 깨달았죠. 하벨은 그가 고국을 떠난 걸 용서하지 않았어요."[109)]

"배신"의 T?

체코 전통에서는 문인이 고국을 등진다는 건 배신trahison과 같은 거라고 사람들은 말한다. 빅토르 디크가 1921년에 쓴 시 〈대지가 말한다〉가 이를 증언한다. 말을 하는 이는 조국이다. 조국은 아들 중 한 명에게 어떤 망명 시도도 하지 말도록 경고한다.

> 네가 나를 버려도, 나는 죽지 않으리라
> 네가 나를 버리면, 네가 죽으리라

109) 2022년 5월, 조르주 키즈만과의 전화 인터뷰.

《정체성》 독어판을 위한 밀란 쿤데라의 데생과
그 위에 적힌 플로랑스 누아빌에게 바치는 헌사

'트라우마'의 T

파리, 트로카데로 광장. 2020년 봄. 브르노의 마자리크 대학 문학 교수이자 문예지 〈호스트〉 편집장으로 일하는 미로슬라프 발라스티크와 함께 차를 마시며 이야기를 나눈다.

"밀란 쿤데라의 삶과 작품을 생각할 때, 머리에 떠오르는 말을 딱 한 단어만 고르라고 한다면?"

그는 오래 망설이지 않는다. "저는 '트라우마'라는 말을 고르겠어요. 심지어 그의 트라우마가 이중적이라고 할 수도 있어요. 우선 망명의 상처가 있죠. 그가 《향수》에서 묘사한, 모든 이주자가 갖는 전형적인 상처 말입니다. 이 귀향 불능은 자신이 체코 사회의 눈에 바람직하지 않다—한 인간으로서나 작가로서나—는 자각과 연결이 됩니다.

아마 당신도 1984년 《참을 수 없는 존재의 가벼움》이 출간되었을 때, 체코 반체제 인사들이 그를 공격한 일을 기억하실 거예요. 그들은 그가 이 소설에서 체코슬로바키아에 대한 거짓 이미지, 키치적 이미지를 제시했다고 비난했죠. 한데, 밀란 쿤데라와 체코 반체제 인사들 간의 이 같은 불화는 사실 아주 오래된 거예요. 1968년으로 거슬러 올라갑니다. 당시 밀란은 체코 잡지 〈리스티〉에 '체코의 운명'이라는 글을 발표하여, 프라하의 봄에 대한 자신의 해석을 제시했죠. 내용을 아주 단순하게 말하면, 쿤데라는 프라하의 봄을 어떤 개혁된 체제, 즉 인간의 얼굴을 한 사회주의로 나아가는 첫 걸음이라고 생각했어요. 그러므로 그 길로 계속 나아갈 필요가 있다고 말이죠.

한데 바츨라프 하벨은 그의 해석과는 정반대 입장이었어요. 그는 언론을 통해 쿤데라의 주장을 완전히 뒤엎는 해석으로 응수했죠. 그러자 밀란이 그런 그에게 또 응수했고, 그러다 보니 아주 심한 논쟁으로 이어져, 두 사람 다 서로 죽일 듯이 아주 격렬하게 싸웠어요.

《참을 수 없는 존재의 가벼움》에는 토마시의 한 친구가 정치범 석방 탄원서를 가져오자 토마시가 거기에 서명하길 거부하는 문제의 장면이 나옵니다. 체코 반체제 인사들은 자신들이 쿤데라에게 통째 부정당했다고 느껴 그에 대한 공격에 나섰죠. 당시 쿤데라를 가장 격렬하게 비판한 글 중 하나는 파벨 티그리트가 파리에서 발행되던 한 체코 문예지에 발표한 글입니다. 그 글에서 그는 작가가 자신의 책에서 체코슬로바키아를 현실과 무관하게, 말하자면 키치적이고 소설적으로 묘사했다고 비난했죠. 요컨대, 체코 지식인들은 화해 불가능한 두 진영으로 나뉘어 있었습니다. 한쪽에 '반체제' 지식인들이 있었죠. 그리고 다른 한쪽에, 당시 사람들이 주저치 않고 '콜라보'(체제 협력자들)로 취급하던 이들이 있었고요.

그 적대감이 얼마나 컸던지, 비단 혁명을 거쳐 하벨이 대통령이 되었을 때, 쿤데라는 두려움을 느꼈어요.

반체제 출신 인사들이 정치 요직을 차지했으니까요. 밀란은 자신의 글들이 문학 텍스트가 아니라 정치적 견해 표명으로 여겨질까 봐 겁을 냈어요. 이 시기 이후 그가 체코에서 책 출간을 중단한 이유는 그런 두려움 때문이에요. 《웃음과 망각의 책》이 프라하에서 출간되기까지, 아주 오랜 세월을 기다려야만 하죠."

이 대목에서 미로슬라프 발라스티크가 말을 중단하고서

이렇게 요약한다. "당시 그가 가진 트라우마가 그래서 이중적이라는 겁니다. 망명의 트라우마 외에, 자신이 조국에서 책을 낼 수도 읽힐 수도 없는 사람이라는 트라우마가 또 있죠.

그리고 제2막이 전개됩니다. 시대가 변했지요. 하벨이 떠났고, 반체제 인사들도 차츰 자신들의 직책에서 물러났습니다. 오늘날의 젊은 세대는 지난날의 그런 논쟁을 전혀 모르며 쿤데라의 책은 보편적 차원에서 이해됩니다. (예를 들면 《열쇠의 주인들》을 보세요. 밀란은 오랫동안 이 작품 공연을 금지했었는데, 이 연극이 브르노 극장에서 다시 무대에 올려졌어요. 밀란은 관객들이 이 작품을 너무 직접적으로 체코의 과거와 다시 연결할까 봐 걱정했던 거예요.)

간략하자면, 현 상황은 쿤데라에게 과거보다 훨씬 더 우호적이에요. 비록 말들이 예전과 같은 말들은 아닐지라도, 젊은 세대에게—예전에는 독재와 동의어였던—일부 좌파 사상이 복권되어 그들의 관심을 끌고 있어서 더욱 그래요.

이 새로운 대중은 쿤데라의 작품을 읽고 싶어 합니다. 하지만 그의 작품은 최근까지도 극히 일부만 체코어로 번역되었죠.

왜냐구요? 쿤데라는 자신이 직접 번역하고 싶어 했습니다. 우리는 번역 문제에 관한 한 그가 얼마나 완벽주의자인지, 얼마나 그가 자기 텍스트의 통제에 집착하는지 압니다.

하지만 시간과 건강이 그의 뜻을 거스르고 있죠. 지금 그는 새로운 이중의 불가능 상황에 직면해 있습니다. 그는 자신의 고국에 돌아갈 수 없습니다(이번에는 정치적 동기 때문이 아니라, 건강 문제 때문에 말이죠). 그리고, 《무의미의 축제》를 제외하고, 체코 대중이 읽을 수 있는 그의 책은 거의 없습니다. 그가 체코 사람들에게 그의 책을 안 읽히고 싶어서가 아니라, 그 책들이 프랑스어로 씌었고 아직 번역되지 않았기 때문입니다. 어쨌든 지금도 일부 체코 사람들은 크게 화를 내고 있어요. 그들은 이렇게 묻죠. 중국 사람, 일본 사람 등, 전 세계의 모든 독자가 쿤데라의 작품을 읽을 수 있는데, 왜 체코 사람들만 읽지 못하는가?"

미로슬라프 발라스티크는 "운명의 아이러니"라고 결론짓는다. "그러니까 이중의 트라우마가 지금도 엄존한다고 할 수 있어요. 모든 것이 변했으나, 아무것도 변하지 않은 거죠."

2022년. 끝없는 적대감

더구나 쿤데라는 조국만 떠난 게 아니라 조국의 언어도 버렸다. 참을 수 없는 두 가지 배신….

2022년에 프랑스 측의 제안으로, 프라하의 프랑스 고등학교 이름을 "밀란 쿤데라 고등학교"로 명명하자는 이야기가 나왔을 때, 프랑스어 교사 노조의 항의가 심해 그 계획은 취소될 수밖에 없었다.

'오 소비뇽' 카페에서, 베라는 이에 대한 어떤 설명도 희망도 내비치지 않는다. 물론 그녀는 그런 상황이 가라앉기를 바라마지 않았을 테지만, 더는 그런 믿음을 갖지 않는다. '〈레스펙트〉 사건'이 그녀의 마지막 희망에 최후의 일격을 가했다. 이 고등학교 관련 논란은 그녀가 이미 오래전에 깨달은 것을 확인해줄 뿐이다. 그런 적대감이 끝이 없으리라는 것 말이다. 관찰자가 보기에, 그늘진 구석이 많은 이 비극은 시간 속에 갇힌 하나의 불가사의한 매듭으로 남아 있다.

2008년. 나는 〈레스펙트〉 사건을 기억한다

이 사건, 아마도 완전히 날조되었을 이 사건 얘기를 정말 또다시 거론해야 할까? 밀란에게 너무도 파괴적이었던 이 또 하나의 트라우마를 굳이 떠올려야만 할까?

이 '스캔들'은 2008년에 터진다. 〈레스펙트〉라는 체코 잡지가, 쿤데라가 열여덟 살 때 미로슬라프 드보라체크라는 사람을 고발했다고 비난한다. 이 체코군 탈영병이 서방으로 넘어갔다가 첩보원이 되어 되돌아왔다고 말이다. 드보라체크는 22년의 징역형을 받고, 14년간 강제노동수용소에서 복역

한 후 방면된다.

〈레스펙트〉지에는 체코슬로바키아 경찰의 문서와 심문 조서가 함께 실렸다. 하지만 관련 정보도 없고, 서류에 쿤데라의 서명도 없다. 그런 서류가 무슨 가치가 있단 말인가? 곧바로 즈데네크 페사트 같은 체코 역사학자들이 나서서 진실성에 이의를 제기한 그런 문건을 어떻게 신뢰할 수 있는가? 그 서류들은 60년의 시차를 두고 누군가에 의해 완전히 날조된 가짜 서류들일까? 어쩌면 수상이 유력시되던 그의 노벨상 수상을 방해할 목적으로?

나는 이 거짓 폭로가 밀란에게 안겨준 충격과 혼란을 기억한다. 그의 적들은 절대로 무기를 내려놓지 않으리라던 그의 말, 그가 최고 작가로 인정받는 걸 저해할 수만 있다면 그들은 어떤 수단도 마다하지 않으리라던 그의 말을 나는 기억한다.

밀란이 처음으로 침묵을 깨고 나와 그런 사실들을 단호하게 부정하던 일을 나는 기억한다.

야스미나 레자가 누구보다도 먼저 공개적으로 그런 일에 항의하는 글을 쓴 일을 나는 기억한다.

〈누가 밀란 쿤데라를 더럽히려 하는가?〉라는 피에르 르파프의 멋진 기사를 나는 기억한다. 누구보다 저명한 세계적인 작가들, 네이딘 고디머, 가브리엘 가르시아 마르케스, 존맥스웰 쿳시, 오르한 파묵, 후안 고이티솔로, 카를로스 푸엔테스, 필립 로스, 살만 루슈디 등과 그밖에 다른 많은 이들이 나서서, "그런 조직적인 중상 캠페인"에 대한 자신들의 분노를 표명하던 일을 나는 기억한다.

사람들은 진범을 알고 있다고 한 미로슬라프 발라스티크의 말을 나는 기억한다. 들라스크Dlask라는 인물로, 그는 결국 자신의 잘못을 실토했으며, 당시 그가 비밀경찰과 접촉하고 있었음은 사실로 입증되었다.

나는 조르주 키즈만의 다음과 같은 말을 기억한다. "나는 그런 이야기를 전혀 믿지 않았어요. 다른 무엇보다도 밀란이 어떤 사람인지 알기 때문에 말입니다. 게다가, 당시 제가 그 일을 좀 분석해보았습니다만, 밀란에게는 누군가를 고발할 동기가 전혀 없었으니까요. 다른 누군가가 그의 이름을 도용한 게 분명했어요."

검사들의 시대
혹은 "진실로 탈바꿈하는 구설"

쿤데라는 베르톨트 브레히트를 다룬 《만남》의 한 장에서, 우리가 검사들의 시대에 살고 있다며 이렇게 쓴다. "검사들의 시대에, 삶은 무엇을 의미하는가? '잘못'을 기만적 외양 아래 숨기는, 사건들의 긴 연속이나 마찬가지다. 추적자가 가장假裝 아래 숨어있는 잘못을 찾기 위해서는 탐정의 재능과 정보원들의 네트워크가 필요하다. 또한 자신의 고상한 학자적 위상을 잃지 않기 위해서는, 페이지 하단에 정보원들의 이름을 인용해야 한다. 그렇게 해야 구설口舌이 과학의 눈에 진실로 보이게 되기 때문이다."[110]

1993년. "작가가 단 하나의 언어에 갇혀 살아야 할 이유가 있는가?"

1990년대로, 《불멸》로 되돌아가 보자. 이 소설은 그의 작품의 절정인 동시에 한계점이다. 이로써 쿤데라는 한 사이클, 즉 세계를 아우르는 7부 구성의 다성악多聲樂 소설 대작 사이클의 끝에 이른다. 그 후 그는 이 세계를 다르게 파악하고 싶어 한다. 이전처럼 긴 변주와 푸가를 통해서가 아니라, 짧은 조각들을 통해서다. 디아벨리보다는 골드베르크 변주곡을 통해서다.

그리고, 내친김에 변화의 끝까지 가보지 말아야 할 이유도 없지 않을까? 프랑스에서 오랫동안 살고, 일하고, 프랑스

110) 밀란 쿤데라, 《전집》, t. II, p. 1227.

어로 강의도 하고, 자신의 글들을 프랑스어로 재독하고, 수정도 하고 하다 보니, 1993년에 출간하는 책《배신당한 유언들》은 자연스레 프랑스어로 집필하게 되었다. 그렇게 계속 해보면 어떨까? 65세에, 다음 소설을 프랑스어로 써보면 어떨까? 그것은 아주 대담한 도전이지만, 그렇게 해보지 못할 것도 없지 않을까?

"나는 내가 살고 싶었던 곳을 선택했고, 또한 내가 말하고 싶었던 언어도 선택했다."[111)]

《만남》에서 쿤데라는, 그보다 좀 더 이른 시기인 1960년대에 파리로 망명한 체코 여류시인 베라 린하르토바의 말을 인용한다. 그는 그녀의 '해방적인' 망명 개념 앞에서 감탄한다.

"종종 사람들은 작가는 자신의 언어에 끊을 수 없는 관계로 매여 있어서, 다른 누구보다도 변화에 덜 자유롭다고 주장한다. 내 생각에는 이 또한 소심한 이들이 변명거리로 삼는 신화 중 하나인 것 같다." 왜냐하면 "작가는 한 언어의 포로가 아니기 때문이다."[112)]

그리하여 밀란 쿤데라는 1993년에 쓴《배신당한 유언

111) 앞의 책, p. 1198.

112) 앞의 책.

들》을 시작으로, 오직 프랑스어로만 글을 쓰게 된다. 이제 그도 어느 날 자신을 일신하여 완전히 다른 원료로 작업하는 소수의 작가군—이중언어를 보존한 베케트가 아니라, 콘래드, 시오랑, 이오네스코, 혹은 나보코프 같은—에 속하게 된다. 다른 말들. 다른 이미지들…. 1970년대에 쿤데라는 농담 삼아 자신을 "체코어로 글을 쓰는 최초의 프랑스 작가"라고 소개한 바 있다. 그로부터 25년이 지나, 그는 온전히 프랑스 작가가 된다. 다만 그의 경우는 사실, 완전히 여기 있는 것도 아니고 진짜로 저기 있는 것도 아니다. 언제나 그는 베케트나 나보코프, 스트라빈스키, 곰브로비치 같은 이들처럼, 약간은 다른 곳에 있다. 다른 곳이란, 저 위를 말한다.

1995년. "프랑스어, 그건 그레타 가르보 같은 거죠."

언어를 바꾸는 건 우리를 도취시키는 일이다. 어떤 의미의 장, 비축한 어휘 저장고, 새로운 이미지들 세트가 우리 앞에 놓인다. 쿤데라는《느림》집필을 개시했을 때의 즐거움에 관해 내게 종종 얘기했었다. 사실, 소설 언어를 그렇게 바꾼 건 미리 생각했던 게 아니었다. 그 자신도 이를 놀랍게 여겼다. 비방 드농에 관한 짧은 에세이를 프랑스어로 쓰던 중에—당시 그는 특히 필리프 솔레르스의 잡지 〈무한〉에 많은 에세이를 프랑스어로 써서 발표했다—, 그는 문득 지겹다는 느낌에 사로잡혔다. 좀 재미있게 해보면 어떨까? 이 속에 판타지를 좀 끌어들인다면? 그 짧은 수필은 그렇게 해서 《느림》을 탄생시키게 된다. 그리고 소위 "프랑스 소설"이라는 새로운 시기를 열게 된다.

타이밍도 기가 막히다. 쿤데라는 《불멸》과 더불어 자신의 "체코 영감靈感"을 다 소진했다고 느꼈기 때문이다. 그때까지 그가 몹시도 좋아했던 소설 구성, 즉 여러 악장으로 구성된 대작들의 끝에 이르렀다고 말이다. 돌연 그가 미지의 길로 접어든다. 언어의 관점에서만이 아니라 형식의 관점에서도 그렇다. 그리고 이제 그에게서 짧은 텍스트가 모두 한 덩어리로 튀어나온다! 나는 그가 20여 년 전 《이별의 왈츠》를 쓸 때만큼이나 놀라고 기뻐했으리라고 생각한다. 새로운 젊음이랄까.

1995년에 작가는 이 소설 집필과 관련하여 프랑스 시사주간지 〈목요일의 사건〉에 이렇게 털어놓는다. "문장 하나하나가 정복이요, 성취요, 성찰이요, 발명이요, 모험이요, 발견이요, 뜻밖의 선물이며, 표현 하나하나가 모두 나의 정신을 고스란히 담고 있다."

프랑스어는 그의 열정을 불러일으키지만 그를 주눅 들게 하기도 한다. "나는 나와 프랑스어의 관계를 열네 살 난 소년과 그레타 가르보의 관계라고 생각한다. 그가 그녀의 집으로 찾아가, 어찌할 수 없는 자신의 욕망을 그녀에게 고백한다. 그러자 그녀가 재미있다는 듯 불쌍한 풋내기를 바라보다가, 웃음을 터뜨린다. (…)네가? 오! 아냐, 그건 아니지." 하지만 거부는 사랑을 더욱 강렬하게 만든다. "프랑스어가 나를 좋아하지 않을수록 나는 프랑스어에 더욱더 열을 낸다."[113]

하지만 그레타는 그를 좋아한다. 그녀는 그를 받아들이면서도 그가 그 자신을 잃지 않게 해준다—그가 프랑스어로 글을 쓰면서도 늘 그의 브랜드처럼 여겨지던 그 기막히도록 분명하고 명쾌한 산문을 감쪽같이 잘 보존한다는 건 참으로 놀라운 일이다. 그뿐만이 아니라, 그레타는 그가 자신과 함께 새로운 소소한 자유를 누리는 것도 허용해준다. 신조어의 창작이나, 어휘상의 대담한 시도 등, 오직 그에게만 속하며 그의 산문을 하나의 향연으로 만드는 여러 가지 재미나고 익살맞은 발명을.

1995년. "제발, 행복하게나…"

사실 쿤데라가 언어를 바꾸었다고 하나, 그렇다고 그의 주

---

113) 〈목요일의 사건〉, 1995년 1월 12일, 밀란 쿤데라 《전집》, t. II, p. 1270에 재수록.

《느림》 표지를 위한 밀란 쿤데라의 데생

제들이 달라지는 건 아니다. 《느림》을 읽어보면, 프랑스의 18세기라는 시대의 매력, 그 시대의 비밀과 에로티시즘 취향에 대한 그의 각별한 애착이 다시 한번 텍스트의 핵심 내용인 비방 드농의 소설 《내일은 없다》를 통해 표현된다.

1977년에 첫선을 보인 이 소설은 익명으로 출간되었다—저자 이름 대신 MDGODR('왕의 시종 드농 씨'라는 의미)라는 6개의 머리글자만 나타나 있다. 이 점이 《소설의 기술》에서, 텍스트만이 유일한 평가 기준이 될 수 있도록, 저자명이 없는 책들을 지지하는 쿤데라를 매료시킨다.

《느림》에서, 쿤데라는 드농의 소설에 나오는 멋진 사랑 이야기를 베라라는 여자와 결혼한 한 작가의 이야기와 엮어서 얘기를 풀어나간다. 두 사람은 어느 '호텔 겸 성'에서 하룻밤을 보내기로 한다.

> 성에서 하룻저녁 하룻밤을 묵고 싶은 욕구가 우리를 사로잡았다. 많은 성이 프랑스에서는 호텔이 되었다. 녹지라곤 없는 추醜의 광막함 속 한 조각 사각의 푸르름, 광대한 도로망 속 한 조각 오솔길, 나무들, 새들. 나는 자동차를 몰고 있고, 백미러를 통해 내 뒤의 자동차를 관찰한다. 왼쪽의 작은 등이 깜박거리며 자동차 전체가 조바심의 전파를 보내고 있다. 저 운전자는 나를 추월할 기회를 엿보고 있다. 맹금이 참새를 노리듯이 그 순간을 노리고 있다.
>
> 《느림》, t. II, p. 287.

이《느림》서두는 마르텡과 내가 '파-드-칼레'에서 자동차로 두 사람을 뒤쫓던 날을 상기시킨다. 개구리 넓적다리를 먹으며 우리에게 야나체크 얘기를 들려주기 위해, 친구인 요리사 알렉상드르 고티에의 식당으로 우리를 데려가던 때 말이다. 친구들, 좋은 음식, 성에서 맞는 밤들과 빛의 세기의 최고 작가들, 게다가 미신까지("이 성은 귀신 들렸어. 모든 사람에게 불행을 가져다줄 거야….”114)) — 아무리 이 소설이 체코어가 아니라 프랑스어로 씌었고 그 구조가 이전 소설들보다 훨씬 더 간결하다 할지라도, 여기서 우리는 우리가 아는 쾌락주의자 쿤데라의 모든 것을 다시 보게 된다.

또한 새로운 창작 사이클의 시작이라고 하지만—일부 비평가들이 기를 쓰고 이전 사이클과 대립시키고자 한—사실은 이전과 완전히 같지도 완전히 다르지도 않다. 어떻든 이 소설은 체코 시기를 완벽하게 연장한다. 주제들도 같고, 글의 명쾌함도 같다. 전처럼 유창하고, 전처럼 투명하며, 변함없이 매력적이다. 한 언어에서 다른 언어로 넘어가면서도, 이처럼 까다로운 작품의 일관성과 지속성을 보존할 수 있으려면 엄청난 재능이 필요하다.

2011년. 자기만의 언어를 창조하는 기쁨

2개 국어로 쓰인 하나의 작품? 우리가 무슨 얘기를 하다가 이 “2개 국어”라는 말을 입에 담게 되었는지 모르겠다. 내 기억이 맞는다면 아마도 마르티니크 얘기, 에메 세제르 얘기를 나누던 때인 것 같다. 그날, 우리는 그의 집에서, 그의 집

---

114) 밀란 쿤데라, 《전집》, t. II, p. 366.

밀란 쿤데라의 집무실에 걸려 있는 프랜시스 베이컨의 〈세 자화상 습작〉

무실에서 오랫동안 얘기를 나누었다.

사람들이 세제르[115]를 팡테옹에 들일 준비를 하던 때, 좀 더 정확하게 말하면, 그의 이름이 적힌 명판을 이 지하 묘지에 봉인할 준비를 하던 때다. 그러니까 2011년의 일이었다. 그 후, 우리는 다시 이 시인 얘기를 나누었다. 나는 세제르와 자연에 관한 르포르타주를 쓰기 위해 마르티니크로 떠났다. 이 소식이 밀란을 기쁘게 했다. 그는 세제르의 작품이나 마

115) 에메 세제르Aimé Cesaire(1913~2008). 카리브 해의 작은 섬 마르티니크에서 태어난 작가이자 정치인.(—옮긴이)

르티니크의 동식물에 대한 그의 깊은 애착을 너무나 잘 알고 있었다.

쿤데라는 〈복합적인 만남처럼 아름다운〉이라는 글에서, "마르티니크섬을 제집처럼, 속속들이 알아야 할 조국처럼 품고자" 했던 이 시인의 욕망을 상기한다. 또한 브르통이 세제르가 창간한 잡지 〈열대〉를 포르-드-프랑스의 한 수예점에서 우연히 발견하고서, 즉시 그를 만나보고 싶어 했던 그 유명한 날의 일화도 이야기한다. 그는 내게 세제르와 그, 그렇게 둘이서 함께 마르티니크를 일주한 얘기를 이렇게 들려준다.

"에메 세제르는 어떻게 알게 되었어요?"

"파리에서 만났어요, 람 부부의 집에서."

"마르티니크에 처음 여행한 건 언제였나요?"

"1975년 크리스마스 때."

"위프레도 람 역시, 그곳의 풍경이나 열대 식물과 과일들에서 영감을 아주 많이 받았잖아요…."

"하지만 세제르만큼은 아니었소. 그는 식물 표본을 만들고 재배하기도 했어요. 매일, (포르-드-프랑스의) 시청 일이 끝나면 집으로 돌아가 자신이 '니그로 밤색'이라 부르는 옷을 입고는 식물 채집에 나서곤 했죠. 펠레 산으로, 디아망으로, 바스-포엥트 등지로 말이오. 그는 여러 종류의 열대 식물 사전을 갖고 있었고 식물들이 지닌 약효의 속성을 완벽하게 알고 있었어요."

그날, 밀란은 내게 앙드레 브르통이 서문을 쓴 세제르의 《귀향 수첩》 얘기도 들려준다. 그가 무척 좋아하는 작품이다. "그 무엇과도 비교할 수 없는 전적으로 독창적인 시"라고 그는 말한다. 이 글에서 그가 특히 흥미를 느끼는 것은 세제르의 2개 언어(프랑스어-크레올어) 병용과 언어를 만드는 그 방식이다. "우리는 세제르의 글에서 비일상적이고 불가능한 말들을 만난다. 예를 들면 '예기치 못하게inattendûment' 같은 부사가 그렇다." '사라지는 사람disparaisseur', '불발raterie', '참수égorgette' 같은 말을 만드는 샤무아조의 글도 마찬가지다.

쿤데라가 쓴 프랑스어 산문 또한 이같은 독창적인 사소한 위반들투성이인 것 역시 전혀 놀랍지 않다. 그런 것이 그의 산문의 매력과 독특함을 만든다.

마르티니크에서의 행복

쿤데라 부부는 마르티니크에 너무나 매료되어, 한때 거기에 집을 한 채 따로 마련할 생각까지 한다. 나는 실비 글리상—그녀의 남편 에두아르 글리상이 아니다. "남편과 밀란

내가 마르티니크에 머무는 작가의 이 뜻밖의 이미지에
놀라는 이유는 무엇인가?

은 서로 잘 알지 못했죠"라고 그녀가 말한다―에게서, 당시 밀란이 소설가 파트릭 샤무아조와 나눈 "아름다운 우정" 얘기를 듣는다. 쿤데라 부부에게 서인도제도에 대한 취미를 불러일으킨 사람이 이 《텍사코》―샤무아조는 이 소설을 베라에게 헌정했다―의 저자일까? 다이아몬드 해변에서, 베라와 밀란이 '디아망 레 뱅' 호텔로 내려간다. 그들 전용 방갈로가 그들을 기다리고 있다. 그들의 이름이 적힌 오두막도 두 채 있다…. 나는 발가락을 모래에 묻은 수영복 차림의 두 사람을 상상해본다. 무성한 정원이 보이고, 그 배경에, 태양 아래 빛나는 비스듬히 잘린 모양의 뾰족한 섬이 카리브의 푸른 바다 위로 솟아 있는 모습이 보인다. 그날, 그들을 만나러 오는 앙투안 갈리마르도 보인다. 그는 서핑보드를 타고 바다에서 도착한다….

내가 마르티니크에 머무는 작가의 이 뜻밖의 이미지에 놀라는 이유는 무엇인가? 꽃과 새를 좋아하고, 티-펀치와 해수욕을 즐기는 사람의 이미지에 왜 놀란단 말인가? 지식인의 상투적 이미지를 조금은 뒤엎는 것이어서?

"밀란에게는 너를 놀라게 할 모습이 한두 가지가 아냐" 하고 베라가 어느 날 짓궂게 웃는 얼굴로 내게 말한다. "그가 축구와 아이스하키를 좋아하고, 그와 가장 친했던 체코 친구가 하키 선수인 건 알아?" 그녀의 말이 옳다. 밀란은 진짜 삶, 육체, 자연과 직접 접촉하는 사람이다. 《불멸》의 이 문장은 늘 나를 웃음 짓게 한다—"'나는 생각한다, 고로 존재한다'라는 말은 치통을 저평가하는 지식인의 말이다."

"뭐라 설명하기 어려운 고독의 아우라를 두른,
염려스러울 만큼 하나로 결합한 커플"

쿤데라 부부의 집에는 마르티니크의 화가 에른스트 브를뢰르의 그림이 여러 점 걸려 있다. 거실에, 체코 초현실주의 화가 요제프 이스틀레르의 작품 옆, 화려한 색상의 큰 그림 두 점이 서로 마주 보고 있다. 쿤데라와 브를뢰르는 서로 잘

밀란 쿤데라의 집무실에 있는 에른스트 브를뢰르의 그림

아는 사이다. 두 사람은 베라와 함께 라망텡에 있는 화가의 아틀리에에서 만나 펀치를 마시곤 했다. 쿤데라는《만남》에서, 노예제라는 원초적 트라우마 때문에 브를뢰르의 작품에 강박적으로 나타나는 밤에 관해 이야기한다. 하지만 세월의 흐름과 더불어, 인간 신체 묘사에서 그 최초의 충격이 점차 약화한다고 그는 지적한다. "훼손되어, 허공에 던져진 그 몸은 점점 덜 고통스러워한다, 그것은 한 작품에서 다른 작품으로 넘어가면서, 별들 틈에서 길을 잃은 어떤 천사, 아득히 먼 곳에서 온 어떤 마법의 초대, 어떤 관능적 유혹, 어떤 유희적 곡예를 닮아간다. 원래 주제가, 무수한 변이를 거치면서, 잔혹의 영역에서 경이의 영역으로 옮겨간다."[116)]

이 글에 멋진 작별 장면이 하나 서술되어 있다. 점심 심사가 끝나고, 에른스트 브를뢰르와 그의 아내가 집 현관 층계에 서서, 멀어져가는 친구들을 눈으로 좇는다. "나는 (그들이) 뭐라 설명하기 어려운 고독의 아우라를 두른, 염려스러울 만큼 하나로 결합한 커플 같다는 느낌을 받는다"라고 쿤데라는 말한다. 내가 마르텡과 함께 레카미에 가에서 쿤데라 부부와 작별할 때마다 늘 떠오르는 것이 바로 쿤데라의 이 문장이다.

"쿤데라의 작품에서, 유머는 진실이 흔들리기 시작하는 순간 시작된다"

2020년 12월 8일에 받은 메일 한 통. "친애하는 플로랑스, 이제 내겐 당신께 멋진 체코 여행을 기원하며 당신을 부러워하는 일만 남았군요! 뭔가 발견하는 게 있으면 내게 얘기해 주실 거죠? 나도 그렇게 할 거예요. 어쨌든, 멋진 축제가 되

---

116) 밀란 쿤데라, 《전집》, t. II, p. 1188.

길 빕니다! F."

이 F.는 바로 캐나다인 프랑수아 리카르다. 쿤데라 작품의 대 해설가이자 플레이아드 전집 판에 "그의 작품 전기"를 쓴 사람. 늘 나는 그의 글에 몹시 감탄하곤 했다. 밀란의 책들에 대한 그의 심오하면서도 섬세한 접근이라든가, 텍스트들을 아주 세밀한 부분까지 속속들이 알고 있는 그의 지식에는 참으로 감탄을 금할 수 없었다. 오랫동안 우리는 그가 학생들을 가르치던 맥길 대학이나 아니면 그가 사는 몬트리올로 내가 그를 보러 가기로 약속을 했었다. 우리가 서로 알게 된 건 〈르몽드〉를 통해서다. 나는 그에게 쿤데라에 관해 글을 써 줄 것과 번역을 요청했었다. 그 뒤부터 줄곧 서로 접촉을 유지해왔다. 지금 쓰고 있는 이 책에 대해 그는 열성적이었고, 대범했고, 열정적이었으며, 나를 격려해 마지않았다. 나는 그에게 우리 두 사람 모두의 친구들 소식을 전해주곤 했다. 그는 코로나 때문에 그의 마지막 파리 여행을 취소해야만 했고, 밀란과 베라를 다시는 보지 못한다는 생각에 괴로워했다.

나는 편지에서 그가 자기 얘기를 했다는 걸 미처 깨닫지 못했다. 몬트리올로 그를 만나러 가야겠다고 결심했을 때, 그제야 나는 그가 이미 사망했다는 사실을 알게 되었다. 우리는 디지털 공간에서 그리고 한 위대한 작가의 상상계에서 서로 마주치게 될 것이다. 이 책은 그에게 많은 빚을 지고 있다.

《향수》를 펼치면, 그가 쓴 빛나는 후기를 다시 읽게 된다. 그 글에서 프랑수아 리카르는 쿤데라 사상의 주축 같은 말 '유머'가 의미하는 바를 다른 누구보다도 명쾌하게 해설한다.

쿤데라의 유머는 "단순한 웃음이나 코믹 같은 게 아니다, 주로 그렇게 표현되기는 하지만, 그런 것으로만 여겨서는 안 된다"라고 프랑수아 리카르는 강조한다. "보다 일반적으로, 또한 좀 더 근본적으로, 그것은 '진지한 것'처럼 행세하며 침묵과 경배를 강요하는 모든 것에 대한 믿음의 거부이다. (…) 소설의 유머 작업은 어떤 등장인물을 통해, '진리'가 흔들리고, '가치'가 상대화되는 순간, 그리하여 그때까지 안정되고 분명한 것으로 나타나던 모든 것이 흔들리고, 용해되고, 끝없는 자체 변주의 연속으로 변형되기 시작하는 순간에 시작된다. 소설이라는 유희(진지하지 않음)의 영토를 순회하는 공기는 그런 것이다. 그 무엇도 그것의 침식작용을, 그것이 모든 것에 흩뿌리는 그 가벼움을 견뎌내지 못한다. 그래서 모든 것은 즉시 모호해지고 문제 거리가 되며, 인간 고유의 이 새로운 은총을 빛내며 세속적 불완전함과 끝없는 경멸의 공간 속으로 추락한다."[117]

117) 프랑수아 리카르, 《유린의 소설, 밀란 쿤데라의 작품에 관한 변주》.

"우리가 우리의 삶과 우리 시대를 이해하는 토대라고 믿는 그 신성한 가치들"

어떤 '진리'를 뒤흔드는 것— 이 프로그램은 쿤데라의 거의 모든 소설에서 작동한다. 어떤 큰 주제, 혹은 어떤 큰 말을 집어 유머의 산성 욕조 속에 빠트려 보라. 그리고 거기에 아이러니를 한 숟가락 듬뿍 뿌려 보라. 그러면 쿤데라의 소설 한 편을 얻게 된다. 《정체성》, 《불멸》, 《농담》, 《향수》…. 많은 '진리들'이 돌연 그 모든 뉘앙스, 그 모든 양상과 함께 재현되고, 그 모든 양면성과 그 잔인한 모호성 속에서 베일을 벗는다.

쿤데라의 소설들이 불러일으키는 진동은 바로 거기에서 나온다고 프랑수아 리카르는 결론짓는다. 이 진동은 "그때까지 자명한 것으로 여겨지던 어떤 진리에 대한 모든 의문 제기가 낳는 진동과 같다. 우리의 삶과 우리 시대를 이해시켜주고 우리가 걸어가는 모호한 세계에서 선과 악을 구분해주는 토대라 믿어온 어떤 단순하고 신성한 가치에 대한 모독이 불러일으키는 진동과 같다."

2003년. 《향수》
혹은 "위대한 귀향"의 신화

《향수》에서 쿤데라가 의문을 제기하는 그 '진리'는 망명이다. 그가 등장시키는 인물(이레나, 조제프, 구스타프 및 다른 사람들)에 따르면, 망명은 스펙트럼의 모든 색깔을 띤다. 그것은 고통으로 나타날 수도 있고 해방으로 나타날 수도 있다. 이 양극단 사이에서 상상할 수 있는 모든 뉘앙스와 함께 말이다. 망명이라는 게 다른 사람들 눈에는 아예 존재하지 않기도 한다. 이레나가 프라하에서 고교 시절 동창들과 재회할 때, 그녀들은 그녀가 들려주고 싶어 하는 얘기에 관심을 기울이지 않는다. 마치 '다른 곳'에서의 그 삶이 존재하지 않았던 것처럼 여긴다. 망명의 부인이다.

> 그녀가 외국에서 뭘 했는지에 대해 철저하게 무관심한 태도를 보임으로써, 그녀들은 그녀에게서 지난 이십 년의 삶을 잘라냈다. 이제(…) 그녀들은 그녀의 현재와 과거를 다시 꿰매려고 한다. 마치 그녀의 팔뚝을 잘라내고서 손을 곧장 팔꿈치에 붙이려는 듯이.
>
> 《향수》, t. II, p. 481.

모든 망명자는 쿤데라가 대문자로 적는 "위대한 귀향"을 희망하면서도 두려워한다. 낮에, 이레나는 그녀의 영원한 도시, 그녀의 은신처인 프라하를 꿈꾼다. 하지만 밤이 되자, 그녀는 아무것도 알아보지 못하고 공포에 사로잡힌다. 낮의 꿈이 끔찍한 악몽으로 변한다.

1990년. "모두가 죄인을 쫓았고 모두가 죄인으로 쫓겼다."

쿤데라 부부에게, 이 "위대한 귀향"은 1990년에 일어난다. 그해 여름, 밀란과 베라는 1975년 이후 처음으로 체코로 돌아간다. 15년 사이에 일어난 그 엄청난 변화! 그들은 베를린 장벽이 무너진 후 처음 프라하를 방문했을 때, 두 사람 다 얼마나 당혹스러웠는지를 우리에게 한두 번 얘기한 게 아니다. "정말 가는 곳마다 영어 표지판과 광고판이 있었어!" 그 변화는《향수》의 아래 단락에 메아리처럼 울린다.

> 프라하는 사십 년 동안 모든 주민이 초등학교 때부터 배워야 했던 러시아어를 예상보다 빠른 속도로 잊었으며, 세계의 연단 위에서 박수갈채를 받고 싶어 안달하며 영어 표기들로 치장한 채 행인들에게 자신을 전시했다. 스케이트보딩, 스노우보딩, 스트리트웨어, 퍼블리싱 하우스, 내셔널 갤러리, 카 포

《향수》 표지를 위한 밀란 쿤데라의 데생

하이어, 포모나마켓 등등. (…)체코어는 단지 앵글로색슨 음운들만 인간의 말로 도드라지게 하는 하나의 배경 음향, 개성 없는 웅얼거림에 지나지 않았다.

《향수》, t. II, p. 507.

밀란에게는 새로운 충격이다. 체코 문화에서 무엇이, 정말 무엇이 남게 될까? 러시아의 굴레에서 빠져나오기 무섭게 이렇듯 느닷없이 아메리카의 품속에 떨어지는 것—그것을 자신의 사회 모델로, 자신의 언어, 자신의 생활 스타일로 열렬히 채택할 만큼—을 보며 그는 깊은 실망에 잠긴다.

"세계의 연단 위에서 박수갈채를 받고 싶어 안달하며"라는 문장은 그의 씁쓸한 심정을 잘 대변한다. 이 유럽 국가는 이번에는 "납치"당한 게 아니다. 그 스스로, 그에게 가장 소중한 것, 그의 정체성과 문화를 희생하면서, 강대국의 품속에 뛰어든 것이다.

한데, 밀란과 베라 쿤데라는 순식간에 프라하를 덮친 이 현대성에도 놀랐지만—거리 구석구석에 단체 관광, 소음, 상스러움이 차고 넘친다—, 아무리 별 환상을 품지 않았다고는 해도, 1989년부터 시작된 그 신속한 '죄인 사냥'에는 더욱더 질겁한다.

> (공산주의가 끝나자), 모든 사람이 죄인들을 쫓아 과거를 향해 처벌 원정길에 몰려들었다. 한데 누가 죄인이란 말인가? 1948년에 승리했던 공산주의자들? 아니면 패배했던 그들의 적? 모두가 죄인을 쫓았고 모두가 죄인으로 쫓겼다.
>
> 《향수》, t. II, p. 505.

2021년. 여행 수첩 - 카를스바트

종종 나는 1975년, 프랑스를 향한 대 출정 전날 밤의 베라를 상상해보곤 했다. 무엇을 가져가야 하나? 무엇을 남겨두어야 하나? 《향수》에서, 이레나는 짧은 만남을 가진 조제프가 그녀에게 주려고 바에서 슬쩍한 작은 재떨이를 여행 가방에 넣는다. 그리고 망명 중에 그것을 '행운의 상징처럼' 몰래 핸드백에 넣어 가지고 다닌다.

행운의 상징처럼 여기거나 아니면 적어도 기억의 표지처럼 써먹으려고 여기저기서 슬쩍하는 자질구레한 물건들, 그런 도벽에 대해 베라와 나누었던 대화들이 떠오른다. 그래서 나도 카를로비 바리, 지난날의 카를스바트에 있는 그랜드호텔 '펍'에서 희고 푸른 색깔의 물잔을 하나 가져와 시골에서 양치 컵으로 쓰고 있다. 신화적 호텔 '펍'! 나는 종종 이 호텔을 생각한다. 쿤데라 부부가 각별한 애착을 느끼는 곳이다. 그들이 15년 동안이나 보헤미아 지방에 발을 들이지 않다가 1990년에 되돌아갔을 때, 오랜 친구 카렐 슈타이게르발트, 에바 살츠마노바와 함께 며칠간 바람을 쐬기로 선택한 장소가 바로 거기다.

카렐 슈타이게르발트는 그해 여름을 완벽하게 기억하고 있다. 프라하에서 안나 카레니나와 함께 만나 셋이서 같이 점심을 먹은 뒤, 그가 이렇게 털어놓는다.

"베를린 장벽은 무너졌지만, 밀란과 베라가 프라하로 돌아올 생각이 별로 없다는 걸 나는 곧바로 깨달았어요. 두 가지 이유가 있었어요. 첫째는 밀란이 프랑스에서 누리던 자유입니다. 당시, 우리나라는 온통 불관용과 너그러움의 결핍이 지배하는 분위기였죠."

"《향수》에 나오듯이, '모두가 모두를 쫓았다'라는 말씀인가요?"

"바로 그렇습니다. 두 번째 이유는 문화 수준 문제였어요. 당시 파리가 작가로서의 그에게 제공하던 그 자극적이고 활기찬 분위기를 체코 공화국에서는 절대 찾을 수 없었을 거예요. 그의 작품이 제대로 전개될 수 있었던 건 프랑스에서죠. 나는 이점을 즉각 느꼈고, 보시다시피 그 생각은 틀리지 않았어요."

그는 틀리지 않았다. 하지만, 두 사람 다 보헤미아를 얼마나 그리워했는가. 나중에 가서, 결국… 언젠가는 다시 보헤미아에서 살리라는 그들의 마지막 희망을 '레스펙트' 사건이 얼마나 망가뜨리게 되는가.

나는 베라가 파란색 소형 승용차 '르노 5'를 타고 떠난 '대출정'을 묘사할 때 내게 했던 이 말들을 다시 생각해본다. "거의 아무것도 가져가지 않았어. 책 상자 몇 개, 옷 몇 벌뿐. 우리는 돌아올 거라고 확신했거든."

또한 그 레자니나라는 사람, 출발 전에 그녀가 점을 본 그 점쟁이, 그녀가 보헤미아에서 죽지 않을 거라고 예언한 그

점쟁이도 틀리지 않았다.

동유럽 증후군은 절대 치유되지 않는가?

떠나야 하는가, 남아야 하는가? 되돌아가야 하는가, 가지 말아야 하는가? 얼마나 많은 동구의 망명자들이 이런 고통을 겪었을까? 얼마나 많은 소설가가 그런 얘기를 썼을까? 루마니아 출신 미국 작가 노르만 마네아가 쓴《불량 소년의 귀환》은 그런 소설의 탁월한 한 예시라 할 수 있다. 우리는 지금 맨해튼에 있다. 노르만 마네아가 "동유럽 요리를 열심히 모방하는" 레스토랑 '바니 그린그래스'에서 친구 필립 로스와 재회한다. 마네아는 지금 10년째 미국에서 살고 있다. 한데, 공산주의가 붕괴하고, 그에게 고국으로 돌아갈 기회가 주어진다. 어머니도 돌아가셨고, 독재도 끝났지만, 과거의 유령들이 그의 목을 죄러 오지는 않을까? 부쿠레슈티행 비행기를 타야 하는가, 타지 말아야 하는가? 거기에 가야 하는가, 가지 말아야 하는가? 어떻게 해야 하는가?

올리비에 게즈는 노르만 마네아의 이 풀 수 없는 딜레마를 이렇게 요약한다. "필립 로스는 그에게 '동유럽 증후군을 치유하도록', 이전 삶을 떨쳐버리고 자유로워지도록 떠나라고 조언한다. 하지만 청어를 좋아하고, 주저와 망설임을 좋아하는 마네아는 또 다른 루마니아 망명객 시오랑의 금언을 곱씹는다— 조국을 만나러 가는 건 또 하나의 절망이 필요해서라고, 또 다른 불행에 대한 갈증 때문이라고 한 말 말이다. 그는 필립 로스에게, 좀 더 일찍 떠나지 않은 데 대한 후회와 결국 떠나고야 말았다는 후회를 함께 마음에 간직한 채 떠났다고 (서른 번째) 고백한다."[118]

동유럽 증후군은 절대 치유되지 않는가? 이전의 삶은 절대 떨쳐버릴 수 없는가?

밀란 쿤데라의 마지막 두 말은 "브르노"와 "마민카(엄마)"였다.

1981~2018년. "'T'가 두 개, 'R'도 두 개"

2018년에 서광이 비친다. 체코 총리 안드레이 바비슈가 제1차 세계대전 1백 주년 기념식을 위해 파리에 방문한다. 같은 시기, 프랑스 주재 체코 공화국 대사 페트르 드루라크가 밀란 쿤데라에게 체코 국적을 되돌려줄 것이라고 선언한다. 몇 달 뒤, 레카미에 가의 쿤데라 집에서 그 일이 실제로 이루

118) 올리비에 게즈, 《리뷰 XXI》.

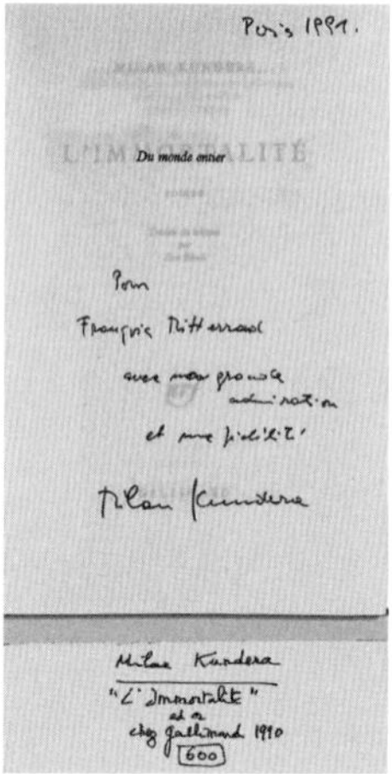

《불멸》 속표지에 쓴, 프랑수아 미테랑에게 바치는 밀란 쿤데라의 헌사

어진다. 대사가 직접 방문하여 그에게 국적 증명서를 수여한다. 그에게 출간을 금지하고 외국으로 떠나도록 강요한 공산당 권력에 의해 시민권을 박탈당한 지 40년이 지나서야 상징적 '귀환'이 이루어진 것이다. 밀란이 아흔 살 때 일이다.

국적 변화에 얽힌 일화 하나가 떠오른다. 1981년의 일이다. 7월 1일, 당시 문화부 장관이던 자크 랑의 제안으로, 쿤데라는 그해 5월 프랑스 공화국 대통령으로 선출된 프랑수아 미테랑에 의해 프랑스 국적을 취득한다. 수여식은 엘리제궁에서 거행된다.

쿤데라는 행복하다. "프랑스는 내 책들의 조국입니다." 프랑스 국적 취득 소회를 밝히는 연설에서, 그는 자신의 책들이 체코슬로바키아에서 금서가 되었을 당시 다행히도 프랑스에서 빛을 본 일을 암시하며 그렇게 선언한다. 그러고는, "어느 면에서 저는 제 책들의 길을 좇은 셈입니다"라고 말을 맺는다.

미테랑과 쿤데라는 서로를 존중한다. 유럽에 대한 믿음, 유럽 문화에 대한 존경심을 공유한다. 하지만 당시 쿤데라는 프랑수아 미테랑에게 감사의 말을 하지 못했다. 대통령이 부재중이었기 때문이다. 그로부터 10년 후, 그는 소설《불멸》에 두 쪽에 걸쳐 미테랑을 등장시키는 방식으로 그에게 감사의 뜻을 표한다. 미테랑이 작가를 만나보고 싶어 하고, 그리하여 프랑수아즈 사강의 집에서 둘의 만남이 이루어진다. 미테랑이 쿤데라에게 헌사를 청한다. 손에 펜을 들고 앉은 작가에게서, 베라가 고민 서린 눈빛을 포착한다.

그녀가 다가가 그의 귀에 속삭여준다. "'t'가 두 개고, 'r'도 두 개야.'"

'마지막 시기'의 자유

종종 나는 너무 젊지 않은 쿤데라를 알게 된 걸 다행이라

담배를 피우는 밀란

고 생각한다. 그의 생의 마지막 3분의 1의 시기. 이미 그가 미디어에 침묵하겠다고 선언한 뒤다. 성숙과 자유의 절정에 이른 그는 점점 더 《삶은 다른 곳에》에 나오는 노인을 닮기 시작했다. '떠들썩한' 젊은이들을 조용히 지켜보는 늙은 학자. "문득 그는 이 홀에서 자유의 특권을 누리는 자가 자기뿐임을 깨닫는다. 나이가 많아서다. 인간은 나이가 들었을 때만 무리의 견해를, 대중과 미래의 견해를 무시할 수 있다. 그는 가까운 죽음과 함께 혼자이며, 죽음은 눈도 귀도 없어서, 그의 환심을 사야 할 필요가 없다." 렘브란트와 피카소가 좋은 예다. 브루크너와 야나체크도 그렇다. '푸가 예술'의 바흐도 그렇다.

“농담의 검은 밑바닥까지 내려가기”

《느림》의 저자 겸 화자에게, 그의 부인 베라는, “종종 당신은 내게 단 한 마디도 진지하지 않은 소설을 쓰고 싶다고 말했어. ‘당신의 즐거움을 위한 거대한 장난질’을. 그때가 온 게 아닌지 두렵군”이라고 말한다(그를 이해하지는 않고, 그가 곤경에 빠지기만 기다리는 악의적인 ‘늑대들’을 조심하라는 주의와 함께).

“단 한 마디도 진지하지 않은 소설”, 쿤데라는 자신의 마지막 소설《무의미의 축제》를 바로 그런 소설로 정의한다. 마치《느림》(1995년)과《무의미의 축제》(2014년)를 연결하는 보이지 않는 선이 있기라도 한 듯이. 마치 20여 년 세월 동안 쿤데라가—또한 그와 함께 독자가— 계속 모든 무게를 벗어던져 버리기라도 한 듯이. 이제는 그저, 페이지들 속에서 날개를 파닥거리며, 총체적 부조리 위를 떠도는, 천사나 자고새의 깃털 하나가 되기 위하여.

> 농담의 검은 바닥까지 내려가기.
>
> 《커튼》, t. II, p. 1095.

2014년.《무의미의 축제》

흰색 표지의 ‘블랑슈’ 총서로 간행된 이 책을 펼쳐 그의 헌

흰색 표지의 '블랑슈' 총서로 간행된 책을 펼쳐 그의 헌사를 보는 기쁨.

사를 보는 기쁨.

그와의 통화가 끝나자마자 나는, 책 맨 뒤에, 그때의 추억을 잽싸게 이렇게 적었다— 2014년 4월 1일, 그의 여든다섯 번째 생일에, 밀란이 투케에서 내게 전화를 걸어 이 신간에 대해 이렇게 말했다. "나는 농담으로 시작해서, 이렇게 농담으로 끝내는군요."

쿤데라는 자신의 모든 '농담' 중, 이것이 마지막 농담임을 알았다.

다르델로, 《무의미의 축제》에 나오는 이 등장인물도 생일

같은 것을 싫어한다. 진료 대기실에서(그는 의사가 자신에게 중병을 통고하리라고 생각한다), 그는 반짝이는 한 가지 생각을 떠올린다.

> 속으로 (그는) 이제 3주 후면 아주 오래된 자신의 탄생과 아주 가까워진 자신의 죽음을 동시에 축하하게 될 거라고, 이중의 축하 파티를 열게 될 거라고 거듭 되뇌었다.
>
> 《무의미의 축제》, t. II, p. 565.

삶의 본질로서의 무의미

밀란 쿤데라를 다룬 다큐멘터리 영화—《농담》에서 《무의미의 축제》까지(2021년)—에서, 밀로슬라프 스미드마예르는 《무의미의 축제》를 밀란 쿤데라의 가장 중요한 책, 찬란한 피날레로 여기는 실비아 리히트로바의 말을 인용한다.

나의 질문에 그녀는 이렇듯 분명하게 밝힌다. "그렇습니다. 나는 이 책이 그의 전 작품의 거울 같은 책이라고 생각해요. 그의 작품은 방대하고 복잡하지만, 이 거울은 작고 단순해 보이죠. 하지만 그의 작품 전체의 핵심 내용을 전혀 티 내지 않고 보여줍니다."

《무의미의 축제》의 표지를 위한 밀란 쿤데라의 데생

정말이지 다시 읽어보니, 이 작품은 쿤데라의 모든 주요 주제들을 한 권에 집약하고 있다. A에서 Z까지(빠진 것은 독자들이 보충할 수 있을 것이다), 어렵지 않게 한 권의 휴대용 소사전을 구성할 수 있다.

우정Amitié –"신앙이 없는 내 사전에 단 하나 성스러운 단어가 있으니 그것은 우정이다."[119]

농담Blague –"그의 주변 누구도 농담이란 게 뭔지 알지 못하게 되었어. 바로 여기에서(…) '역사'의 새로운 대 시기가

119) 밀란 쿤데라,《전집》, t. II, p. 573.

도래한 거야."[120]

위인Célébrité –"나는 우리 거리에 이름을 장식한 그 위인이라는 자들한테는 관심 없어. 그 사람들은 야망, 허영, 거짓말, 잔혹성 덕분에 유명해진 거야."[121]

조심성Discrétion –"그는 성공을 좋아하면서도 동시에 시샘을 불러일으킬까 봐 걱정했고, 찬탄의 대상이 되는 것을 즐겼지만 추종자들을 피했다. 그의 조심성은 고독을 즐기는 취향으로 변했다."[122]

자유Liberté –"라몽은(…) 계속 이 천재들의 공원을 천천히 거닐었다. 겸허한 그 천재들은 산책객들이 무심히 지나쳐주는 덕분에 기분 좋게 자유를 느낄 것이다. 아무도 걸음을 멈추고 그들의 얼굴을 보거나 받침대에 새겨진 문구들을 읽으려 들지 않았다. 그런 무관심을 라몽은 마치 우리에게 위안을 주는 평온한 고요인 양 가슴 깊이 들여 마셨다."[123]

죽은 자Mort(혹은 꼭두각시 인형) –"죽은 자들은 오래된 죽은 자들이 되고, 더는 아무도 그들을 기억하지 못하게 되고, 무無 속으로 사라져버리는 거야. 아주 아주 드물게 몇 사람만

---

120) 앞의 책, p. 573.

121) 앞의 책, p. 579.

122) 앞의 책, p. 594.

123) 앞의 책, p. 567.

이 이름을 남겨 기억되지만 진짜 증인도 없고 실제 기억도 없어서 꼭두각시 인형이 되어버리지."[124]

망각Oubli – "스탈린의 이름도 그냥 어렴풋이 아는 모양인데(…)."[125]

웃음Rire – "그리고 쾌활한 만큼 고독하기도 한 그의 웃음이 커다란 방에 오래도록 떠돈다."[126]

진지함Sérieux – "우리는 이제 이 세상을 뒤엎을 수도 없고, 개조할 수도 없고, 한심하게 굴러가는 걸 막을 도리도 없다는 걸 오래전에 깨달았어. 저항할 수 있는 유일한 길은 딱 하나, 세상을 진지하게 대하지 않는 것뿐이야."[127]

즐거운 기분Wohlgemutheit(헤겔에 의하면 unendliche Wohlgemutheit, 즉 "무한히 즐거운 기분") – "오로지 무한히 즐거운 기분의 높은 곳에서만 사람들의 영원한 어리석음을 내려다보고 웃을 수 있는 거라고."[128]

우리는 빠진 문자들을 이런 식으로 계속 보완해나갈 수

124) 앞의 책, p. 574.

125) 앞의 책, p. 574.

126) 앞의 책, p. 601.

127) 앞의 책, p. 601~602.

128) 앞의 책, p. 603.

있을 것이다. 물론 I 자를 빼먹어서는 안 될 것이다. '무의미 Insignifiance'의 대문자 I.

> "무의미는 말이죠, 삶의 본질이에요. 언제 어디에서나 우리와 함께 있어요. 심지어 아무도 그걸 보려 하지 않는 곳에도, 그러니까 공포 속에도, 참혹한 전투 속에도, 최악의 불행 속에도 말이에요. 그렇게 극적인 상황에서도 그걸 인정하고, 그걸 무의미라는 이름으로 부르려면 종종 용기가 필요하죠. 하지만 단순히 그걸 인정하는 것만이 아니라, 무의미, 그것을 사랑해야 하고, 그것을 사랑하는 법을 배워야 해요. 여기 이 공원에, 우리 앞에, 무의미는 절대적으로 명백하게, 절대적으로 무구하게, 절대적으로 아름답게 존재하고 있어요. 그래요, 아름답게요. (…)들이마셔 봐요, 다르델로, 우리를 둘러싸고 있는 이 무의미를 들이마셔 봐요, 그것은 지혜의 열쇠이고, 즐거운 기분의 열쇠예요."
>
> 《무의미의 축제》, t. II, p. 621.

베라에게 바치는 경의 – "이 여자는 정말 강하다!"

즐거운 기분. 그것은 곧 베라다. 즐거운 기분, 그것은 곧 힘이다.《무의미의 축제》에는 나의 뇌리에 깊이 각인된 이런

1969년, 핀란드에서 체코 텔레비전을 대표하던 당시의 베라 쿤데라

문장이 나온다. "믿기지 않겠지만, 그녀는 거의 쾌활하더라고요. 나는 그녀에게 감탄했어요. 그 강인함이라니!"

밀란, 저도 알아요, 전기傳記를 당신 작품에 투영해서는 안 된다는 걸요. 하지만 당신이 이 이야기 속의 몇 안 되는 여성 인물 중 한 명인 프랑크 얘기를 할 때—막 남편을 잃었고, 그날 아침까지도 그의 창백한 손을 잡고 있었음에도 기어이 밝은 얼굴로 사람들 앞에 나서는 그 프랑크—, 나는 당신의 말에서 베라에게 바치는 경의를 읽지 않을 수 없어요.

믿기지 않겠지만, 그녀는 거의 쾌활하더라고요. 나는 그녀에게 감탄했어요. 그 강인함이라니! 삶에 대한 그 사랑! 하도

울어서 눈이 여전히 빨간 채로 그녀는 웃었어요. 하지만 우리는 다 알고 있었어요. 그녀가 얼마나 그를 사랑했는지! 그녀가 얼마나 고통을 겪었을지! 정말 강한 여자예요.

《무의미의 축제》, t. II, p. 566.

자신의 책을 찢는 작가

2022년 6월 6일. 마르텡과 함께 레카미에 가를 방문한다. 베라가 열린 문 옆에서 우리를 기다리고 있다. 매우 강하지만 너무 약한. 곧 부러질 잔가지 같다. 매일같이 병든 남편 곁을 지킨 지가 벌써 4년째다. 이젠 잠도 자지 않는다. 밀란은 한밤중에 끊임없이 깨어나, 함께 사는 동안 그녀를 위해 만든 온갖 애칭으로 그녀를 부른다.

마르텡이 자랑스럽게 그녀가 좋아하는 과자 '오플라트키' 상자를 흔들자, 그녀의 입가에 미소가 떠오른다. 하나의 게임 같다. 방문 때마다 우리는 최근에 체코에 갔을 때 사 온 과자를 한 상자 가져간다. 이 과자는 올로모우츠에서 가져온 바닐라 향이 나는 과자다. 그녀는 마치 그가 모자에서 토끼를 꺼내기라도 한 듯 웃는다. 아니, 또 하나가 나오네? 이게 웬일이람?

베라 – "13살 때였나, 어렸을 때 아빠가 내게 교육상 큰 실수를 저질렀어. 나를 서재로 데려가 이렇게 말했지. '여기서 저기까지는 읽을 수 있어. 하지만 여기서 저기까지는 안 돼.' 나는 즉각 금지된 서가로 달려갔지. 내가 고른 책을 집에서 몰래 숨어서 읽었어. 시트 아래에서, 손전등을 켜고서 말이야. 내용은 하나도 이해를 못 했고, 욕설만 많이 배웠지. 그게《밤의 끝으로의 여행》이었어."

밀란은 검은색 운동복 차림에 소매 없는 검은색 오리털 재킷을 걸치고 있다. 우아하다. 변함없이 우아한 모습. 그의 앞에 책이 몇 권 놓여 있다. 오에 겐자부로, 카뮈, 내가 알아볼 수 없는 체코 책들과 슬로바키아 책도 한 권 있다. 그는 이 책들의 앞부분과 뒷부분 들을 말끔하게 뜯어냈다.

"책을 모조리 찢고 있어. 자기 책들도. 이건 슬로바키아판《무의미의 축제》야. 완전히 망가졌어. 무슨 복수라도 하려는 사람 같아. 이 책, 오에 책도 다 뜯겼어. 모두 다 파괴되는데, 한 권만 매번 망가지지 않고 살아남아. 카뮈의 책,《반항하는 인간》이 말이야. 이 책은 아직 맞서고 있어. 저항 중이야."

글쓰기도 밀란 쿤데라에겐 그런 것이었을까? 농담의 검은 바닥까지 내려가는 것. 그런 다음, 그게 끝나면, 모두 찢어버리는 것?

모든 것이 찢길 것이다, 모든 것이 잊힐 것이다…

새로운 것? 현관 입구 벽장 위에, 베라가 누군가에게서 받은 사진을 한 장 붙여놓았다. 생-마르텡 운하 근처에서 찍은 사진이다. 쿤데라의 문장, "모든 것이 잊힐 것이다…"를 인용한 그라피티. 누군가가 "살인자들 만세?"라는 말을 덧붙여놓았다. 베라가 말한다. "꼭 그림 같아 보이지 않아?"

망각…. 자기 자신의 작품을 찢기. 스크립타 마넨트scripta manent(글은 남는다). 하지만 남아야 할 것도 결국은 파괴되고, 찢기고, 조각나고, 으깨지고, 산산조각이 나고, 색종이 조각처럼 되어 무의미의 거대한 축제 위에 비처럼 뿌려질 것이다. 신사 숙녀 여러분, 이리 가까이 오시오, 이 거대한 바퀴는 절대 멈추지 않습니다. 쇼는 끝없이 계속됩니다. 하지만 이는 내가 화가 나서 하는 말이다. 이래서는 안 된다. 밀란에게서나 베라에게서나 나는 지금껏 단 한 번도 냉소적이거나 빈정거리는 말을 들은 적이 없다.

주간 근무 간호사 자밀라가 "또 뵈어요" 하고 인사한다. 그녀의 인사에서 막연한 기원 같은 것이 느껴진다. "얼른 다시 와요. 이젠 오는 사람도 거의 없어요. 라키스(프로가이디스)는 마니 반도에 가 있을 때가 많고, 알랭(핑켈크로트)은 몸이 아파요. 벌써 4년째, 거의 아무도 찾아오지 않아요."

2022년. 메모 수첩. 파리

이 책 내용을 구상할 때 해두었던 메모가 눈에 띈다. 열 한 가지 주안점을 정리한 리스트다.

1. 책을 그의 작품 속으로 떠나는 문학 산책처럼 구상할 것. 브르노, 프라하, 모라비아, 보헤미아로 가볼 것. 그를 알았던 사람들을 만나볼 것. 그의 발자취를 더듬어볼 것. 문학 외에(문학과 별개가 아니라, 문학과 함께, 그의 문학적, 실존적 탐구의 핵심과 얽혀 있는 것으로서), 아래의 내용을 환기할 것—

2. 음악, 음악, 음악!

3. 그림(베이컨에서 브를뢰르까지), 데생(그는 '아델피' 발행인 로베르토 칼라소가 처음으로 그의 데생을 그의 책들 표지에 넣었을 때 몹시 만족스러워했다).

4. 여자들, 유혹, 에로티시즘은 물론, 남자들끼리의 많은 우애 관계, 그가 나눈 교분의 풍경을 그려볼 것. 우정에서의 그의 충실함에 관해 얘기할 것.

5. 그의 유쾌한 멜랑콜리는 물론, 삶에 대한 그의 사랑, 하루하루의 진짜 삶, '벨-일'의 물레방아, 매력적인 호텔들, 다이아몬드 해변에서 마르티니크까지, 주조법이 비밀에 부쳐진 술 베셰로프카, 그리고 두 사람 모두의 자연 사랑, 투케 해변, 레카미에 가의 새들, 식당 '라 그르누이예르'의 개구리, 그들의 깊은 범신론.

6. 그의 그늘들. 그것들을 들춰보려고 하지 말 것. 존중할 것. 왜냐하면, 베라가 늘 말하듯이, 그런 "수다쟁이 험담꾼들의 관심사"는 쓸데없으니까.

그와 마찬가지로, 이 시대의 분위기에 역행할 것. 모든 것을 보려고 하고, 모든 것을 알려고 하는 이 끔찍한 시대에. (밀란 쿤데라가 이 점에 있어서 자신을 다른 시대 사람으로 느끼는, 시대에 뒤진 사람으로 느끼는 이들의 모델이 될 수 있음을 제시할 것.)

7. 그런 것보다는, 모든 걸 알고 모든 것에 관심 있는 사람, 뼛속까지 세계 문학·영화·음악·연극·그림·예술의 역사와 예술로 빚어진 사람, 그런 그가 느끼는 그 방식에 관해 얘기할 것…, 그가 유럽의 지적 쇠퇴, 문화의 포기, 메말라 가는 예술에 대한 갈증, 추의 범람, 미의 망각 등을—그에게 그것이 어떤 고통인지는 알 수 없지만, 다른 누구보다 먼저, 살 속까지 깊이—느끼는 그 방식에 관해 얘기할 것.

8. 동구, 역사… 등등에 대한 총체적 망각, 최악 악마들의 먹이가 된, 어찌할 바 모르는, 야만적인 한 유럽만 뒤에 남겨둔 채 모든 것을 덮어버리는 망각을 강조할 것. (프랑수아 리카르는 늘 "쿤데라 혹은 유린의 소설"이라고 말했다.)

9. 사실은 공산주의자도 자유주의자도 아니었던 사람, 어떤 칸에도 갇히길 거부하면서 그저 "나는 소설가"라고 말했던 사람, 창작자의 자유와 소설의 지혜를 주장했던 사람, '나

부두에 팔꿈치를 괴고

는 모른다, 나는 판단하지 않는다'라고 말하고자 했던 사람, 그런 그가 한 시대를 가로지른 그 궤적을 되짚어볼 것.

10. 환상, 꿈, 아이러니, 장난, 농담… 등, 언제나 그를 붙들어 맨, 또한 언제나 큰 인간미와 병행하는 그의 그 즐거운 가벼움에 걸려 나동그라져 볼 것. 하나의 존재 방식, 은밀한, 수줍어하는, 단순한 그 존재 방식을 서술할 것. 희귀하고, 소중하고, 거의 전복적인, 그의 삶의 철학을 서술할 것.

11. 다시 읽고, 다시 읽고, 다시 읽고 싶은 욕구를 불러일으키고, 그의 작품을 다시 펼칠 때마다 받는 충격을(충격을 주는 그 순수한 지성을) 얘기할 것.

이 방대한 계획 맨 아래에 다음의 열두 번째 주안점을 덧붙였었다—

12. 그의 거대한 그림자가 더는 이 세상에 없을 때 사람들이 어떻게 할지 자문해볼 것.

하지만 이 열두 번째는 줄을 그어버렸다.

2022년. 거대한 숨결, 애수 어린 불협화음

오늘, 브누아 뒤퇴르트르가 밀란이 작곡한 곡의 악보 일부를 내게 보내주었다. 처음 보는 악보를 바로 연주한다는 건 나로선 너무 어려운 일이다. 피아니스트인 카미유 엘 바샤가 대신 연주하며 내게 이렇게 해설해준다. "5음계에 바탕을 둔 아주 짧은 모티프 하나가 곡 처음부터 끝까지 반복돼요. 되풀이해서 부르는 동요처럼 말이에요. 이 반복 멜로디를 반주하는 왼손은 다른 음조를 연주하는데, 강도가 점점 높아지며(크레센도, 점점 강해지는 작곡법) 아홉 번이나 반복되는 그 모티프에 단 하나의 어떤 거대한 숨결 같은 느낌을 주다가, 이 두 음의 배경, 즉 각자 다른 음계를 타는, 나란한 두 5음계 목소리가 하나로 결합할 때까지 점점 약해지죠.

이 곡을 작곡했을 때, 밀란은 열네 살이었다

단순한 모티프의 반복은 그의 스승 파벨 하스 음악의 특징 중 하나예요. 좀 더 전체적으로 보면, 선법旋法의 짧은 멜로디를 쓴다는 점에서 민속 음악의 영향이 느껴지고요. 그가 분절법에 뒤섞는 전음계 선법이나, 불협화 화성과 애수 어린 분위기가 인상적이에요."

피아니스트의 말을 내가 다 이해한 것 같지는 않다. 나는 야나체크의 곡 〈가시덤불로 뒤덮인 오솔길 위에서〉를 생각했다.

무슨 말인지 다 이해한 것 같진 않지만, 불협화와 우수라는 말이 기억에 남는다.

거대한 숨결이라는 말도.

이 곡을 작곡했을 때, 밀란은 열네 살이었다.

2022년. 1분 21초간의 절대적 행복

2022년 9월 2일 금요일.

마르텡이 루테시아 호텔 앞에 있다. 그가 베라를 호출한다. "아래에 와 있는데, 올라가도 될까요?"

베라가 울먹이는 목소리로 대답한다. "끔찍해, 이러다 내가 죽겠어. 다 틀렸어. 넌 짐작도 못 할 거야. 끝났어."

"그러니까 올라가도 돼요?"

"그래, 올라와. 코드를 누를 기운도 없네. 티토(수위)가 문을 열어줄 거야."

3층, 늘 그렇듯이, 층계참의 문이 반쯤 열려 있다. 베라가 마르텡의 품에 쓰러져 오열로 몸을 들썩인다.

"더는 안 되겠어. 이젠 말도 안 해. 반응도 안 하고, 여기에 없는 사람 같아."

밀란이 시선을 먼 곳으로 향한 채, 침대에 앉아 있다. 테이블 위에는 그가 찢는 책들이 놓여 있다. 그래도 그의 눈동자는 누가 온줄 안다. 호기심이랄지 친근함의 미약한 빛을 엿볼 수 있다. 베라가 여름의 공포를 설명해준다. 무더위. 고독.

방문자의 부재. 아무것도 숨길 수 없는 간병인과의 상시 접촉. 그리고 말의 부재.

마르텡이 주머니에서 핸드폰을 꺼내며, 그녀에게 깜짝 선물을 가져왔다고 말한다. 그는 밀란이 열네 살 때 작곡한 그 피아노를 위한 소곡의 연주 녹음을 가져왔다. 베라는 믿기지 않는다는 듯한 눈치다. 처음에는 핸드폰의 음량 조절이 잘못돼 아무 소리도 들리지 않는다. 그녀가 직접 소리를 크게 해보려고 한다. 마르텡이 볼륨을 최대치로 올린다. 갑자기 음들이 튀어나오고, 아주 먼 곳에서 온, 애수 어린 반복적 주제가 울려 퍼진다. 마치 그의 핸드폰이 과거에, 체코에, 브르노에, 작가의 어린 시절에 접속된 것 같다.

전화電話의 어원이 의미하는 게 바로 그거다. 원거리Télé-음phone. 먼 데서 오는 소리.

밀란이 고개를 돌린다. 그리고 미소를 짓는다. 연주가 1분 21초간 지속된다. 다시 듣는다. 이번에는 작곡자인 작가의 귀에 핸드폰을 댄다. 그의 시선이 빛난다. 미소가 커진다. 전에 늘 보던 미소와 똑같은 미소다. 음악에 홀린 표정이다. 그가 눈짓으로, 다시 듣게 해달라고 요청한다. 세 번째로 다시 듣는다. 이 짧은 곡의 3분의 2쯤에 이르면 좀 더 날카로운 음의 다발이 나타난다. 너무나 야나체크 풍의 음악이다. 아름답지 않은가? 객관적으로 아름답다. 어린 사람의 작품 같지 않다. 아주 성숙한 애수가 있다. 마르텡이 이점을 밀란에게 설명해주자, 그가 동의하는 것 같다. 언어 장애인과의 대화. "당신이 만든 곡이에요. 열네 살 때요. 곡 해석(연주)은 카미유가 했어요. 우린 아주 아름다운 곡이라고 생각해요. 재능이 대단했던 것 같아요." 밀란도 동의하는 것 같다. 그의 시선이 기쁜 빛을 띤다. 베라도 동의한다. 그녀는 그가 듣지 못한다고, 지금 여기 없다고 주장하지 않는다. 그녀도 이 자명한 사실을 인정할 수밖에 없다. 경탄을 금치 못한다. 마르텡이 이 연주곡을 그녀의 핸드폰으로 전송해준다. 베라가 벌써 묻는다.

"다른 세 조각이 더 있었는데. 그것들은 녹음하지 않았나 봐?"

"지금은 이것 하나만이에요. 첫 조각이죠. 내 생각엔 이 곡이 연주된 게 이번이 처음인 것 같은데, 아닌가요?"

"맞아, 맞아, 처음이야. 네가 내 목숨을 구했어!"하고 베라가 마르텡에게 말한다. "고마워, 고마워, 고마워!"

기억, 음악, 죽음

이는 우연이다. 방문 직후에 만난 신경과학자 친구 살라가 내게 우리의 지각 기억의 기능에 관해 설명해준다. 나는 그에게 좀전의 절대적 집중의 순간 얘기를 들려주며 물어본다. 기억과 망각이 벌이는 그 경쟁, 작품이 그런 주제들에 사로잡혀 있는 작가에게서 그런 일을 보는 게 혼란스럽지 않은가? 마치 자신의 삶을 자기 사상의 예증으로 삼기라도 하는 듯이?

"《농담》의 유명한 문장, '모든 것이 잊힐 것이다'를 기억해" 하고 그가 말한다.

우리는 죽음에 대해서, "Einmal ist keinmal(한 번뿐인 것은 아무 것도 아닌 것과 같다)"에 대해서 얘기를 나눈다.

그가 말한다. "죽음이 참 난감한 건, 우리가 한 번만 죽는다는 거야. Einmal ist keinmal이지. 뭐든 처음 할 때는 정말 편치 않지만, 그걸 반복한다면 얘기가 달라지지…. 우리가 두 번 죽지 못한다는 건 참 유감스러운 일이야, 그러면 죽음이 비교할 수 없을 만큼 덜 두려운 경험이 될 텐데 말이야."

"하지만 《참을 수 없는 존재의 가벼움》에서, Einmal ist keinmal은 삶에 적용되는 거야" 하고 내가 살라에게 지적한다. "삶은 완성본 없는 초안 같은 거라서, 한 번뿐인 것은 아무것도 아니라는 거지."

그가 나의 잘못을 일깨워준다.

"쿤데라의 글에서는, 이 문구가 죽음에도 적용돼. 30년 전에 읽은 대목인데 아직도 기억이 나."

나는 그 소설 속의 '이해되지 않은 말들 소사전'을 떠올리곤, 그 글을 읽을 당시에 내가 얻었던 깨달음을 생각해본다.

밀란 쿤데라의 어떤 문장, 어떤 말, 어떤 발견 하나가 평생토록 뇌리에 아로새겨진 이들이 얼마나 많을까?

2021년. 여행 수첩 –

브르노, '루드비크-쿤데라' 광장

요즘 베라는 루드비크 쿤데라가 남긴 자료들을 검토하고 있다. 특히 그가 베토벤의 소나타들에 바친 여러 권의 두꺼운 노트들을 살펴본다. "굉장한 작업인데 미완성이야"라고 그녀가 말한다. "어느 날, 아내 밀라다가 장을 보고 돌아와 그에게 별일 아닌 얘기를 들려주기 시작했어. 그는 귀를 막아버렸지. 집필 중이었던 그는 방해받지 않고 작업에 몰두하고 싶었으니까."

그래서 그는 그녀가 얘기하는 도중에 귀를 막아버렸고, 이에 그녀는 미치도록 화가 난 모양이었다. 두 사람은 기어이 서로 치고받고 싸우기 시작했고, 베라는 두 사람을 떼어놓기 위해 밀란을 불러야만 했다(브르노에서 그들은 한지붕 아래에서 살았다).

베라가 얘기를 계속한다. "루드비크는 책 작업을 진척시키려고 귀를 막았던 거야. 자신에게 시간이 많지 않다는 것을 안 거지. 이제 이 노트들도 아마 곧 출간될 거야. 체코로 발송하기 직전이거든. 전에는 한 쿤데라를 위해 일했는데, 이젠 두 쿤데라 일을 다 신경 쓰고 있어."

1983~2022년. 러시아라는 반反서구

베라가 내게 그리스의 에스티아 출판사에서 막 출간된 밀란의《납치된 서유럽》최근 번역본을 사진으로 보내준다.

'납치된 서유럽'은 동구에 병합되고, 흡수되어, 소멸한 서구다.

쿤데라가 보기에, 이 납치는 러시아가 보헤미아 지방을 빼앗았을 때 일어났다. 늘 그렇듯이, 그의 추론을 이끄는 건 정치가 아니라 예술과 문화다. 그는 문화사의 관점에서 이렇게 설명한다. "동유럽, 그것은 비잔틴 세계에 닻을 내린 자기 고유의 특수한 역사를 가진 러시아다." 보헤미아는—폴란드, 헝가리, 오스트리아 등과 마찬가지로—한 번도 이 동유럽에 속했던 적이 없다. 그 반대다.

> 처음부터 (이 국가들은) 고딕 양식, 르네상스, 종교 개혁 등, 서양 문명의 위대한 모험에 참여했으며, 더욱이 종교 개혁의

> 요람이기도 했습니다. 정신분석학, 구조주의, 바르톡의 12음 음악, 카프카와 무질의 새로운 소설 미학 등, 현대성이 큰 자극을 받은 건 바로 중부유럽에서입니다. 전쟁이 끝나고, 러시아 문명이 이 중부유럽 대부분을 병합한 건 대단히 중요한 유럽 문화의 중심축을 빼앗아버린 것과 같습니다. 이는 20세기 서구 역사의 중대 사건입니다. 중부유럽의 죽음은 곧 유럽 전체의 종말이 시작되었음을 나타낸다는 전망도 배제할 수 없습니다.[129)]

"우리는 다른 어느 곳보다 서양의 동쪽 국경에서, 러시아가 반反서구임을 깨닫게 된다."[130)]

그로부터 40여 년의 세월이 흘러, 러시아가 우크라이나를 침공—납치?—한 지금, 그의 이 글은 특히 더 의미심장하고 놀랍다.

회의에 빠진 젊은 예술가들에게

글을 쓰겠다는 맹세. 이 맹세는 우리를 먼 과거로 돌려보

---

129) 필립 로스, 《일 얘기를 합시다》.

130) 밀란 쿤데라, 《납치된 서유럽》.

스웨터 차림의 밀란

내는 것 같다. 수도원에 들어가듯이 글쓰기에 입문하는 것 같아서다. 더욱이 쓸데없는 짓 아닐까? 이미 오래전에 밀란 쿤데라는 "예술에 대한 욕구가 더는 존재하지 않음"을 깨달았다. 파리에서의 어느 저녁 식사 자리에서, 자기를 과신하는 한 젊은 허풍쟁이가 거드름을 피우며 펠리니의 최근 영화를 '실패작'이라고 혹평하는 걸 본 날이다. 쿤데라는 이렇게 말한다—"그날 저녁, 나는 프라하에서는 한 번도 느껴보지 못했던 뭔가를 느꼈다, 예술에 대한 욕구의 종말을."

그로부터 수십 년이 흐른 지금, 좀 뻔한 얘기로 들릴지 모르겠으나, 쿤데라가 이 문제를 확장하는 방식은 여전히 흥미롭다. 이 문제를 그는 더는 대중의 관점에서가 아니라 예술가의 관점에서 제기한다. "남자든 여자든 하고 싶은 일이 자기 시대와 맞지 않을 때는 어떻게 될까? 크리스토프 콜럼버스가 지금 이 시대에 산다면 여행사를 차릴까? 셰익스피어가 할리우드를 위해 글을 쓸까?" 그냥 하던 걸 계속하는 수밖에 없다. 내 주변에는 생계에 어려움을 겪는 성실하고 재능 있는 젊은이들—연출가, 극작가, 음악가…—이 많다. 나는 그들에게 《불멸》을 읽어보라고 권한다. 그들이 하던 일을 계속하는 데 도움이 되도록. 자기 삶을 계속 살아나가도록. 자기 자신이나 주변 세계를 너무 진지하게 생각하지 않으면서.

무의미와 함께 놀기

실비아 리히트로바와의 짧은 이메일 교환.

나는 그녀에게, 모든 것, 특히 자기 자신을 조소할 줄 안다는 건 총체적 무의미 속에서 무의미한 자기 자신이 되는 데 동의하는 거라는 의견을 내본다. 무 속에서, 미와 평온의 한 형태를 발견하는 거라고. 하지만 그것을 그녀는 그런 것이라기보다는 "가볍고 유쾌한 자유"의 원천으로 여긴다. 왜냐하면, "우리는 무의미와 함께 놀 수 있어서, 전 지구적 규모로 자라난 무를 관찰하며 즐길 수 있어서, 아니면 역으로, 거대한 뭔가가 아무것도 아닌 것과 같을 수 있음을 확인할 수 있어서"라고 그녀는 말한다.

그러곤 이렇게 덧붙인다. "당신의 주장을 뒤집어, 정확히 그 반대로 말해도 의미가 변하지 않네요. 말하자면, '총체적 의미 속에서 의미 있는 자기 자신이 되는 데 동의'해야 한다는 거잖아요. 이 언어유희가 참 매력적인 것 같아요."

2022년 가을.

책이 다시 호박이 되던 날

> "당신은 떠나고 싶었던 적이 한 번도 없나요?"
>
> "있죠" 하고 타미나가 시인한다. "너무도 떠나고 싶어요. 하지만 어디로 가죠?"
>
> "사물이 산들바람처럼 가벼운 곳. 사물이 무게를 잃어버린 곳. 후회가 없는 곳으로요."
>
> "그래요" 하고 타미나가 꿈꾸듯이 말한다. "사물이 아무 무게도 없는 어딘가로 떠나야죠."
>
> 《웃음과 망각의 책》, t, I, p. 1076.

사물이 아무 무게도 없는 곳. 말도 없고, 《불멸》의 가족사진이나 《향수》의 신문지처럼 찢긴 책도 없는 곳. Vanitas vanitatis(헛되고 헛된). 무無와 공空의 축제.

오늘, 트럭 한 대가 입구에서 기다리고 있는 상자들을 실으러 왔다. 브르노 국립 도서관으로 갈 상자들이다.

베라는 밀란의 책들을 전부 브르노로 옮기기로 했다. 그녀 덕택에, 50여 개 국어로 번역된 그의 모든 책, 그의 자료 및 그가 주고받은 편지 일부, 그리고 그의 장서藏書가 앞으로는 브르노의 '밀란-쿤데라 도서관'에 있게 될 것이다. 내가 토마시 쿠비체크의 초청으로, 아직 공사 중이던 2021년에 방문해보았던 그 도서관 말이다.

레카미에 가의 현관에, 두 담벼락처럼 서 있던 서가가 비었다. 60년에 걸친 글쓰기와 사유, 창작과 문화, 성찰과 의혹과 노동의 삶이 바로 거기에 쌓여 있었다.

그 빈 공허를 보며 베라가 전율한다. 그 공허를 가리기 위해, 그녀는 쿤데라와 함께, 소설에 등장하는 라몽이나 샤를, 칼리방, 다르델로 같은 등장인물들처럼, 뤽상부르 공원을 한가로이 산책할 때 즐겨 주워 모은 작은 호박들, 콜로신트 열매들, 반들거리는 마로니에 열매들을 선반 여기저기에 늘어놓았다. 그녀는 자신의 주머니 속에서, 너무나 반들반들하고 부드러운 그 열매들의 형태를 느끼는 걸 좋아했다.

영면永眠

결국은 모라비아로 간다. 밀란 쿤데라의 작품이 지닌 그 모든 절망과 활기와 흉악함과 장난기가 울리는 이상한 이름.

모라비아. 모든 것이 거기에서 출발했고, 모든 것이 거기로 되돌아간다.

브르노. 2023년 4월 1일

쿤데라가 94세가 된 4월 1일 토요일, 브르노 코우니초바가 65번지에서, 그토록 기다려온 '밀란-쿤데라 도서관' 낙성식이 거행된다. 각계 명사들이 밀란의 데생들로 장식된 이 따뜻한 곳으로 발걸음을 재촉한다. 체코 문화부 장관 마르틴 박사, 브르노 시장 마르케타 반코바의 모습이 보인다. 앙투안 갈리마르도 '귀한 존재'에게 열렬한 경의를 표하고자 참석했다. 프라하에 있는 프랑스 대사 알렉시 뒤테르트르도 그가 "빌라 쿤데라"라고 부르는 이곳의 탄생을 축하한다. 사상 토론을 위한 유럽의 광장 구실을 하게 될 이 도서관은 작가, 번역가, 연구자 들을 위한 다양한 체류 프로그램과도 연계될 것이다.

유명한 야나체크 사중주단—"베라와 밀란, 그리고 그의

아버지를 위해" 무료 연주를 고집한—이 〈내밀한 편지들〉 첫 악장을 연주하기 시작했을 때 감동이 절정에 이른다.

이 의식은 작품의 피날레다. 또한 재회의 상징이기도 하다. 빌라, 집, 도무domu(집)…. 밀란 쿤데라가 자기 집으로 돌아온 것이다.

"산들바람처럼 가볍게"

오늘, 밀란이 보내준 데생들을 정리해둔 서류철에서, 나는 이 그림을 찾아냈다.

비틀리고, 뒤틀리고, 해롱거리고, 히죽거리는 웃기는 사람 실루엣 하나가 지구 위에서, 한 발가락의 끄트머리로 균형을 취하며 몸을 비틀고 있다.

그녀는 춤을 추고 있다.

아니, 인사를 하는 건지도 모른다.

그리고 웃는다.

얼굴이 빨개지도록 크게 웃는다.

물결처럼 출렁이는 그의 팔을 따라서, 밀란은 이렇게 적었다. "플로랑스, 마르텡, 안녕!"

"플로랑스, 마르텡, 안녕!"

감사의 말

만약 밀란 쿤데라가 나의 첫 만남 요청에 응답하지 않았더라면, 만약 그가 내게 자신의 내면세계의 문을 살짝 열어주지 않았더라면, 특히 만약 그가 그에 관한 책을 쓸 수도 있다는 내 생각을 단념시키려 드는 대신 다정한 농담으로 받아주지 않았더라면, 이 책은 분명 세상에 나오지 않았을 것이다. 이 책을 쓰는 동안 나는, 어느 여자-새가 아무도 모르게 자신의 깃털을 뽑아 마법의 옷을 짜고는 자신의 걸작이 완성되자 증발해버리는 일본 콩트를 종종 뇌리에 떠올렸다. 밀란 쿤데라가 나를 신뢰한 것은 내가 작품을 작가와 구별하려 들지 않으리라고 생각해서다. 삶은 다른 곳에 있다고? 그의 책들 아닌 다른 어디에도 없다.

이 모험에 대한 전권을 가진 인물, 베라 쿤데라에게 감사드린다. 그녀가 없었어도, 이 책은 없었을 것이다. 단지 그녀가 자료들이며, 주소록 수첩, 사진 앨범 등을 내게 보여주고, 윈거리에서 모라비아의 길들을 안내해주고, 한밤중에도 내게 재미나거나 믿기지 않는 메시지를 보내주는 등의 친절과 신뢰를 보여주었기 때문만이 아니다. 비범한 개성의 그녀야말로 작가와 그가 쓴 책들의 진정한 중개자이기 때문이다. 베라를 좋아하지 않고는 밀란을 이해할 수 없다. 나는 이 책에서 그녀가, 단순한 고마움을 넘어 나의 참되고 깊은 애정과 진심 어린 찬사를 발견해주었으면 하는 마음이다. 《무의미의 축제》에서, 밀란은 "이 여자는 정말 강하다!"라고 적었다. 그렇다, 이보다 더 잘 말할 수는 없을 것이다.

이 불가능한 계획 내내 너그러운 신뢰를 보여준 앙투안 갈리마르에게 감사드린다. 그의 한결같은 주의와 격려가 없었더라면, 아마 나는 결코 이 작업을 끝내지 못했을 것이다.

너무도 적절하게 '보헤미아의 낙원'이라고 명명한 곳, 그곳의 진주들, 음악, 유머, 그 봉우리들과 바위들을 발견하게 해준 야블로네츠의 소년, 나의 영원한 후원자, 마르텡 이르슈에게 감사드린다. 언젠가 다시 한번 둘이 함께 〈카티아 카바노바〉를 들으며 그 마리앙바드의 숲을 가로지를 수 있기를 희망한다.

이 책을 집필하는 동안 나는 젊거나 나이 든, 잘 알려졌거나 덜 알려진 여러 작가의 증언을 모았다. 모두 저마다 다른 이유로 밀란 쿤데라에게 찬사를 빚진 작가들이다. 트리에스테에서는 클라우디오 마그리스, 런던에서는 애덤 설웰, 뉴욕에서는 노르만 마네아, 로마에서는 카테리나 본비치니, 라하바나에서는 레오나르도 파두라 등…. 이밖에도 다른 많은 이를 만났다. 그들 모두에게 이 자리를 빌려 감사드린다. 내게 가장 큰 감동을 준 만남은 엘루아 오두엥-루조라는 청년과의 만남이다. 그는 갓 출간된 자신의 첫 소설을 쿤데라가 사는 건물 수위에게 맡기러 갔던 얘기를 들려주었다. 그것은 반사적인 행동이었다. 아무것도 기대하는 것 없이, 그저 감사를 전하기 위해, 가서 책을 맡기고는, 행복에 겨워하며 떠나오는 것.

가능한 온갖 방법으로 나를 도와준 모든 이에게 감사드린다. 미로슬라프 발라스티크, 알프레드 브렌델과 마리아 마즈노, 로디카와 마르크 크레퐁, 질 뒤아멜, 알렉시 뒤테르트르, 브누아 뒤퇴르트르, 카미유 엘 바샤, 살라 엘 미스트카비, 클라라 페르낭드, 알랭 핑켈크로트, 미샤 플라이슈만, 이리 흐

닐리카, 미셸 르주아예, 안나 카레니노바, 조르주 키즈만, 뤽 레비, 노라 오브르텔로프, 프랑수아 리카르, 실비아 리히트로바, 피에르 리굴로, 플로랑스 살라누브, 필립 산즈, 밀로슬라프와 파벨 스미드마예르. 밀로시 슈테드로뉴, 카렐 슈타이게르발트, 밀란 우후데, 야로슬라프 바노우스….

끝으로, 브르노의 멋진 '쿤데라 도서관'에서, 그리고 프라하의 작가 관사에서 너무도 따뜻하게 나를 맞이해준 모라비아 국립 도서관 관장 토마시 쿠비체크에게 감사드린다.

본문에 수록된 이미지 출처

159: Photo © Florence Noiville
161~2: Photo © Florence Noiville
168: Photo © Florence Noiville
172: Photo © Florence Noiville
188: Photo © Florence Noiville
193: Photo © Florence Noiville
202: Photo © Florence Noiville
213: © Kundera Private Archives 및 © Kundera 컬렉션
242: Photo © Florence Noiville
244: Photo © Florence Noiville
249: © Kundera Private Archives 및 © Kundera 컬렉션
253: © Kundera Private Archives 및 © Kundera 컬렉션
255~6: © Kundera Private Archives 및 © Kundera 컬렉션
267: © Kundera Private Archives 및 © Kundera 컬렉션
268~9: Photo © Florence Noiville
271: © Kundera Private Archives 및 © Kundera 컬렉션
277: © Kundera Private Archives 및 © Kundera 컬렉션
289, 291: © Kundera Private Archives 및 © Kundera 컬렉션
297~8: © Kundera Private Archives 및 © Kundera 컬렉션
301~2: © Kundera Private Archives 및 © Kundera 컬렉션
334: Photo © Florence Noiville
337: Photo © Florence Noiville
339: Photo © Florence Noiville
352: Photo © Florence Noiville
354: 저작권 사용 승인
362: © Kundera Private Archives 및 © Kundera 컬렉션
368: © Kundera Private Archives 및 © Kundera 컬렉션
370: © Kundera Private Archives 및 © Kundera 컬렉션
378: © Kundera Private Archives 및 © Kundera 컬렉션

옮긴이의 말

밀란 쿤데라를 떠나보내며

잘못된 만남일까? 이 책을 쓴 플로랑스 누아빌은 프랑스 일간지 〈르몽드〉 기자 출신으로 몇 편의 소설을 발표하기도 했으나, 두 차례의 전기 작품상 수상 이력이 말해주듯 무엇보다 작가들의 초상과 전기傳記에 탁월한 성과를 보인 작가다. 한편 밀란 쿤데라는 주지하다시피 저널리즘을 기피하고 전기를 싫어하는 소설가다. 그러니까 이 책은 전기가 장기인 기자와 전기를 싫어하는 소설가의 만남이다.

이 책이 출간된 건 지난해 6월 초, 밀란 쿤데라 타계 소식이 들려오기 한 달여 전이다. 출간 직후 〈프랑스 퀼튀르〉 방송이 마련한 저자와의 인터뷰에서, 역시나 방송 진행자는 쿤데라가 오래전부터 미디어의 인터뷰 요청을 일절 거부해온 작가임을 강조하면서(방송 제목도 '사람들이 자신이 대해 얘기하는 것을 거부한 작가 밀란 쿤데라'다), 저자에게 무엇보다 먼저 왜 그의 삶과 작품에 관한 이런 "앙케트 같은 책"을 쓰게 되었는지 묻는다. 이에 저자는 우선 진행자의 "앙케트"라는 표현이 못마땅한 듯, 쿤데라는 전기를 싫어하는 작가이며, 이 책은 앙케트도 전기도 아니라고 강조한다. 하지만 쿤데라의 삶과 작품을 두루 살펴보는 이 책은 누가 보아도 앙케트 같고 전기 같지 않은가? 그게 아니라면 이 책은 뭐란 말인가?

이 피할 수 없는 의문에 대한 저자의 대답이 재미있다. 이 책은 색깔과 형태와 직물이 제각각인, 여러 종류의 천 조각들로 만들어진 "어릿광대의 망토" 같은 책이라는 것. 물론 이 책에서도 작가 쿤데라의 삶의 단편들을 찾아볼 수 있지만, 그건 누구나 아는 기본적인 사실들일 뿐, 그의 삶에서 지금까지 알려지지 않은 뭔가를 들춰내려고 한 게 아니라고 덧붙인다. 요컨대 자신은 널리 알려진 그의 삶의 조각들, 독자들에게 꼭 들려주고 싶어 인용한 그의 여러 텍스트 조각들, 그 밖에 많은 사진, 그의 데생들, 그에 대한 개인적 추억들, 그의 자취를 찾아 떠난 보헤미아 여행 수첩, 편지, 인터뷰, 신문 기사 조각 등, 이 모든 조각을 하나로 짜깁기한 일종의 패치워크 같은 책, 독자가 몸을 따뜻하게 감쌀 수 있는 담요나 망토 같은 책을 쓰고자 했다는 것이다. 왜냐하면 쿤데라의 작품이 바로 그렇게 우리를 따뜻하게 해주고 우리 삶을 도와주는 작품이기에 말이다. 그러곤 바로 그것이 이 "어릿광대의 망토"를 짠 참 목적이라고 강조한다. 즉 20세기의 가장 위대한 예술가 중 한 사람, 우리의 꿈과 거짓말이 어떤 농담을 먹고 자라는지를 부단히 제시해온 이 아이러니와 환멸의 거장이 쓴 작품이 어떻게 우리를 따뜻이 덥혀주고 우리의 삶을 도와줄 수 있는지를 제시하는 것, 소설은 우리의 삶을 비춰주는 등불 같은 것이라고 한 이 소설가의 작품이 어떻게 실제로 우리 삶의 길잡이가 되고 버팀목이 될 수 있는지를 제시하는 것.

이 책의 저자가 밀란 쿤데라와 개인적 친분을 맺게 된 것은 1994년에 〈르몽드〉에 입사하여 이 일간지의 문학 증보판 〈책들의 세계〉를 담당하면서부터인 것 같다. 그즈음부터 30여 년간 이어진 쿤데라 부부와의 오랜 우정과 쿤데라의 작품에 대한 열띤 경탄의 감정이 엄정한 탐구나 평가 의지를 압도하며 이 책 전체를 지배한다. 마치 마음 가는 대로, 발길 닿는 대로 산책이라도 하듯, 과거와 현재를 부단히 오가며 쿤데라의 삶과 작품을 이리저리 넘나드는 듯한 이 책 곳곳에서 우리는 인간 쿤데라와 그의 작품에 대한 저자의 깊은 애정을 느낄 수 있다. 쇠할 대로 쇠한 쿤데라 부부를 바라보는 저자의 한결같은 애틋한 시선이라든가, 자신이 언제 어떻게 그의 작품을 만나 헤어날 수 없이 빠져들게 되었는지를 토로하는 애정 어린 고백, 그의 타고난 유머 감각과 유희 정신이 어떻게 그의 소설 정신으로 진화하고 그런 정신에서 탄생한 그의 작품의 어떤 점이 특히 훌륭하고 소중한지에 대한 감탄 어린 고찰, 소설 작품 속에 녹아 들어가 있는 그의 트라우마, 그의 아픔, 아물지 않는 그 상처를 안타까워하는 마음으로 들춰보는 그 손길 등, 이 "어릿광대의 망토" 갈피 갈피에서 느껴지는 저자의 '쿤데라 사랑'은 확실히 이 책을 여느 '앙케트'나 '평전'과는 다른 무엇으로 만든다. 그렇다, 이 책은 앙케트도 전기도 아니다. 그보다는 체코/프랑스로 두 동강 난 밀란 쿤데라의 삶, 하나의 작품으로 영근 그의 두 반생半生에 바치는 오마주이자, 그와의 임박한 작별, 곧 '다른 곳'에 있게 될 그의 영생을 기원하는 이별가라고 하는 편이 옳을 것 같다.

지난해 여름, 나는 프랑스에 머물던 중 TV 뉴스 속보를 통해 밀란 쿤데라의 타계 소식을 접했다. 곧바로 시내 서점으로 가서, 서점 매대 맨 앞자리를 차지한 쿤데라의 책들 곁에 나란히 진열된 이 책을 집어 들었고, 여름 내내 이 책을 읽으며 허전함과 아쉬움을 달랬다. 또한 이 책은 귀국 후 가진 '쿤데라의 삶과 작품 세계'에 대한 몇 차례 특강의 길잡이가 되어주기도 하여, 나로선 여러모로 고마운 책이다. 저자의 소망대로, 이 책이 우리나라 독자들에게도 쿤데라의 작품을 발견하고 재발견하는 계기가 되었으면 하는 마음이다.

2024년 6월,

옮긴이 김병욱

밀란 쿤데라:
"글을 쓰다니, 참 희한한 생각이네!"

첫판 1쇄 펴낸날 2024년 7월 10일

지은이 | 플로랑스 누아빌
옮긴이 | 김병욱
펴낸이 | 박남주

펴낸곳 | (주)뮤진트리
출판등록 | 2007년 11월 28일 제2015-000059호
주소 | 서울시 마포구 토정로 135 (상수동) M빌딩
전화 | (02)2676-7117 팩스 | (02)2676-5261
전자우편 | geist6@hanmail.net
홈페이지 | www.mujintree.com

ISBN 979-11-6111-130-8 03860

* 책값은 뒤표지에 있습니다.